徳間文庫

関越えの夜

東海道浮世がたり

澤田瞳子

目次

第一話　忠助の銭

数日前の雨が、師走《しわす》の街道にまだぬかるみを残していた。

右手に一望できる相模《さがみ》の海は暗く、空は一面低い灰色の雲に覆われている。強い海風が、肌を切るように冷たかった。

今朝方、藤沢の宿を追われるように発《た》った忠助《ちゅうすけ》の足取りは、陽《ひ》が高く昇るにつれ、次第に重くなる一方であった。

——今夜の泊まりは、戸塚にしようか。

うつむきがちにとぼとぼと歩いているせいで、宿を出てからまだ一里も進んでいない。

それにもかかわらず、早くも今夜の宿に思いを馳《は》せる彼を、厳重に身ごしらえした旅人が次々と追い越して行った。

藤沢は江戸日本橋より十二里余、急げば今日のうちに、ご府内にたどり着ける距離である。

そのためであろうか、東に向かう誰もが晴れ晴れとした表情をしているかに思え、忠助はますます暗澹《あんたん》たる気持ちになった。

浅草猿若町の呉服屋・紦屋《ただすや》の手代である彼が、集金のため赴《おもむ》いていた駿河《するが》・蒲原《かんばら》宿を後にしたのは、ちょうど十日前であった。

「お納めした花嫁衣装《いしょう》及び晴れ着のお代の四十両、確かに岡田さまから頂戴いたしました。明日、蒲原を発って、お店《たな》に戻ります」

その前日に飛脚に託した手紙を見て、今頃お店の者たちはさぞ、戻りの遅い自分を案じているに違いない。

八歳の秋に葛飾《かつしか》の近郊から紦屋に奉公に出て、十四年。持ち前の実直さのおかげで、店内はおろか客や出入りの商人からの評判も決して悪くない忠助である。

金を持ち逃げした、もしくはどこかの宿場の女と深間になり居続けをしているなどといった疑いは、よもや誰も抱いていないだろう。

紀屋の主《あるじ》・勘五郎《かんごろう》は、万事によく気がつく人物。ひょっとしたら、忠助がどこかで病みついているのではと案じ、蒲原宿脇本陣《わきほんじん》の岡田家に手紙ぐらい出したかもしれない。

一昨日の泊まりは、藤沢からほんの四里しか離れていない平塚。陽の高いうちに宿に入り、夕餉《ゆうげ》に付ける酒も断って部屋に引きこもった自分を、宿の女中たちが不審の目で見ていたことには気付いている。

しかし、東に歩けば歩くだけ、浅草のお店は近くなる。その事実が、いまの忠助にはどうにも耐え難かった。

思わず知らず胴巻きの上に手をやるが、そこには何の手ごたえも感じられない。この数日の間で何十回となくまさぐった胴巻きを未練がましく撫《な》で回し、忠助はまた重い吐息をついた。

蒲原から箱根にさしかかるまでの道中、ここには確かに、嫁入り支度一式の代金として受け取った四十両の金が入っていた。いや、箱根の関を越え、険阻《けんそ》な坂を下っている間も、まだ金はあったはずだ。

だが棒のようになった足を引きずって入った小田原の宿屋で、やれやれと草鞋《わらじ》を脱ぎかけたとき、忠助ははたと胴巻きの金が消え失せていることに気付いた。

小心者の彼にとって、その時の衝撃はまさに天が落ちてきたに等しかった。蒼白《そうはく》になって来たばかりの道をかけ戻り、日の落ちた山道を血眼《ちまなこ》で探し回った。しかしそもそも、金を落としたのか掏《す》られたのかすら判然としないのだ。

月のない山道は暗く、うろたえきった彼に、何の手がかりが見つけられるはずもない。茫然《ぼうぜん》と立ちすくむ彼を嘲笑《あざわら》うかのように、梢の上で猿がぎゃあッと啼《な》いた。

「脇本陣を仰《おお》せつかっておられる岡田さまとうちの店は、まだほんの数年のお付き合い。それにもかかわらず、このたびのお嬢様の御婚礼に際し、はるばる紀屋にお嫁入りのご用意をご注文下されたのは、よくよくこの店を信頼下されてのことじゃ。そのお志にそむいてはなりませんぞ」

紀屋が岡田家に出入りするようになったのは、五年前。江戸見物にやってきた岡田家の隠居が、浅草詣《もうで》の帰り道に、たまたま店に立ち寄ったのが始まりであった。とはいうものの相手は駿河、こちらは江戸。わずか数年の付き合いの間に、それほど多くの品を納めたわけではない。

そんな浅い縁にもかかわらず、しめて四十両にも上る商《あきな》いを委《ゆだ》ねてくれた恩に報いるつもりなのだろう。勘五郎は岡田家に納める白無垢《しろむく》・打掛・本振袖《ほんふりそで》はもちろん、二棹《さお》の簞笥《たんす》にぎっしりと詰められた晴れ着の一枚一枚をすべて自分で確認するほどの念の入れようを見せた。店の者たちにも、万に一つの手抜かりもないようにとくどいほど言い続け、蒲原に荷を届ける際には、大番頭を付き添わせすらした。

そのかいあって先月、嫁入りは何の遺漏もなく済み、では代金の受け取りにと改めて紀屋から遣わされたのが忠助だったのである。

為替《かわせ》で送ってもらうことも出来た支払いに、わざわざ手代を向かわせたのは、岡田家に対する勘五郎の気遣いであった。

岡田家の側もそれはよく分かっていると見え、

「婚礼が無事に挙げられたのは紀屋さんのおかげ。ほんによい衣装を誂《あつら》えていただきました」

と、忠助に幾度も厚い礼を述べた。

よりにもよってその代金をなくしては、紀屋はもちろん、岡田家にも顔向けが出来ない。

実家に泣きつこうにも、葛飾の近郊で細々と畑を耕していた父はすでに亡い。母親は田畑を受け継いだ兄夫婦に養われているが、いずれにせよ大金を弁済できるほどのたくわえがあるはずもなかった。

小癪《こしゃく》にも、路銀を入れている道中財布は無事なため、どうにか旅を続けることは出来る。

札屋に帰るのは躊躇《ためら》われる。とはいえ他に行くあてなど、まるでなかった。

実直だけが取り柄の彼は、逐電《ちくてん》などという大それた真似《まね》など咄嗟《とっさ》に思いつけなかった。半ば自失したまま小田原から江戸へと足を向けたものの、店に帰った後の騒動を考えると、みぞおちにぎゅっと締め付けられたような痛みが走る。歩みが次第に鈍り、茶屋を見かけるごとに休みを取ってしまうのも当然であった。

大磯《おおいそ》、平塚と子供連れでもこうはかかるまいというほどのろのろ泊まりを重ねてきたが、藤沢宿を出ればもはや江戸は目前である。

札屋は、浅草の呉服屋で三本の指に入るといわれる大店。顧客は江戸近郊にも多く、この辺りまでくれば、忠助の顔を知る者と顔を合わせることも考えられた。

――こうなれば、破れかぶれだ。金策のため、追いはぎでもしてやるか。

そんな考えが遅まきながら脳裏に浮かんだのは、難所・権太坂《ごんたざか》を一日がかりで越えてたどりついた保土《ほど》ヶ谷《や》宿。夕暮れの宿場の喧騒《けんそう》の中で、自分と似た年恰好《としかっこう》の旅商人の姿を目に留めたときであった。

お店を出る際、普段から面倒見のよい番頭の吉兵衛《きちべえ》は、

「大金を持って旅をしていると、懐のおあしの重みのせいで、草鞋がすぐに磨《す》り減っ

てしまうものです。道中者を狙《ねら》う掏摸《すり》は、そんなところから金の有無を嗅《か》ぎつけるといいます。くれぐれも気をつけるのですよ」

と忠助に忠告してくれた。

しかし草鞋の痛み具合を見るまでもなく、その気になって宿場の往来に目を凝《こ》らせば、大金を懐にしている者とそうでない者の違いは、忠助の目にも明白であった。

――ああ、あれじゃだめだ。金を持っていますと、吹聴しているも同然じゃないか。

忠助が自分の身の上も忘れて舌打ちしたのは、年の頃は二十歳《はたち》そこそこ、半合羽を着込んで振り分け荷を背負った、見るからにお店者といった風情の男だった。

きっちりと月代《さかやき》を剃《そ》った物堅い身なりにもかかわらず、常に片手を懐に入れているのが、妙に人目を惹《ひ》く。

江戸から一日弱の距離に位置する保土ヶ谷宿は、早めの泊まりを決めた旅人たちでにぎわっていた。赤い前掛けを締めた女中のけたたましい呼び込み声が飛び交い、どこからともなく煮炊きの煙が流れて来る。野良犬までが落ちつきなげに、人々の足元をうろうろ歩き回っていた。

そんな中で男は懐手のまま、落ち着かなげにきょろきょろと周囲を見回していた。

そして何かに追われているかのように、ろくに見定めもせぬまま手近な宿屋に飛び込んだ様は、持ちつけぬ大金を身に着けていることを如実に示していた。

——自分だったら、あんな不自然はしないぞ。もっと胸を張って、悠々と宿を選んでやる。

そう心の中で嘯《うそぶ》いた忠助はしかし、すぐに自分の今の境遇を思い出して顔を歪《ゆが》めた。

——あんなにおどおどして、いかにも狙われやすそうな奴《やつ》の金が無事で、この俺の懐から金がなくなるなんて、なんとも理不尽じゃないか。このままではどうせお店に戻れないんだ。だったら、いっそあいつの金を……。

そんな凶悪な思いが、唐突に胸をよぎり、彼は思わず腰に差した道中差しに手を伸ばした。だがすぐに、はっと背筋を伸ばして、いやいやと首を振る。

——馬鹿《ばか》な。俺は何を考えてるんだ。お店でも生真面目《きまじめ》で通っている自分に、そんな物騒なことができるわけがない。道中差しを振り回しても、己の指を切るのが関の山。それに追いはぎなんて、どうせすぐにばれるに違いない。だったらおとなしく、旦那《だんな》さまにすべてを打ち明けたほうがいいに決まっているじゃないか。

——とはいえ四十両もの金、そう簡単に許してくださるはずがないよなあ。

女中に袖《そで》をつかまれるままに入った宿の一室で横になっても、忠助の脳裏ではそんな幾つもの声がこだまし続けていた。

なにもあのお店者を狙わずともよい。程度の差こそあれ、街道を行き交う者たちは、みな幾ばくかの金を所持しているはずだ。

もちろん四十両の金が手に入れば、万々歳。それが無理としてもせめて数両の金でも奪えれば、糺屋から暇を出された後、それを今後の生活のよすがにできるじゃないか——だが布団の中で幾度も寝返りを打ちながら考えたそんな心積もりは、一晩明けて街道へ出てみると、朝の光の中にもろくも消え失せてしまった。

なにしろ追いはぎを働こうにも、江戸を目前にした街道沿いには、小狭な家々がぎっしり軒を連ねている。冬の短日を案じる旅人は皆足早で、宿場の物売りたちがその間を縫って売り声を張り上げている。薄陽の差し込む路地の突き当たりには浜が見え、漁師の女房たちが賑《にぎ》やかに言葉を交わしながら網の繕いをしていた。

暗がりの多い峠道ならいざ知らず、このように往来の盛んな街道で大それたことなどできようはずがないと、否応なしに思い知らされたのである。

一度はいつになく凶暴な気持ちに駆られた反動であろうか。白々とした冬の薄陽と潮臭い風、それに漁師町の活気に晒《さら》されながらとぼとぼ歩くうち、忠助はますます絶望的な気分に陥っていった。

四十両もの大金を紛失して、おめおめ店には帰れない。ではこのまま黙って逃げ出すかといえば、そんな度胸もない。その上、通りすがりの誰かから金を強奪することもできぬとあれば、いったい自分はどうすればいいのだ。

早出をしたのか、それとも方角が違うのか。昨夜見かけたあのお店者の姿は、街道にはなかった。

――あんなに周囲を警戒していたのだから、あいつの懐には二十両、いや三十両ぐらいの金が入っていたに違いない。ちくしょう、惜しいことをした。

目の前に当事者がいないことが、かえって口惜《くや》しさをかきたてるのだろう。忠助は到底働きようもない悪事を、ああすればよかった、こうすればよかったと胸の中で思い描き、その挙句、

――けど所詮《しょせん》、俺にそんな度胸はないんだ。

と、己の小心さに悪態をついた。

数町進んでは立ち止まり、半刻歩いては足を止め、を幾度も繰り返すうち、日は頭上を過ぎ、西に傾きはじめた。やがて先ほどまで吹きしきっていた風が止《や》み、辺りに夕暮れの気配が漂い始めると、忠助は大きく息をついて目をしばたたいた。

凪《なぎ》のせいか、潮のにおいがいっそう強く鼻をつく。板葺《いたぶ》きの小屋に立てかけた蓆《むしろ》の上に延べられている生乾きの海苔《のり》を、中年の女たちがのんびりと片付け始めていた。

この調子では、今日の宿は川崎。どうしたところで、明日か明後日には江戸に入ってしまう。

今まで以上に暗澹とした思いで、忠助は灰色の空を見上げた。ちょうどそこに店を開けていた掛け茶屋によろよろと入り込み、床几《しょうぎ》にどすんと腰を下ろす。

川崎大師への参詣がてら、鶴見《つるみ》付近まで足をのばす人も多いのだろう。七つ（午後四時）すぎの茶屋の床几は老若男女、様々な旅人で大半埋まっていたが、血の気の失せた忠助の顔に目を留める客はいなかった。

指先を赤くひびわれさせた小女が運んで来た湯呑《ゆの》みを胸元で抱え込み、背中を丸めて周囲を見回す。

顔を塗笠《ぬりがさ》で隠した中年の武家、荷物を積んだ駄馬を外につないだ馬子、若いお店者を供に連れた大店の娘らしき女、三人連れの山伏、三、四歳の男児を連れた老夫婦……そんな人々の話し声で、小さな茶屋は軽い喧騒に包まれている。

肩身の狭い思いで彼らのやりとりをぼんやり聞いているうち、忠助はふと、世の中で自分ひとりが多大な不幸を背負い込んだような思いにかられた。

上目遣いにうかがった人々の頰《ほお》は、師走の寒さのためか、いずれも赤く上気している。それぞれの連れと顔を見合わせ、何事か話しているさまが、一人旅の彼にはひどく楽しげに映った。

——畜生、俺がこれほど困ってるってのに、楽しそうにしやがって。

そんな恨みがましい怒りが、唐突に忠助の脳裏に浮かんだ。

いまこの同じ茶店にいる者の誰に、自分の悩み苦しみが理解できるだろう。

いったんそう考えると、床几に隣り合わせている者たちはもちろん、街道を行き交う全ての人々が忌々《いまいま》しく思えてくる。

いっそ浅草のお店もこの茶屋も、火事でも起きて燃え尽きればいい。いや、ここで大きな地揺れでも来て、皆押しつぶされてしまえばいいのだ。

だが、ちくしょう、ちくしょうと思わず小声でつぶやいていた忠助の思考は、このとき不意に遠くから響いてきた地鳴りにも似た音によって、はたと破られた。

「何の音でしょう」

同じ床几にかけていた身なりのよい娘が、供の男を振り返る。街道を振り返った茶屋の小女が顔色を変えたのと、甲高い馬の嘶《いなな》きが響き渡ったのは、ほぼ同時だった。

「馬じゃ、暴れ馬がこっちに来るぞい」

「早《はよ》う、家の中に入れ」

街道を行き交う人々のけたたましい絶叫と、逃げ惑う足音が交錯する。

今朝発って来た保土ヶ谷宿では、宿場の東端に萱葺《かやぶ》きの馬子宿が建てられていた。そこに毛並みの悪い馬が二、三頭つながれていたことを思い出し、忠助はさすがにはっとして、抱えていた湯呑みを置いた。

周囲のただならぬ気配と地響きに怯《おび》えたのだろう。このとき、茶屋の脇の杭《くい》につながれていた馬が、棹立《さおだ》ちになって嘶いた。

馬子があわてて杭場に駆け寄る。しかし背の荷もそのままに、前脚を上げて暴れる馬に後ずさり、彼はすぐに泥の中に尻餅《しりもち》をついてしまった。

「何をしておるのじゃ。早う馬を鎮めぬか――」

中年の武士の叱咤《しった》が、馬の嘶きに重なった。

だが遠くから響く嘶きと蹄《ひづめ》の音が狂奔《きょうほん》を誘うのか、荷駄馬は口元に泡を吹き、なおも棹立ちになって嘶き続ける。

「危ないっ、杭が抜けるぞっ」

街道を行く荷駄馬は、馬子に轡《くつわ》を取られることに慣れており、おおむね気性はおだやかである。このためよもや馬が暴れるはずはないと、掛け茶屋の杭場はどこもほんの真似事程度にしか地面に打ち込まれていない。

加えて数日前の雨のせいで、土はぬかるんでいる。そこに首を振って狂奔する馬の足掻《あが》きが加わり、杭は見る間にぐらぐらと揺るぎ出した。

このとき街道を疾駆《しっく》してきた三頭の暴れ馬が、地響きと砂煙を上げ、津波のように茶屋の前を駆け抜けていった。

「うわあ――」

泥濘《ぬかるみ》から立ち上がりかけた馬子が、風に煽《あお》られて再度転倒した。茶屋の小女や子供が、甲高い悲鳴を上げる。

暴れ馬たちの嘶きと呼応するように、荷駄馬がまたしても前脚を上げたとき、杭が音を立てて地面から抜けた。

普段の大人しさが嘘《うそ》のように、馬は首を激しく振って嘶いた。街道を疾駆していった暴れ馬を追おうと、大きな図体をめぐらせる。

悲鳴に似た声が辺りをつんざいたのは、このときだった。

「た、太吉――」

「そ、そっちにいったらあきまへん――」

見れば何を思ったのか、老夫婦に連れられていた男児が、捕まえようとする二人の手をかい潜って、街道の真ん中へ飛び出していく。

そんなことにはお構いなしに、荷駄馬は杭を引きずったまま、先を行く三頭を追おうとする。血走ったその眼には、行く手できょろきょろと周囲を見回している小さな子供の姿など、まったく映っていないに違いなかった。

誰もが凍りついて息を呑んだ。

ぬかるみの中で、馬子がなにかを叫びながら、泳ぐように両手を振り回している。それを視界の隅に捕らえた次の瞬間、街道にもっとも近い床几にいた忠助は、思わず外へと飛び出していた。

塗笠の武士や山伏たちが動くよりも早い、とっさの行動であった。

子供は迫り来る馬に顔を引きつらせ、道のただ中に立ちすくんでいる。その小さな身体《からだ》に飛びつくや、忠助は子供を横にひっ抱えて地面を蹴《け》った。茶屋の人々の間から、悲鳴が上がった。

「あ、危ないっ――」

男児をかかえたまま、背中に迫る蹄の音から逃れるように泥の中を転がるのと、一陣の疾風がすぐ傍を駆け抜けたのは同時だった。身をすくめる暇もあらばこそ、黒い風はそのまますぐに街道を西へ走り去り、地響きはあっという間に遠ざかっていった。

忠助が恐る恐る顔を上げようとしたとき、腕の中の子供がわっと火がついたように泣き出した。

老夫婦が意味をなさぬ声を上げながら、転げるような足取りで駆け寄ってくる。

その様に忠助は、

――何てこったい。

と己に呟《つぶや》いた。

一歩間違えば、自分も蹄にかけられて命を落としていたかもしれない。それにもかかわらず、子供を助けについ走り出すとは――。

ほんの一瞬前まで自分は、同じ床几に掛けていた者たちを、腹の底から呪《のろ》っていたではないか。それが咄嗟のこととはいえ、こんな真似《まね》をしてしまうのだから、我ながらまったくあきれた話であった。

左右から子供にしがみついた老夫婦が、うれし涙に暮れている。茶屋の小女と馬子が交互に何事か話しかけてくるのを、忠助はうわの空で聞いていた。

これでは人の金を奪うことも、ここから逃亡することも、できるわけがない。周囲の人々を忌々しく思ったところで、所詮自分はそれ以上何もできないお人よし。どうしたって、悪人にはなりきれないのだ。

――お、俺はいったいこれからどうしたらいいんだ。

生真面目な自分の姿を、鏡を突きつけられたように思い知らされ、忠助は愕然《がくぜん》としていた。

このままなにも出来ず、しょぼくれた顔つきで紀屋の暖簾《のれん》をくぐる己の姿が、脳裏にくっきり浮かんだ。己《おのれ》で己をぶん殴りたい衝動すら感じながら、忠助は深い溜《た》め息《いき》をついて空を見上げた。

おとなしく紀屋に戻り、正直に主の勘五郎に謝るか。そうでなければ、

——もう、ここで首でも吊《つ》ってしまうか……。

先ほど背に迫った蹄の音を思い出しながら、忠助は街道沿いの松の木に目を移した。

自分が金をなくした責めを取って死んだなら、葛飾の老母はさぞかし悲しむだろう。しかし忠助がこのまま紀屋に戻った末、店から暇を出された場合に受ける衝撃と、その後の肩身の狭さを思えば、子を亡くす悲しみなど一時のものではあるまいか。

妙に姿のいい松が、茶屋の屋根の向こうに太い枝を伸ばしている。海辺のことだ、縄の一本や二本、どこからでも手に入れられるに違いない。あとは足場にする台だが、それもまあいざとなればどうにかなろう。

——いっそのこと悪人になってしまえれば、俺はこのまま生きて行けるのかもしれん。真っ当な人間とは、案外損なものなんだなあ。

死のう。そうだ、それしかない。そう考え付いた瞬間、ここ数日、重苦しく胸を塞《ふさ》

いでいたものが、妙に晴れやかに消え去っていった。他人がいなければ地面に大の字に寝っ転がり、大声で笑い出したい思いであった。

「この男、何やら様子が変じゃ。ひょっとしたら、頭を強く打ったのかもしれぬ。この近くに医師はおらぬか」

「川崎の宿まで行けば、いらっしゃいます。ひとっ走り呼んで参りましょうか」

「うむ、念のためじゃ。それがよかろう」

顔を明るませて松の木と空を見比べている忠助が、よほど奇異に映るのだろう。塗笠の武家と茶店の小女が、ぼそぼそとそんなやりとりを交わしている。

やがて小女がどこかに駆けて行くと、山伏が二人がかりで、座り込んだままの忠助を助け起こした。他の者が手早く片付けた床几に、無理やり横にならせる。

なすがままにされながら、忠助は相変わらずぼんやりと空を見上げていた。

風が出てきたのか、灰色の雲が意外なほど早く視界を流れてゆく。その後に広がる空は、夕暮れの色を含んでわずかに翳《かげ》り始めていた。

すぐに医者が駆けつけてきたとしても、自分がこの茶屋から立ち去らせてもらえるのは、日暮れ後になるだろう。

せっかく医者に掛かりながらすぐに縊《くび》れ死ぬのは、何だか申し訳ないが、

——まあそれもしかたない。

と、彼は胸の中で一人ごちた。

小女がいなくなると、茶屋は閉めているのも同然となった。そうでなくても日没が近いだけに、街道の旅人の足はどれも気ぜわしく、新しい客もいない。

先を急ぐらしく、まず山伏たちが適当に目算した茶代を床几に置いて立ち去った。それに続き、荷駄馬に逃げられた馬子が、気まずげな顔つきでそそくさと街道を西へと走り去ったが、残った客たちは皆、ちらりと目を上げただけで、誰もそれを止めなかった。

「お嬢様、そろそろ参りませんと——」

「そうですね。もはや陽も暮れそうですし。ですが佐七《さしち》、行く先はまだ遠いのですか」

横になったまま、所在なくぼんやりしていた忠助は、大店の娘とそのお供の手代らしき二人連れの会話に、おやっと目を見開いた。

年恰好から、てっきり川崎大師への参詣者だとばかり思っていたが、彼らの目的はどうやら他にあるようだ。

とはいえこんな時刻から、いったいどこに向かうのだろう。忠助は訝《いぶか》しさを覚えた。

「いいえ、あと半刻も歩けばようございましょう。ただお嬢様、もしおつらいようでしたら、この界隈《かいわい》でもかまいません。どうせ日が落ちれば、邪魔をするお人もいない海辺でございます」

「そうですね。わたくし、先程から足が痛むのです。あまり遠くに行っては、店の者たちも困りましょう。もはや、この辺で——」

聞き耳を立てねば聞こえぬほど小声のやり取りは、主従のそれというには相応《ふさわ》しくない湿り気を帯びていた。

娘の愁訴《しゅうそ》にさりげなく頭を巡らせば、彼女の革草履《かわぞうり》は泥にまみれ、白い足袋には血がにじんでいる。

あざやかな中振袖は疋田《ひった》の総絞り。よく考えれば稽古事《けいこごと》の帰りのような華やかな町着姿は、前掛けに真鍮《しんちゅう》の矢立を差し、足元は下駄履きという供の男の身ごしらえとともに、社寺参詣には何とも奇妙であった。

「わかりました、お嬢様。もうしばらくご辛抱ください」

佐七と呼ばれた男は、涙ぐんで自分を見上げる娘を、低い声で穏やかに諭した。

娘が小さくうなずくと、彼は人目もかまわず彼女の足元に屈《かが》みこんだ。丁寧《ていねい》な仕草で草履と足袋を脱がせ、懐から取り出した手拭《てぬぐ》いで血まめの出来た足をぬぐう。続いて同じ手拭いで草履を清め、それを再び娘に履かせた。

「この茶屋の払いは――」

男のなすがままにされながら訊《たず》ねたのは、自分で茶店の支払いなどしたことがない育ちゆえであろう。

「わかっております」

娘の言葉に、佐七は懐から巾着《きんちゃく》を取り出した。

数文の小銭をつまみ出そうとして、手を止めて娘を見やる。彼女が何やら心得たようにうなずくと、彼は巾着をそのまま盆の上に置いた。

――待てよ、何かおかしいぞ。

忠助は心の中で首をひねった。中身が小銭ばかりだとしても、明らかに茶屋の払いには多すぎる。それに巾着をまるまる置いて行き、これからの道行き、不都合はないのだろうか。

だがそんな忠助にはおかまいなしに、佐七は再び娘と意味ありげな眼差《まなざ》しを交わし、床几から立ち上がった。

大切なものの所在を確認するかのように、懐に手を当てる。顔つきをふと硬くして軽く一つうなずくさまは、胴巻きの中に金子《きんす》を隠しているお店者と似通いながら、ひどく剣呑《けんのん》で陰鬱《いんうつ》な気配を帯びていた。

娘がかすれた声で、男を呼んだ。

「佐七——」

「はい」

佐七は再度懐に手を当ててから、彼女に背を向けて腰をかがめた。娘は中振袖の袂《たもと》を揺らしながら、それが当然のように彼の背中におぶさり、陽焼けした首筋に手をからめた。

豪奢《ごうしゃ》な振袖の裾《すそ》がまくれあがり、青白い脛《すね》がちらりとのぞく。佐七はそれを軽々と両手にかい込んでから彼女を小さく揺すり上げて背負いなおし、暴れ馬が蹴散らしたぬかるみに踏み出した。

男の脛に、泥がびちゃっと音を立てて飛ぶ。

背中の娘は軽く眼を閉じたまま、そんな彼の肩に頭をもたれかけさせている。朱色を帯びた夕陽が、二人の影を黒々と長く地面に曳《ひ》く。その影は泥の上で、まるで一つの生き物のようにうごめいた。

なにやら恐ろしく不釣合いな、それでいて人の眼を捕らえて離さない、不気味さすら漂う光景であった。

——ああ。

忠助は思わず、床几に起き直った。

ひとつの生き物のように解け合った二人が、夕闇《ゆうやみ》の迫る街道を今どこに行こうとしているのか、唐突に分かったからだ。

西陽を正面から受けているため、彼らの表情は忠助にはわからない。色鮮やかな振袖も、擦り切れた男の前掛けも、逆光の中にはただ黒く溶け合った一つの影となって見える。

同じように、死の淵《ふち》に立っていたためであろうか。混然一体となったその影が、もはや顔も身分も振り捨て、今からこの世の外に旅立とうとしていることを、なぜか忠助は確信した。

——あれは、心中者じゃないか。

そうか、これから彼らは死に場所を探しに行くのか。だとすればそりゃ、日が暮れると困るだろう、と胸の中でぼんやり呟いた。

「こら、まだ起きてはならぬ。医師が来るまで、しばし寝ておれ」

「それにしても、ひどく時間がかかるじゃねえか。ちょっとそこまで見てくるか」

隣の床几にかけていた武士と行商の男が、起き直った忠助をあわてて押し留めた。

忠助以外の目にはただの主従に映るのか、彼らは立ち去ろうとする二人には、まったく注意を向けなかった。ひょっとすると同じ暗がりを覗《のぞ》き込んだ者でなければ、あの異様さは理解できないのかもしれない。

再び強引に床几に寝かされながらも、忠助はゆっくりと遠ざかる二人から、目を離すことができなかった。

その視線を感じてか、娘が不意に男の背から身を起こした。

同時に強い西陽が雲に遮《さえぎ》られ、娘の青白い顔が忠助に向けられたのがかろうじて分かった。

娘は瞬時、自分たちを見送る忠助を、男の背中から無表情に眺めた。

しかしやがて、つと袂を揺らして片手を伸ばし、先ほど佐七が盆の上に置いた巾着をまっすぐに指した。紅に彩られた唇を左右に引いてにっと笑うと、すぐにまた男の肩に頭を預けて眼を閉じる。

忠助と娘しか気付かなかったであろう、ほんの一瞬の仕草であった。

――あの巾着を。

そんな娘の声なき声が、忠助には確かに聞こえた。

「これ、寝ておれというのが分からぬのか」

怒鳴り声を上げる武士を押しのけて、忠助は床几から跳ね起きた。地面に膝《ひざ》をつき、次第に小さくなる影に向かって手を合わせる。

ここに居合わせた人々の中でただ一人自分だけが、死に場所を求めて立ち去る二人に目を留めた。それと同じように彼らもまた、大勢の中で唯一、死なねばならぬという忠助の胸裏を汲《く》んだのだろうか。

巾着の中に、いったい幾らの金が入っているのかはわからない。だがたとえそれが四十両には程遠くとも、忠助には死にゆく娘が、自分に生きよと告げているのだと感じた。

熱いものが、忠助の胸にこみ上げてきた。

雲が吹き去った後の空が、息苦しいほどの西陽に染め上げられている。

男の背中からまた、娘がわずかにこちらを振り返った気がした。

第二話　通夜の支度

益子屋の末娘・お駒《こま》と手代・佐七の亡骸《なきがら》が保土ヶ谷宿外れの寺の軒下で見つかったのは、二人が神田佐久間町の店を出奔《しゅっぽん》した翌日の朝であった。

師走《しわす》のこととて、海沿いの街道筋に吹き付ける浜風は、肌を切るように冷たい。佐七の死骸《しがい》は、その風からかばうかのように、お駒の身体《からだ》をしっかりと胸に抱えていた。まず佐七がお駒の胸を道中差しで突き、ついで自分の喉《のど》を掻《か》き切って事切れたのであろう。二人の血を吸った辺りの土は凍りつき、一面不気味に青光りしていたという。

この知らせを、喜兵衛《きへえ》とお栄《えい》は神奈川宿の宿屋の上がり框《かまち》で聞いた。今まさに宿を発《た》とうとしたところに、問屋場から人足が駆け込んできたのである。

草鞋《わらじ》の緒を結びかけていた二人は、蒼白《そうはく》になった顔をどちらからともなく見合わせた。

「番頭さん――」

江戸を発って以来、いつかこの報せを聞くのかも知れないとの不安は、漠然と心の底に沈んでいた。とはいえそれがいざ現実となってみると、まだ十九歳のお栄の身体はわなわなと震えだしていた。嘘《うそ》だ嘘だ嘘だ、とわめき立てたい思いを、ぐっと拳《こぶし》を握り締めて、かろうじてこらえた。

二人の供をしている丁稚《でっち》の鶴吉《つるきち》は、人足の言葉を最後まで聞かず、お店《たな》に飛脚を立てるために、宿屋から飛び出して行った。この時刻なら、昼前にはお店に知らせが届くだろう。

保土ケ谷はここ神奈川から約一里東、江戸からは八里余りの距離の宿場町である。

神田の炭問屋・益子屋の末娘として乳母日傘《おんばひがさ》で育ち、旅はおろか、神田からもほとんど足を踏み出したことがないお駒である。いくら佐七が一緒であろうとも、一日でそれほど遠方には行けまい。遠くても神奈川、おそらくは川崎界隈《かいわい》にいるだろうと、それらの宿場ばかり当たっていたのが誤りだった。

そもそも奉公人からですら、「まるでお人形のようにおとなしい」「旦那《だんな》さまから今日は右を向いていろと言われれば、日がな一日そうしておいでかもしれん」などと陰口を叩《たた》かれ通しだったお駒だ。それが手代と店を出奔するなど、いったい誰が思い描いたであろう。

「お栄、しっかりなさい。とりあえず保土ヶ谷まで急ぎますよ」

二番番頭の喜兵衛は四十歳。主《あるじ》の幸太郎《こうたろう》や大番頭の嘉吉《かきち》の信頼も厚いだけに、さすがにお栄のように取り乱しはしなかった。すぐに我に返ると脚絆《きゃはん》の足に草鞋を結わえ、呆然《ほうぜん》と突っ立ったままのお栄を厳しく睨《にら》みつけた。

「は、はい——」

しかし草鞋を履こうにも、指先ががたがたと震え、言うことを聞かない。

見かねた宿屋の女中が土間にしゃがみ込み、お栄の草鞋の布緒を結び始めた。

手早く動く女中の指先を見下ろしながら、お栄は胸の中に冷たい風が吹き荒《すさ》ぶのを感じていた。

——佐七さんが死んだ。あたしを置いて死んだ。

目前に屈《かが》みこむ女中の細い頸《くび》が、お駒のかぼそいそれとふと重なった。佐七のあの大きな手がお駒の白い首に触れる幻が、驚くほど鮮明に脳裏に浮かぶ。突然こみ上げてきた女中を払いのけたい衝動を、お栄は再び拳を握ってこらえた。

「今日は、あの疋田鹿《ひったか》の子《こ》の振袖《ふりそで》を着せておくれ」

お駒がこう言い出したのは、昨日の早朝であった。

炭屋には一番の稼ぎ時、ともすれば飯炊き女中までが炭俵の勘定に駆り出される師走である。店の者の忙《せわ》しさは熟知しているはずのお駒がそんな気随《きまま》を口にしたのが、今思えば変事の前触れだったのかもしれない。

とはいうものの娘じみたそんな小さな我儘《わがまま》を除けば、お駒の素振りに取り立てて妙な点はなかった。だからこそお栄も、着替えを手伝った後、いつものように彼女の部屋を離れたのだ。

表向きご禁制品である絞りの着物がお駒のため誂《あつら》えられていたのは、彼女が年明けには備州鴇緒《ときお》の領主・月岡安芸守《あきのかみ》の下屋敷に奉公に行くと決まっていたからだ。行儀見習いの名目で、旗本大名の屋敷に娘を奉公させる商家は珍しくない。しかしお駒のそれは、普通の奉公とは違っていた。月岡家側用人じきじきのお声がかりで決まったそれは、実際は側女《そばめ》奉公であったのだ。

備前・片岡の鴇緒藩は、石高五万五千石。山の多い小藩だが、その地の利を活かした生薬の栽培を主な産業としており、益子屋は三代前から、江戸屋敷の御用を仰《おお》せつかっていた。

「益子屋、そなたを見込んでの頼みじゃ。聞き届けてはくれぬか」

江戸出府中の安芸守のご機嫌うかがいに出かけた幸太郎に、側用人が改まった顔でこう切り出したのは、そこここで蟬《せみ》が鳴きしきる暑い日であった。

大名といっても、どこの勝手元も楽ではない。側用人直々の声がかりとは、納める炭の値下げか、はたまた借金の申しつけかと心の中で溜め息をついた幸太郎は、

「そなたには娘が二人あると聞くが、いずれかを殿のお側にあげる気はないか」

との言葉に、腰を抜かしそうになった。

今年不惑を迎えた鴇緒藩主・安芸守忠度《ただのり》には、子がいない。正室の他、国許《くにもと》にも二人の側女が置かれていたが、そのいずれもが一向に懐妊せず、重職たちにはお世継ぎの誕生が何よりの懸案事項であるという。

「男子でなくともよい。とにかくお子を産める娘が、わが藩には必要なのじゃ」

側女にふさわしい家柄や美貌《びぼう》の娘なら、家中にも数多《あまた》いる。それにもかかわらず幸太郎の娘が側用人の目に留まったのは、益子屋が代々子沢山《こだくさん》の店として知られていたためであった。

なにしろお駒の祖父に当たる先代は、正妻と妾《めかけ》に合わせて四男五女を産ませ、当代の幸太郎も、お駒の他に三男一女をもうけている。しかもその子らがそろって無事に成人を迎えているとあり、血脈を絶やさぬことを第一とする鴇緒藩からすれば、これ以上の人材はまずなかったのである。

とはいえ幸太郎の二人の娘のうち、姉はすでに日本橋の同業に嫁いでいる。御殿に上げられる娘は、妹のお駒しかいなかった。

「不意の話とて、驚くのは当然じゃ。されどわしを助けると思うて、この話、引き受けてはくれまいか」

側用人に白いものの混じった頭を下げられ、幸太郎は困惑した。

長年出入りを許されている鴇緒藩の頼みを、むげに断るわけにはいかない。お側に上がったお駒が世継ぎを産みお腹さまとなれば、店には莫大《ばくだい》な利がもたらされるだろう。商人として算を入れれば、答えは考えるまでもなかった。

店で若旦那と呼ばれている長男の直治郎《なおじろう》も、この話に乗り気であった。

「お駒もいずれはどこかに嫁ぐ身。ただそれが同じ商人のところであれば、慣れぬうちからおかみさんと呼ばれ、店奥や奉公人の差配もせねばなりません。お駒のようなおとなしい娘には、これはむしろ結構なお話かと」

なるほど彼の言う通り、幼い頃から内気でいまだはきはきとした受け答えすらできぬお駒に、これは願ってもない縁に違いない。幸太郎の気持ちは、直治郎のこの一言で定まった。

七歳で子守を兼ねて奉公に上がって以来、ずっとお駒の付き女中をしているお栄には、そんな主一家の内奥が早くから手に取るようにわかっていた。

お駒たちの母親は、八年前の流行病《はやりやまい》ですでに亡い。長年お駒の面倒を見てきた婆やのお芳《よし》は、幸太郎の話に顔を曇らせたが、一介の奉公人に口出しができるはずがなかった。

やがて、お駒が屋敷に上がるのが来年正月と決まると、益子屋には鴇緒藩から莫大な金が支度金として与えられ、道具や衣装を調える商人が、連日のように訪れはじめた。

しかし当のお駒は幸太郎から話を持ちかけられて以来、ひどく沈んだ日々を送っていた。

色白の顔は青ざめ、婆ややお栄が話しかけてもろくに答えがない。奉公を嫌っていることは、誰の目にも明らかだったが、御用人さまからのお声がかり、しかも父や兄も乗り気とあれば、彼女に抗《あらが》う術《すべ》はなかった。

せめてもの救いは、間もなく納入され始めた豪奢《ごうしゃ》な調度類が、わずかなりとも彼女の気持ちをやわらげたこと。呉服屋から見せられた疋田鹿《か》の子の反物をお駒が気に入り、中振袖に仕上げさせたときの笑みには、お栄も婆やも胸をなでおろしたものであった。

だが何かと浮き足立つ益子屋の中で、お栄の最大の心配事は実はお駒の身の上にはなかった。

――お嬢さまがご奉公に上がるとなると、あたしもお供するのかしらん。

そうでなくても富商の娘の御殿奉公は、幾棹《いくさお》もの簞笥《たんす》に詰められた衣装や室内調度一式とともに、女中数人を伴うもの。それがお側女勤めとなれば、供の数も常より増えて当然だった。

誰がお駒とともに、お屋敷に行くのか。このところ女中仲間でしきりなこの取り沙汰《ざた》に、お栄は気が気ではなかった。幼い頃からの付き女中である自分がそこに含まれることは、まず確実と思われたからだ。

「婆やさんは当人がその気だからいいけど、お栄ちゃんは気の毒だねえ。一度お屋敷に上がったら、そうそう簡単に宿下がりは許されないだろうし」

「そうだねえ。店の手伝いなんかはしなくてもよかろうけど、お暇をいただくのもなかなか難しいと聞くものねえ」

ささやき交わすお店の者たちの眼差《まなざ》しには、いずれも同情めいたものが含まれている。

なんとなれば益子屋の奉公人の間では、お栄が手代の佐七と相思相愛であることが、周知だったからである。

主の幸太郎のおだやかな人柄のためであろう、益子屋は他の商家に比べ、丁稚手代や女中たちの交わりに関して、さほど口うるさい家訓はなかった。

店表も裏も入り混じって仕事を受け持ち、男女ともにのびのびと言葉を交わす。そこから夫婦になった例も珍しくなく、現に先だって暖簾《のれん》分けをした番頭の女房は、五年前まで店の女中をしていた女であった。

四歳のときに大火で両親を亡くし、先代に拾われて益子屋の奉公人となった佐七は、神田界隈でも無類の忠義者として知られていた。無口ながらも芯《しん》に強いものを秘め、目上の者の言葉には恂々《じゅんじゅん》と従うが、道理に合わぬことには頑《がん》として譲らない。額にわずかに残る火傷《やけど》の跡がその容貌を陰のあるものにしており、そんな佐七の一徹なところに、お栄はたまらなく惹《ひ》かれたのであった。

主の幸太郎も、彼の生真面目《きまじめ》さを好ましく感じているのだろう。まだ二十歳そこそこながら、番頭への取立ても間近だろうと、店の者はこぞって噂《うわさ》していた。

お栄が彼と深い仲になったのは、ほんの半年前。それもいまだ他の奉公人の目を盗んで、わずかに手を握り合う程度の淡さである。

以前お栄がそれとなく、

「お嬢さまが御殿に上がられるなら、あたしもお供するしかないのかしらん」

ともちかけたとき、佐七は、

「旦那さまやお駒さまが望まれるなら、従うのが当然じゃないか」

と当たり前のように言った。

しかしお栄からすれば、勤めそのものは気楽かもしれないが、佐七と会えぬ日々など、考えたくもなかった。

――旦那さまからお話があったら、あたしからはっきりお断りしよう。佐七さんの忠義はいいけど、それも事と場合によるんだから。

普段はいざしらず、こと旦那さま相手では、佐七はまったくあてにならない。あの調子では、もしなにも知らない旦那さまからお栄をお駒に付けようと思うがと問われたら、自分との関わりは黙したまま、「さようでございますか」と答えるだろう。益子屋に残ることができるかどうかは自分次第だと、お栄は腹をくっていた。

そんな矢先のお駒と佐七の出奔だけに、お栄には当初、いったい何が起きているのか訳がわからなかった。

お駒が自室から忽然《こつぜん》と姿を消したのは、昨日の昼前。手文庫に入れられていた巾着《きんちゃく》と小遣いの金、それに沓脱《くつぬぎ》に置かれていた革草履《かわぞうり》がなくなり、裏の路地に通じる木戸が開いていた。

――やはり、お嬢様はご奉公を嫌がってらっしゃったんだ。

だがそれを主に知らせねばと店表に走り出たお栄は、板間に呆然と座り込んでいる幸太郎と直治郎の姿に息を呑《の》んだ。

いつも賑《にぎ》やかな店先は静まり返り、何故《なぜ》か一人の丁稚の姿も見当たらない。凍りついた顔で文らしきものを凝視している主親子の傍らに、大番頭の嘉吉が複雑な面持ちで控えているだけであった。

土間と往来を隔てる暖簾が風に揺れている。それが不思議にはっきりと、お栄の目を射た。

「ああ、お栄か――」

足音も高く店先に出てきた彼女の姿に、直治郎が押し殺した声をしぼりだした。

「お前も辺りを探しに出ておくれでないか」

「は、はい。あの若旦那、お嬢さまが」

探せというのは、お駒のことだろうか。だとすればなぜ、若旦那はもうそのことを知っているのか。当惑のあまり言葉が続かぬお栄に、直治郎は眉《まゆ》をしかめて手を振った。

「分かっている。お駒がいないんだろう」

「は、はい、そうです。では行って参ります」

「――佐七もだよ」

踵《きびす》を返そうとしたお栄は、低くしゃがれた幸太郎の声に、え、と足を止めた。いつもならその名を聞くと気持ちが軽く浮き立つはずが、このときばかりは背中にずんと冷たいものが突き刺さった気がした。

恐る恐る振り返れば、幸太郎は自分の手の中の文にじっと目を落としていた。よほど強く握り締めているのか、紙端はくしゃくしゃになっている。その姿のまま、幸太郎はもう一度ゆっくりと繰り返した。

「お駒には佐七が供をしているようだからね。見つけたら一緒に連れてきなさい」

このときお栄は、幸太郎の膝《ひざ》先に置かれている見覚えのある帳面に気付いた。擦《す》り切れたその端を綴《と》じているのは藍《あい》の細布。紙縒《こよ》りが切れてしまったのを、ありあわせの裂《きれ》で綴じてやったのはこの自分だ。

――佐七さんの、帳面。

お店の商いの一端を担う手代にとって、帳面は何より大切なものである。生真面目な佐七はいつもそれを大事にふところに入れていた。それがなぜ、今ここにあるのだ。

「佐七は出て行ったよ、お栄」

愕然《がくぜん》と立ちすくむ彼女には相変わらず目を向けぬまま、幸太郎は呟《つぶや》くように言った。

「佐七は、お駒が気の毒でならないそうだよ。わたしゃ直治郎に逆らえず、泣く泣くお側女になるお駒がかわいそうでならない。いっそ死にたいと相談されたものの、お嬢さまを一人で死なせるのは奉公人として忍びない。お止めすることも叶《かな》わぬ以上、せめて自分が死出の旅の供に付かせていただく――ここにはそう書いてあるよ」

幸太郎は、片手でひらひらと文を振った。

ひどく子供じみたその仕草を見たとたん、お栄の膝から力が抜けた。

佐七がお駒と死ぬ。あまりに思いがけない話に、全ての音が耳から消えたかに感じられた。自失した彼女を嘲《あざけ》るように、緩慢《かんまん》に暖簾が揺れた。表を行き交う人の短い影が、時折土間に差し込んだ。

いったいどれぐらいそのまま時が過ぎたのだろう。丁稚の一人がその暖簾を乱暴に跳ねあげて駆け込んできたときも、お栄はまだぺたんと板間に座り込んだままであった。

「お、お嬢さまと佐七さんに似た二人が、新橋から船を雇い、品川へ渡ったそうです――」

上ずった声に我に返れば、店先には数人の手代や丁稚が戻ってきていた。誰もが信じられないと言いたげに、頬《ほお》を引きつらせている。

「品川、ということは東海道か」

「すぐに後を追いましょう。これ、喜兵衛」

嘉吉に呼ばれ、二番番頭の喜兵衛が腰をかがめた。

「お前、今からすぐ、丁稚の鶴吉を連れて品川に向かいなさい」

喜兵衛が、太い首を縮めるようにして、はいとうなずく。それが目に入った瞬間、お栄は自分でも驚くほどの大声で叫んでいた。

「あたしも行きます。番頭さん、連れてってください」

「これ、お栄さん」

年嵩《としかさ》の女中の一人が、慌てて後ろから肩をつかんだ。しかしお栄はそれを振り切ると、何かをかき分けるように両手を振り回しながら、番頭たちに詰め寄った。

「あたしはお嬢さまの付き女中です。どうかあたしも連れて行ってください」

お栄のあまりの剣幕に、喜兵衛は助けを求める面持ちで周囲を見回した。

幸太郎はまだ呆然と置き手紙を眺め、直治郎も困惑した顔で口を閉じている。二人に代り、ゆっくりとうなずいたのは嘉吉だった。

「いいだろう。お前もお行き」

「あ、ありがとうございます」

それからの彼の差配は早かった。両手をついたお栄には目もくれず、寺に丁稚を走らせて往来切手をもらって来させる。旅支度と早船の手筈《てはず》を同時に整えさせたため、わずか半刻後には、お栄たちは船中の人となっていた。

渡りついた品川から、六郷の渡しを越えれば川崎。街道沿いを虱《しらみ》つぶしに訪ね歩き、神奈川についたときには、師走の日はとっくに暮れていた。

江戸から丸一日の行程にある神奈川宿には、五十軒を越える宿屋が軒を連ねている。痛む足を引きずって主な宿を当たり、宿役人の詰める問屋場にも足を延ばしたが、二人の足取りは皆目知れなかった。

「これは見当違いだったのかもなあ」

喜兵衛がぽつりともらしたのは、つい今朝方だった。

そうだ、佐七が自分を置き去りに、お嬢様と死んだりするはずがない。意外に今頃、二人はひょっこりと店に戻っているかもしれない――出立の用意をしながら、そう自分に言い聞かせ始めていただけに、問屋場からの知らせに二人が愕然としたのも無理はなかった。

使いの人足によれば、すでに保土ヶ谷の問屋場に運び込まれた死体のうち、男は木綿の袷《あわせ》に前掛け姿、女は総絞りの振袖《ふりそで》。東海道広しといえども、そのように不釣合いな男女がそうそういるはずはない。

ようやく草鞋を履かせてもらって宿を飛び出すと、左側に広がる海から吹き上がる潮臭い風が、ごおっという音とともにお栄の顔を叩いた。神奈川の台《だい》と呼ばれるこの付近は、入り江を一望できる高台として、東海道屈指の景勝地。さりながらいまの彼女の目には、そんな景色など何一つ映っていなかった。

喜兵衛も唇を強く引き結び、ひたすら前方を睨んで足を急がせている。

そんな彼らがよほど奇妙に映るのだろう。街道を行き交う人々が、怪訝《けげん》そうな眼差しを二人に投げている。身なりのよい青年僧が、眉をしかめるようにして菅笠《すげがさ》の下のお栄の顔をのぞきこんだが、彼女はそれにすら気付かなかった。

一歩ずつ足を進めるごとに、なぜ、という問いが、いっそう激しさを増して胸の中を吹き荒れた。

真面目な佐七はお芳にも気に入られ、時折、奥向きの用事も言い付けられていた。その際にはお駒と口を利きもしたようだが、たったそれぐらいで、彼女の死に付き合おうと考えるものだろうか。

――しかも、あたしには何も話してくれずに。

一昨日も佐七は、母屋の修繕の下見に訪れた大工を案内して、離れに立ち寄っていた。縁側にいたお駒と、庭先から何か話をしていた姿を、お栄は遠くから目にしている。あの日のお駒は薄い冬日を受け、まるで胡粉《ごふん》を塗り直したばかりの人形のように愛らしかった。彼女の頬の産毛《うぶげ》が光をはらんで眩《まぶ》しく輝いていたと思い出し、お栄は激しい胸の痛みを覚えた。

益子屋の店先で、自分も二人の後を追うと叫んだのは、もちろんお駒を案じてではない。かといって、佐七を心配しての行いでもなかった。

なぜ佐七はお駒とともに出奔したのか、なぜ死出の旅の供をするなどと書き残したのか。理解できない事柄に対する怒りのようなものが、お栄を激しく突き動かしていた。不思議にも、佐七の死を悲しむ思いは湧《わ》いてこなかったが、お栄自身はその事実にまったく気付いていなかった。

海からの風が、また音を立てて激しく吹きたてた。

無言のまたどりついた保土ヶ谷宿の問屋場は、街道に面した広い土間と板敷を持つ平屋。血相ただならぬ二人が土間に踏み込むや否や、喜兵衛と同じ年頃《としごろ》の男が、奥から飛び出して来て小腰をかがめた。

「ご苦労さまでございます。わたくしはこの問屋の年寄、十倉屋《とくらや》利吉と申します。どうぞこちらへ」

問屋場は問屋や年寄・帳付や、人足・馬を管理する人足指《にんそくさし》や馬指《うまさし》などの役職を置き、宿場でもっとも重要な機関である。それだけに、奥の間には多くの人々が立ち働いていたが、利吉と名乗った男は、彼らの好奇の視線を避け、長い廊下を行き当たった部屋にお栄たちを導いた。

中庭に面した障子戸を、うつむきがちに開く。線香の匂《にお》いがつんと鼻をついた。

「こちらでございます」

ほの暗い板間に、莚《むしろ》をかけられた男女の死体が二つ並べられている。血の気のない足が二組、そそけ立った莚の端からぬっと突き出ているのを利吉の肩越しに見て取り、お栄は思わずその場に立ち竦《すく》んだ。

枕元《まくらもと》には宿役人と覚しき男が三人、降って湧いた死骸に、当惑顔を並べている。

お改めを、という利吉の声にうながされ、喜兵衛が大またに部屋に踏み込んだ。わずかな空気のゆらぎが、枕元に立つ線香の煙を大きく乱した。

顔を強張《こわば》らせた喜兵衛は、まず女の死体ににじり寄った。震える手で莚をめくり、その顔を改める。いつもより一層青白く、堅く両目を閉ざしたお駒であった。

居並ぶ役人の誰かが深い息をつく。それを合図に、喜兵衛はもう一つの死体に近付き、顔の布に手をかけた。その耳元に、利吉がすばやく何かをささやく。その途端、喜兵衛は驚いたように動きを止め、ちらりとお栄を振り返った。そして自分の体で男の顔を隠すように座りなおし、すばやく筵をめくった。

「お手数をおかけして、まことに申し訳ございません。確かにわたくし共の主の娘、駒と、手代の佐七でございます」

居並ぶ宿役人に深々と頭を下げた喜兵衛の言葉で、お栄のこらえが切れた。もつれる足で部屋に踏み込み、男の死体の筵に手をかける。その腕を、利吉があわててつかんだ。

「おやめなさい。見ないほうがいいです」

「どうしてです。番頭さんには見せたじゃないですか」

お栄のきっとした声に、利吉は眉を寄せて首を振った。

「ひどく苦しげなお顔をしておいでです。娘さんには気の毒でしょう」

「どうしてですか。お嬢さんは、お嬢さんはあんなに綺麗《きれい》な死に顔なのに」

「心中というものは、先に殺してもらう方が安らかなのでしょう。女を手にかけ、続いて自分を殺す男は、おおむね突き所を誤ったりして、相手より何倍も苦しむと聞いてます」

利吉の言葉に、かっと頭に血がのぼった。彼につかみかかりそうな衝動が全身を貫いたが、かろうじてそれを抑えられたのは、喜兵衛が宿役人と二人の死骸の処置について相談を始めたからだった。

ここから江戸まではほぼ一日の行程。これで二人の死が穏当なものなら、死骸を神田まで運び、檀那寺《だんなでら》で弔《とむら》いをするのが自然である。だが彼らのこの状況は、相対死、つまり心中としか言いようがなかった。

元禄《げんろく》七年の心中禁令には、「不義にて相対死いたし候《そうろう》もの、死骸取り捨て、弔申すまじく候」とあり、心中した男女に弔いは許されていない。だがこれは、役人たちの胸先三寸で、どうとでも采配《さいはい》できる話であった。

通常、旅先で死んだ者はその土地の流儀に従って葬られる。

「旅手形こそ所持しておりませぬが、二人をこの宿場で死んだ旅人として、いずこかの寺に葬っていただきとうございます。無論、血縁を呼び集め、ここで葬式を挙げようなどとは考えておりません。ですがせめてわたくしどもの手で、弔いだけでもさせてくださいませ」

そう言いながら、嘉吉から預けられてきたらしき金包みを取り出した喜兵衛の目は、無理を承知で押し通そうというだけに、暗い底光りをたたえていた。彼がどうあっても退かないと見たらしく、宿役人たちは案外あっさり、遊山途中のお駒が佐七ともども不慮の事故で亡くなったと処理しようと請合い、弔いの許可を与えた。

場所は、二人の死骸が見つかった宿場外れの寺。ご定法《じょうほう》を枉《ま》げての弔いであるため、今晩、喜兵衛とお栄で通夜を営み、明日早くに簡単な葬儀を行うことで話は決まった。

いずれほとぼりが冷めた頃にでも、直治郎や幸太郎たちがこっそり寺を訪れ、二人の墓を作るだろう。今は弔いをさせてもらえるだけでも、よしとせねばならなかった。

二人の遺骸を寺に運び込むと、喜兵衛はさっそく湯灌《ゆかん》の支度を始めた。

「お栄、帷子《かたびら》をお出し」

喜兵衛にうながされ、お栄は嘉吉が手ずから荷に入れた帷子を取り出した。

店を出立するときは、二人の死に装束を用意させる大番頭の周到さに、気味の悪さすら覚えたものだ。しかし今となってはそんな彼の冷静さが、お栄にはありがたかった。

佐七の湯灌は、喜兵衛が追いついてきた鶴吉、それに納所坊主《なっしょぼうず》と三人で行うという。だがいくら死人とはいえ、お駒の裸を男の眼にさらせはしない。このため寺には二人に先立ち、利吉の女房が駆けつけて来ていた。

年はまだ二十歳そこそこ、お巻《まき》と名乗った朴訥《ぼくとつ》そうな彼女は、泣きはらしたお栄の顔にちらりと目を走らせただけで、無言のまま薄暗い庫裏《くり》へ先立った。

六畳ほどの板間の中央には薄い布団が敷かれ、顔に白布をかけられたお駒が横たわっている。そのかたわらに延べられた油紙の上に、湯を満たした大盥《おおだらい》が置かれていた。

自分ひとりでお駒の湯灌をするわけではないと知り、お栄は残念なようなありがたいような複雑な気持ちであった。

置き手紙に、お駒に同情して死出の旅の供をするとあったためだろうか。自分にもなにも言わず死んでしまった佐七に対しては、憎しみに似た、言葉に為《な》しがたい感情を抱いているが、お駒にはこれといった恨みは湧かない。とはいえいざお駒の死体と一人で向き合えば、どんな思いが巻き起こるか知れなかった。

お巻はお駒に合掌すると、布団をゆっくりとめくった。その下から現れた小柄な体は、半身がどす黒い血に染まっている。

とっくに血が固まりきっているのだろう。柔らかだった中振袖は、触るとぱらぱらと黒い粉を落とし、紙を揉《も》むような音を立てた。

身体を清めるためには、まず着物を脱がさねばならない。しかし何もかもが血で固まっているため、帯締めの緩《ゆる》めようがなかった。

「しかたがありません。鋏《はさみ》で切りましょう」

お巻にうながされてお駒の体に手を添えたお栄は、はっと目を見張った。

金襴《きんらん》の帯を押さえている鶯茶《うぐいすちゃ》のくけ紐《ひも》は藤結び。本来ならまっすぐ上を向いているはずのその端が、不自然に真横に寝ている。

他の人間の着付けでは、決してこんな格好にはならない。昨朝、お栄が気ぜわしく手伝った際に歪《ゆが》んでしまった、帯締めの端であった。

「外に行くわけでなし、そのままでいいわ」

帯締めを直そうとしたお栄を制するお駒の声が、唐突に耳に蘇《よみがえ》った。

あのとき自分は彼女の言葉に甘え、帯締めをそのままにして離れを出た。あの不様な帯締めの端、それがいま目の前にある。血を吸って黒ずみ、ぼってりとふくらんだくけ紐を、お栄は愕然と見下ろした。

当初の理由はどうあれ、共に死のうというのだ。細かな相談をするうちに最早お互いしかいないという切羽詰った愛情を抱き、この道中で二人が男女の関係に陥っていたのではないか――お栄は胸の中で密《ひそ》かにそんな疑いを抱いていた。いやむしろそうだとすれば、佐七がなぜ自分に何も告げなかったのかが容易に理解できる。そうあってほしいとすら思っていた。

だがもし佐七がお駒に触れていたなら、帯締めはこんな形に結ばれてはいないはず。そう、彼はあくまで手代の立場を守り、従容《しょうよう》と死の供についたのだ。

——佐七さんは、お嬢様に触れていない。

お栄の背筋に、震えが走った。醜《みにく》い疑いが否定され、安堵《あんど》よりも絶望が全身を摑《つか》み上げていた。

お駒を楽に死なせたものの、自らは突き所を誤り、苦しんで死んだ佐七。常に主家に忠実で、誰からも一目置かれていた佐七。お駒の供をしたくないと漏らしたお栄を見下ろした彼の顔が脳裏にはっきりと浮かび、ああ、とお栄は思わずうめいた。

あくまで忠義を貫いて死んだ佐七の本心が、ようやく明確に理解できた。

家族を失い、先代に拾われた彼にとって、益子屋は命よりも大切な存在だった。その娘であるお駒に死の相談をかけられ、佐七は懸命にお駒をなだめただろう。だが奉公を心底嫌がり、死のうと思いつめたお駒を翻意させられないとわかったとき、彼には死の供をするよりほか、選ぶ道はなかった。お店がすべてである佐七にとって、それは精一杯の忠義立てだったのだ。

多くの奉公人の中から、佐七を選んだお駒の慧眼《けいがん》は見事としかいいようがない。しかしそれはひょっとしたら、彼の忠義心を見抜いたというよりも、十数年に及ぶ主家の恩を、自分の幸せのためあっさり裏切ろうとしたお栄への嫌がらせだったのかもしれない。

不忠な恋人を取るか、自分を取るか。お駒は佐七に究極の選択を強い、見事それに勝利したのではなかろうか。

――そりゃあ、あの佐七さんだもの。あたしよりもお嬢様を取るのは当たり前……。

そして佐七もまた、己の幸せのために望まぬ奉公に上がるお駒を見限ろうとしたお栄を、心の奥底で遠いものに思い始めていたのだろう。

そこに降って湧いたお駒の相談である。仮にその話を知れば、お栄は必死に佐七を止めたはずだ。だがそれは彼女が自分のためにすることであって、主たるお駒のためではない。佐七はそんな身勝手さを知っていたからこそ、お栄になにも告げず店を出たのだ。

――あたしは、まるで気付かなかった。

自分と彼の思いは同じと決め込んでいた愚かさが、指先までを凍えさせた。

佐七の心のありようも、お駒の本心も、自分の夢ばかりを考え、願望で曇った目にはなにも映らなかった。

佐七にとって、自分は恋人であったのかもしれない。しかしお駒は彼の主、彼の人生のすべてだったのだ。

「佐七さんはほんとに心底、忠義者だったんだ」

ぽつりと呟いてみたものの、声に出してみるとその空虚さがいっそう胸に沁《し》みた。

それを合図にしたかのように、お巻がお駒の体をそっとお栄の腕から抱き取った。

小鋏でその髻結《もとゆい》を切ると、盥を脇に引きつけ、髪を湯で湿した櫛《くし》で梳《す》き始める。お栄は無言でその様を見つめていた。

血が沁みたお駒の髪は、櫛が通るたび、ぎしぎしと耳障りな音を立てた。櫛を浸す湯が、見る見る赤く変わる。

やがて長い時間かけて梳き下ろした頭から、お巻は益子屋に届ける形見とするべく、一房の髪を切り取った。奉書紙で束ね、髻結で強く結ぶ。

「すみません、あたしにもお形見をください」

ためらいがちに絞り出した声は、思いがけぬほどしわがれていた。

お巻が無言で寄越した剃刀《かみそり》を握り締める。お栄はそっとお駒の頭に剃刀を当て、お巻が作ったそれより一回り小さい髪の束を拵《こしら》えた。

お駒を恨んではいないが、偲《しの》ぶ気もない。形見を欲しがったのは、決して彼女のためではなかった。

この形見がある限り、自分はけっして彼女と佐七を忘れない。自分よりはるかに強い力で佐七を連れ去ったお駒を身近に感じ続けることで、これからの歳月、己の夢しか思い描けなかった愚かな己を責め、どこに向ければいいか判《わか》らぬ怒りを糧に生き続けるのだ。

（佐七さんったら、本当に忠義者だったんだから）

もう一度、胸の中でそう呟き、お栄は懐にお駒の髪をゆっくり納めた。

「お栄、支度は整ったかい」

板戸の向こうからの遠慮がちな喜兵衛の声に見回せば、部屋の中にはいつの間にか夕闇《ゆうやみ》が迫っている。入相《いりあい》を告げる鐘の音が、すぐ傍で鳴った。

「すいません、すぐに終わらせます」

大声で答えながら、お栄はお駒の帯締めに鋏を当てた。力を込めて、硬く締まった帯締めを断ち切る。次第に薄暗さを増す中、ぶつり、と張り詰めた音が大きく響き渡った。

絞りの目もわからなくなった黒い振袖から、細かなものがぱらぱらと膝先に散る。それを軽く掌《てのひら》で払い、お栄は板間に伸びる自分の長い影に目を移した。

通夜の時刻は、間もなくである。

第三話　やらずの雪

ご覧なされませ、見る間に境内が白うなって参りました。雪と申すものはこうして眺めている分には美しゅうございますが、旅のお方にはさぞ厄介《やっかい》な代物でございましょうな。

おや、あなたさまは近江《おうみ》のお生まれでございますか……なるほど、あちらの冬の厳しさといったら、湖面を渡る風、吹き付ける雪嵐《ゆきあらし》、この大磯とは比べ物になりませぬか。それは迂闊《うかつ》な口を叩《たた》きました。されどわたくしのような青坊主には、鳰の湖《におのうみ》と言われましても腑《ふ》に落ちませぬ。海と見紛《みまご》うほどの巨大な湖とやら聞きますが、それはまことでございますか。

まあ、遠慮なさらず囲炉裏《いろり》にお寄りなされませ。ご住持さまは一月ほど前から、相弟子《あいでし》の尊聖《そんせい》と小田原の本寺へお出かけゆえ、寺にはわたくし一人しかおりません。旅の途中にもかかわらず、かような宿場外れの寺にご参拝下されたあなたさま、ここで行き暮れられたのを放り出しては、み仏の罰が当たります。

ご存知の通り、この高栄寺《こうえいじ》は小田原・香林寺《こうりんじ》の末寺。弘法大師《こうぼうだいし》さまのお作と伝えられるご本尊・十一面観世音菩薩《かんぜおんぼさつ》さまは「ご覧じの観音さま」の異名を持ち、お目は張りのある杏仁《きょうにん》形。水晶作りの瞳《ひとみ》の輪郭《りんかく》は朱、目尻《めじり》目頭には群青《ぐんじょう》が差されているため、奇異なほど目元のくっきりとしたご尊顔でございます。「ご覧じの観音さま」というお名も、その辺からのものでしょう。ご利益《りやく》はいわゆる失せ物尋ね人……もしお探しの品などあれば、ご仏前にてご祈念なさいませ。きっとご利益がありましょう。

――いえ、あなたさまが何を求め、どこからどこへ行かれるかなど、詮索《せんさく》は致しませぬ。旅をなさるお方は皆、それぞれ事情を抱えておられるものでございます。まあ幸いにも、部屋だけはいくらでも空いております。今宵《こよい》はゆるりとお休みなされませ。

つい先頃までは、良尊《りょうそん》と申す小坊主がおりましたが、少々事情があり、今は神奈川の存じ寄りの寺に預けております。あやつがおればご薬湯でも買って来させるのですが、わたくしではあまりに界隈《かいわい》に顔がさし、それもままなりませぬ。せめて粥《かゆ》をお上がりなされ。ご遠慮は無用でございます。

わたくしは慶尊《けいそん》と申します。生まれはさあ、どこなのやら……今から二十年前の風の強き夜、まだ首も据わらぬうちに、ご門前に捨てられていたそうでございます。ご住持さまのお情けにすがってこの寺で大きくなり、五つの年に得度致しました。

　先ほど相弟子と申しました尊聖は、寺にいる長さから言うとわたくしの弟分。もとは小田原藩で御納戸《おなんど》役を拝命する武士であったにもかかわらず、三年前、突然家督《かとく》を弟御に譲り、この寺に参った奇特な男でございます。

　ええ、入寺の直後は、一族の方々が入れ替わり立ち替わりお越しになられ、翻意を促《うなが》されました。されどよほど心を堅固にしていたのでしょう。尊聖は本堂で坐禅《ざぜん》を組んだなり、誰の声にも耳を貸しませなんだ。

　一月も経《た》たぬうちにご親族の足が遠のく中、ご妻女のみはなかなかお諦《あきら》め下されず、都合半年ほど通って来られましたか。最後にお越しになられたのは、大磯の海が鏡の表のように凪《な》いだ、秋の日でございました。供の小女の肩に顔を埋め、今にも崩れ落ちそうな足取りで山門の石段を降りて行くお姿が、西日を受けて真っ赤に染まっておりました。

　出家の理由を、尊聖は話してはくれませなんだ。寺に参ったときは二十五歳……はい、わたくしより八つ年上でございます。口数の少なさにえらの張った顔つきが相まって、一見とっつきにくく思えますが、話してみれば一本気な気持ちのよい男でございますよ。

小僧の良尊ですか。あれはまた、入山の事情が異なります。

家は神奈川宿外れの飯屋、元々は本寺・香林寺に喝食《かっしき》として奉公しておったのですが、まあ山内《さんだい》でも名うての暴れ者だったそうで。ご供物はくすねる、経堂の鍵に泥を詰める……挙句の果てにご開基・大樹乗慶さまの祖師像を破り捨てようとしたのを見つかり、

「このような末恐ろしい子供は、もはや置いてはおけぬ。即刻叩き出すのじゃ」

と六知事方《ろくちじ》が寺から追い出そうとなさったところを、たまたま居合わせたご住持さまが、もらいうけて来られたのでございます。

喝食とは、寺で給仕を行う有髪の少年を指しますが、彼らの勤めはそれのみではありませぬ。俗に言う、稚児《ちご》勤め……さよう、僧侶《そうりょ》の閨《ねや》の相手もまた、喝食どもの仕事でございます。

おそらくはかような勤めを厭《いと》うての悪だくみでありましょうが、彼らの多くは貧乏ゆえに寺に売られてきた子供たち。暇《ひま》を出されたとて、家に戻れる道理がございません。

心のやさしいご住持さまは、それを哀れまれたのに違いございません。

「慶尊、今日からこやつを当寺で預かることとなった。み仏とはどのようなお方であ

るか、おぬしからもとくと説いてやれい」

あれはちょうど一年前、今日のような雪の夜でございました。降り積む雪が音という音すべてをかき消してしまうのか、浜一帯は日没とともに静まり返り、海鳥の騒ぐ声一つ聞こえませせぬ。ただ波の音だけが、不気味なほどはっきりと庫裏《くり》まで響いておりました。

尊聖は用を言いつけられ、朝から一晩泊まりで出かけておりました。一人で夕餉《ゆうげ》の粥を炊いていたわたくしは、ご住持を迎えに出た山門の下で息を呑《の》みました。

降り積もった雪を踏みしめて石段を登って来られるご住持さまの傍らに、奇妙なほど華やかな人影がありました。おおかた、本寺の僧たちに小突き回されたのでしょう。お仕着せらしき藤色の振袖《ふりそで》は片袖がちぎれ、袴《はかま》の裾《すそ》も踏み破られたように裂けておりました。額に大きな痣《あざ》をこしらえ、それでも負けん気強くこちらをぐいと見上げた顔つきに、わたくしは思わず後ずさりました。

「おぬしを拾ったときのように、托鉢《たくはつ》ついでにもらい乳をせぬですむのは幸いじゃ。まあよろしく頼むわい」

笠《かさ》の雪を土間ではらい落としながら、ご住持さまは歯の欠けた口で笑われました。ですがかようにしたたかそうな少年にどう接すればよいのか、わたくしはまったく途方に暮れてしまいました。

いや、お笑い下さいますな。考えてもくださいませ。托鉢以外には滅多に寺から出ず、八十になりなんとするご住持さまと、無口な尊聖との暮らしに親しんで参ったわたくしでございます。薄墨で描いたような精進の食事や坐禅《ざぜん》に看経《かんきん》の日々、そこに本寺の三綱《さんごう》さますら手を焼く少年が飛び込んできて、当惑せぬはずがありますまい。

これが彼を一人の稚児として見られれば、喜びこそすれ困惑などしなかったのでしょう。されど世の僧侶全てが、稚児を好むわけではありませぬ。特に世俗と隔たった寺で育ったためか、わたくしは稚児はもちろん、女人にすらとんと心が動かぬ質《たち》でございました。たとえば托鉢の折、目にした女性に、「きれいだな」との感慨を抱きはするものの、それは春の霞《かすみ》や海に降る雪と同じ……どうしても血肉を持った存在とは考えられぬのでございます。

稚児喝食についても同様で、なるほど本寺に参るたびに目にする喝食たちは、いずれも麗々《れいれい》しく着飾り、まことに美しゅうございます。さりながらそれを我が物にしたいとの心持など、わたくしの胸には湧《わ》いて参りません。

尊聖によれば、殊《こと》に女子《おなご》と申すものは、見かけはどれほど美しくとも、みな一皮剝《む》けば、己の欲するがままにしか動かぬ、醜い本性を秘めておるとやら……。

「女子と小人とは養い難しというのはまことじゃ。おぬしの如《ごと》く、一生涯女子と関わらずに済むのは、男子望外の幸せじゃぞ」

いつぞや尊聖がかよう申しておりましたが、わたくしのような者でも、その言葉になるほどと感ずる折は稀《まれ》にあるものでございます。

たとえばあれは良尊がこの寺に来る少し前、所用で出かけた神奈川近くの街道で、どこぞの女子衆らしき娘御と行き違ったことがございました。普通の娘御であれば、わたくしも何ら気に留めませぬが、まあこのお人の顔つきの凄《すさ》まじさときたらありませぬ。

内面の煩悶《はんもん》を滲《にじ》み出させ、世の中全てが呪《のろ》わしいと言わんばかりの面持ちは、ご本尊十一面観音菩薩さまの頭上におわす瞋怒面《しんぬめん》に瓜《うり》二つ……されどみ仏のように、大悲の心ゆえに愚かな衆生《しゅじょう》を怒っているのではなく、己の情欲のままに猛り狂っているかの如き、まっこと醜い顔でございました。

あの娘御もおそらく常は可愛《かわい》らしい面相のはず。それが何らかの事情から、瞋恚《しんい》の相となってしもうたのでございましょう。わたくしはそのとき尊聖の言葉を思い出し、不埒《ふらち》にもふむふむとうなずいてしまったものでございます。

いや、話がそれました。良尊のことをお話ししておりましたな。

結局のところ、あやつの世話を引き受けたのは尊聖でした。きっかけとなったのは、翌日、寺に戻ってきた彼が施した荒療治。ご住持からことのあらましを聞いた尊聖は、道中の埃《ほこり》も落とさぬまま庫裏に向かうなり、土間の竈《かまど》で粥を炊いていた少年を、無理やり本堂へ引きずっていったのでございます。

雪は払暁に止み、しんと冷えた土間には、板戸の隙間《すきま》からの陽《ひ》が落ちておりました。突然の物音に驚いて廊下に出ますと、尊聖がわたくしのお下がりの法衣《ほうえ》をまとった少年の襟首《えりくび》を引っつかみ、大またに本堂へと向かっているではありませんか。

「尊聖、何をするのです。手荒はいけませせぬ」

わたくしの目の前を、少年が手足をじたばたともがかせて引きずられてゆきます。しかしそんな抵抗やわたくしの制止にはお構いなしに、尊聖は本堂まで来るや、少年の身体をご本尊の前に投げ出しました。起き直る暇も与えずその隣にどっかと座りこむと、槌《つち》で木魚を力任せに叩き、経文を読み始めました。

もちろん少年は逃げ出そうとしますが、尊聖は空いた手でそれをやすやす押さえつけます。少年が手負いの獣よろしく噛《か》み付いても少しも腕を緩《ゆる》めず、むっつりとした顔つきで読経《どきょう》を続けました。

いったいそのままどれぐらい時が経ったのか……やがて、抵抗は無駄と悟った少年が身動きを止めると、尊聖は手にしていた槌をその手にぐいと押し付けました。厳しい顔つきのまま、木魚を顎《あご》で指し示し、また大声で経を読み上げます。しぶしぶ少年が槌を打ち始めた途端、その声はいっそう大きくなりました。

それに負けじと少年が木魚を叩く手に力を込めるや、尊聖はますます声を張り上げます。いつの間にか懐から取り出した数珠《じゅず》まで押し揉《も》み、耳を聾《ろう》するばかりの大音声が響き渡る本堂を、わたくしはそっと後にしました。

その夜、少年はご住持さまに願い出て剃髪《ていはつ》し、良尊という法号を頂戴いたしました。

後日おそるおそる尋ねると、尊聖はかつて、藩の道場で師範代を務めておったとやら。なるほど利かん気の少年を従わせるのは、お手のものだったわけです。

この出来事を機に良尊の教導は尊聖に一任されましたが、いやはやあやつの気の強さには、わたくしもほとほと手を焼かされました。

十一という年の割に小柄な良尊は頭がよく、また驚くほど勝気でした。たとえば托鉢一つとっても、わたくしなどは門口でぴしゃりと邪険に戸を閉ざされると、すぐにしおしおとその家を立ち去ってしまいます。ですが良尊はそんな時、いっそう読経の声を張り上げ、家人が出てくるまでそこを動こうと致しません。悪《あ》し様《ざま》にあしらわれるほど負けん気を起こすのでしょう。水をぶっかけられようが犬をけしかけられようが梃子《てこ》でも動かず、しまいに相手が根負けしてしぶしぶ喜捨を行うまで、門口に立ち続けるのです。

さりながらわたくしがそんなやり口を注意しようものなら、良尊は軽く鼻を鳴らして白けた顔をいたします。

「こないだは、人々をみ仏の道に導くのが坊主の役目と言ってたじゃないか。喜捨する気がない奴らをその気にさせ、み仏に近付かせてどこが悪いんだい」

確かに良尊の言葉にも一理あるものの、み仏の道は、さように強引なものではありません。

わたくしが困り果てているところに現れ、

「こら、へらず口を叩くでない」

と拳を振るうのは決まって尊聖でした。すると良尊は怒られたにもかかわらず、ぱっと顔を輝かせ、してやったりという顔でわたくし共を見比べるのです。

日に日に春めいてきた日差しが、そんな良尊のくりくり頭を照らしておりました。さよう、わたくしはこまっしゃくれたこの新発意《しんぼち》が、愛《いと》おしくてしかたがなかったのでございます。日頃気ぶっせいな尊聖もそれは同じだったようで、悪戯《いたずら》を叱《しか》り飛ばす口調の一つ一つにも、血を分けた弟に接するかの如き温《ぬく》みがありました。

高栄寺での暮らしに親しむにつれ、良尊は次第に以前のような悪さをしなくなりました。わたくしの言うことはなかなか聞いてくれませぬが、尊聖には常に従順で、朝晩の勤行《ごんぎょう》のときは必ず彼の背後に座を占めます。

また、困難に向かうほど意固地になる良尊の気質は、学問の面ではなかなかよい方向に作用しておりました。

「読み書きはもちろん算学暦学まで、良尊は教えるはしから、蕎麦《そば》を啜《すす》りこむかのようにどんどん飲み込んで参る。これはなかなかよい小僧を得たものじゃ」

わたくし同様、稚児に興味のないご住持さまはそう言って良尊の聡明《そうめい》さに目を細め、新しい知識を次々と彼に授けられました。

わたくしは生まれてこの方、肉親なるものを存じません。ですが暴れん坊の弟のような良尊の出現は、わたくしにはじめて親兄弟という存在を空想させました。そうなると、これまで年上の相弟子としか思われなかった尊聖が、頼りがいのある兄の如く思えてくるのですから不思議です。

似たような思いは、尊聖や良尊も抱いていたはずです。ことあるごとにわたくしを困らせる良尊、それを叱る尊聖、にこにことしてそれを見守られるご住持……春から夏、夏から秋と移り変わる季節の中で、わたくしはこれまでにないほど満ち足りた日々を過ごしました。自分たちは実の兄弟なのではないかと錯覚することすらあったほどでございます。

ご住持さまとの長年の二人暮らし、尊聖が加わってからの二年余に不満があったわけではありません。さりながら良尊が来てからというもの、高栄寺はなにやら不思議な活気を帯びて参り、わたくしはときにそれを、美しく彩られた絵巻物を眺めているかのようにすら感じました。

ですが、それも最早《もはや》過去のものとなってしまいました。話のついででございます。わたくしの愚痴《ぐち》をお聞きくださいませ。

あれは朝から風が吹き荒《すさ》び、そろそろ秋も終わりに近付こうかというある日、紫ちりめんの御高祖頭巾《おこそずきん》をかぶった女性が、小女を供に従え、寺の石段を登って参られました。

「亡き夫の供養をお願い致したく存じます」

こう言って頭巾を脱いだ客の年頃は二十五、六……目元の泣きぼくろの美しい、武家の妻女でございました。

この日、ご住持は檀家《だんか》に呼ばれてお留守。代わって庫裏の一室で応対したわたくしは、胸のうちで、はて、と首をひねりました。

どこかでこのお方に出会《でお》うている気がしたのでございます。

ご住持が不在と聞いても、彼女は落胆した素振りも見せず、小女に持たせてきた小さな風呂敷《ふろしき》包みを、わたくしの膝元《ひざもと》に進めました。目顔で小女に席を外すよううながし、彼女の姿が板戸の向こうに消えたのを見澄ましてから口を開きました。

「これは夫の形見の衣の袖でございます。これをこちらさまにお納めさせてくださいませ」

聞けばこのために、はるばる小田原から参られたとのよし……。当寺には断る理由などございませぬ。

「かしこまりました。それではご供養させていただきます」

「よろしくお願いいたします。申し遅れましたが、わたくしは小野田《おのだ》ふみ、亡き夫の名は小野田友太夫《ともだゆう》と申します」

瞬《まばた》きもせず名乗った彼女の言葉に、わたくしははっと息を呑《の》みました。目の前の彼女が何者であるかを、ようやく思い出したのです。

かつて、入寺した尊聖を連日訪れ続けた妻女……三年の歳月がいくらか頬《ほお》の肉を削《そ》いだようではございますが、目の前にいるのはその当人に相違ございません。

それではこのお方の亡き夫とは、と顔色を変えたわたくしにはお構いなしに、ふみと名乗った女性は、平然と言葉を続けました。

「この春亡くなりました友太夫どのは、この寺におります小野田兵庫《ひょうご》さまの弟御でございます。わたくしは元は兵庫さまの妻、あの方が出家なさった後、友太夫どのに再《さい》嫁《か》いたしました」

夫――すなわち尊聖に去られた妻は、実家に戻らず、そのまま義弟に嫁いだわけでございましょう。かつて寺に押しかけた親族の中に、その弟とやらはいたでしょうか。わたくしにはどうしても思い出せませんでした。

「さあ、何をしているのです。兵庫さまを呼んでくださいませ」

混乱のあまり声も出せぬわたくしに、ふみさまは不意に声を尖《とが》らせました。いつしかその頬には光るものが伝っておりましたが、わたくしには何故かそれがひどく醜いものに感じられました。

「――ふみ」

涙に潤むほど険しさを増す彼女の視線が、わたくしの背後にはっと動きました。振り返るといつの間にか尊聖が敷居際に立ち、軽く眉《まゆ》を寄せてわたくし共を見下ろしております。

「あなたさま――」

ふみさまの声に、尊聖の眉根がぴくりと動きました。さりながらふみさまはそれにはお構いなしに、先ほどの風呂敷包みを開くと中身をつかみ上げ、尊聖にこれ見よとばかり突きつけました。抱き稲に向かい雀の紋を染め出した、紺の熨斗目《のしめ》の片袖でございました。

「ご覧なされませ。友太夫どのはこの春、ご同役の来島孫兵衛《くるしままごべえ》さまを討ち、この袖を形見に出奔《しゅっぽん》致されました。不埒者《ふらちもの》とのご勘気を蒙《こうむ》り、小野田家は廃絶。それもこれも、すべてあなたさまのせいでございます」

「友太夫が来島孫兵衛を討ったと——」

さすがに思いがけない話だったのでしょう。尊聖の顔色が一瞬にして変わりました。険しい表情で自分を見上げるふみさまに歩み寄るなり、その二の腕を両手でぐいとつかみました。

「どういうことじゃ。なぜ友太夫はさような真似《まね》を致した」

いつの間にか尊聖の言葉遣いは、お武家のそれとなっておりました。

両腕を締め上げられたふみさまは、苦しげに顔をしかめながらも、血を流しそうな目つきでかつての夫を見上げました。

「あ、あなたさまが悪いのでございます。あなたさまがわたくしを置き去りに、出家など致されなければ、このような仕儀にはなりませなんだ――」

「なんじゃと。ふみ、そなたは己の不義を棚にあげてさような恨み事を申すのか」

尊聖の腕は、ぶるぶると震えておりました。

「ええ、そうです。お恨み申します、兵庫さま。あなたさまがわたくしと友太夫どのの密通に目をつぶって家を出られたのは、わたくし共を救うためではございますまい」

ふみさまの大きな双眸《そうぼう》から流れる涙が、ぽたぽたと板間に滴《したた》りました。初めて聞かされる尊聖の遁世《とんせい》の理由に、わたくしはその場を立ち去ることすら思いつかず、呆然《ぼうぜん》とその場に座り込んでおりました。

「わたくし共の不義を世に明らかにすれば、あなたさまは妻と弟を斬《き》らねばなりませぬ。藩内でも清廉《せいれん》の士として通っていたあなたさまなら、誰もそれを浅慮《せんりょ》と責めなかったはず。それにもかかわらずわたくしたちを見逃されたのは、殺生《せっしょう》を厭うたのではなく、かようなことで己が汚名を被《こうむ》るのがお嫌だったからでしょう。あなたさまはただ、妻と弟に背かれた情けない夫という立場を、明るみにしたくなかっただけでございます」

この言葉を聞くや否や、尊聖は熱い鉄にでも触れたかのように、ふみさまを突き放しました。しかし彼女はそれでもなお、目を吊《つ》り上げて言葉を続けました。

「あなたさまが己は聖人君子と言わんばかりの顔で出家なさった後の、わたくし共の苦しみがお分かりですか。許しを乞《こ》うわたくしに仰《おっしゃ》られた、弟に嫁げとの一言、当初はどれほどありがたかったか知れませぬ。なるほどあなたさまの出家によって、ご親族方は半信半疑ながらわたくし共の不義の疑いを解かれました。されど人の口に戸は立てられませぬ。家督を継がれた友太夫どのが、城中でどれほどの辱《はずかし》めを蒙られたか、考えられたこともありますまい」

握り締めたままの片袖を、ふみさまは強く胸に押し当てられました。

「妻と家督を小野田兵庫から奪った男よ、兄が世を捨てたのをよいことにのうのうと出仕致すとは、武士の風上にも置けぬ奴――僧になられたあなたさまへの賛美とは裏腹に、友太夫どのは日々ご同役方からあてこすられ、見る見るおやつれになりました。それでも自棄《やけ》を起こされず、冷たい視線にも懸命に耐えられたのは、ひとえにあなたさまへの自責の念があったればこそでございます」

さりながらそんな友太夫さまがついに堪忍袋《かんにんぶくろ》の緒を切ったほど、同役の嫌がらせはひどかったと、ふみさまは凄まじい勢いでまくし立てられました。

ご存知の通り、御納戸役とはご城内の衣類や調度の管理をお役目と致します。悲劇が起きたのは、この元旦、藩主の御前で行われた大的《おおまと》式の場……藩内から選《え》りすぐられた六人の射手が、直垂《ひたたれ》に風折烏帽子《かざおりえぼし》姿で五尺二寸の大的を射る儀式の最中、射手の一人であった来島孫兵衛なるお人の弦《つる》がぶつりと音を立てて切れたのが、ことの始まりでございました。

「小野田どの、早《はよ》う換えの御弓を持ってきてくだされ」

この来島孫兵衛という方もまた、かねがね友太夫さまを謗《そし》って憚《はばか》らず、まだ不慣れな同僚にわざと難しいお役目を押し付けるなど数々の嫌がらせをしていたご同役とやら。

大的式の支度に際して、友太夫さまは同輩たちから調度・道具類の場所を曖昧《あいまい》にしか教えられていらっしゃいませんでした。もちろん、換えの御弓の場所など分かりませぬ。ですが不測の事態に狼狽《ろうばい》した来島さまは、つい己が行ってきた意地悪を忘れ、友太夫さまに換えの持参をお命じになられたのでございましょう。

「来島どの。換えの御弓は、いったいどこにあるのでございます」

「なんじゃと、おぬしはさようなこともご存知ないのか。それでようもまあ、小野田家の跡目を継げたものでござるな。かように愚鈍《ぐどん》な弟に家督も妻も譲るとは、兵庫どのはまったく心が広うござる」

焦《あせ》りが口を滑らせたのか、来島さまは口汚く友太夫さまを罵《のの》り、

「もうよい、おぬしには頼みませぬ」

と荒々しく踵《きびす》を返されました。

うなだれていた友太夫さまが脇差《わきざし》を抜き放ち、その背中に斬りかかったのはこの直後……。なにしろ場所が場所でございます。同輩や射手たちの悲鳴、顔に飛び散った返り血の温《ぬく》みで我に返った友太夫さまは、怒りの発作に襲われての己のご所業に、顔面蒼白《そうはく》になられたでしょう。

「どうやってその場を逃げ出されたのやら、我が家に帰り着かれた友太夫どのは、手文庫からありあう金をつかみ出し、『もはやお城下にはおられぬ。わしは逃げる』とわたくしを突き飛ばしてどこぞへ逐電《ちくてん》なさいました。この片袖は、その折、わたくしの手の中に残された品でございます」

「では友太夫は生きておるのじゃな」

尊聖のこの言葉で、わたくしは先ほどふみさまが、「亡き夫の供養を」と仰られたことを思い起こしました。

「世間の誇りに耐えかね、刃傷沙汰《にんじょうざた》を起こした上に行方《ゆくえ》をくらまされた方など、残された者には死んだも同然。いえ、いっそ自ら腹を切って果ててくだされたなら、わたくしはどれだけ救われたでしょう」

その声は、世の中のすべてを呪うかのような暗さを帯びておりました。

恨みを口になさるお気持ちも分かります。友太夫さまの出奔は、来島さまとやらを斬ったことだけが理由ではありますまい。兄嫁との不義とその後の苦衷《くちゅう》の日々……心のどこかに蟠《わだかま》っていた、それらすべてから逃れたいとの思いが、友太夫さまを逃亡に駆り立てたのでございましょう。そう考えれば置き去りにされたふみさまこそ、哀れでございます。

「小野田家は断絶、一族の皆さまもそれぞれ謹慎やお叱りを受けられました。お屋敷もお目付さまに引渡しましたため、わたくしは今、実家の兄の許《もと》に身を寄せております。来島家ではご長男の主税《ちから》さまが、友太夫どのを探す仇討《あだうち》の旅に出られたとやら。わたくしが案ずるのも妙でございますが、来島家の方々もこれから大変でございましょう」

尊聖は板間にあぐらをかき、うなだれたまま長い話を聞いておりました。膝に置いたその拳が震えているさまを、ふみさまは冷ややかに眺めていらっしゃいます。頰に涙の跡を残しながらもその瞳は既《すで》に乾き、眼差《まなざ》しは陰鬱《いんうつ》な喜びに底光りすらしておりました。

「それで——それでふみ、そなたは何のためにわしを訪ねて参った。わざわざこの寺で死んでもおらぬ友太夫の供養を願うなど、その真意は何じゃ」

　尊聖の悲嘆に満ちた声が板間に響きました。

「決まっておりましょう。あなたさまにただ一言、お恨みを申すためでございます」

「恨みじゃと――」

「さようでございます。汚名を厭うて出家遁世したあなたさまは、いまだ藩内であっぱれな男と讃《たた》えられておりまする。それなのにわたくし共はあれが小野田の嫁じゃ弟じゃと後ろ指さされた末、この有様。なぜあなたさまは、わたくしたちを手にかけられませなんだ。それほど御身が可愛《かわゆ》うございましたか。それともわたくしたちが世間の罵詈雑言《ばりぞうごん》を浴び、武家の面目もなにもかもを奪われてなお生き長らえるさまを、ご覧になられたかったのですか」

　尊聖とわたくしを交互に眺めると、ふみさまはすっくと立ち上がられました。そして再度、我々を愕然《がくぜん》とさせるお言葉を吐かれたのでございます。

「実はつい先だって、わたくし、子どもを産みました。友太夫どののお子ですゆえ、あなたさまには甥《おい》に当たります」

「なに、友太夫の子をだと――」

　自分を振り仰ぐかつての夫を、ふみさまは薄い笑みすら含んだ目で見下ろされました。

「友太夫どのが出奔なさったときには、すでにお腹に宿っていた子でございます。気の毒に、せっかく男子として生まれながらも、小野田家はお取りつぶし……これからわたくしとともに、肩身の狭い思いをしながら生きていくであろう息子に、わたくしはすべてを包み隠さず話すつもりでおります。わたくしども親子の運命を狂わせたのは、来島さまでもましてや父上の友太夫どのでもない。我が前夫である兵庫どのこそ真の仇《かたき》。そなたも武士の子ならば、長じた暁《あかつき》には必ずその仇を討つのですと」

ふみさまは、さも面白げに笑われました。

玉を転がすような美しい声でありながら、そこには背筋をぞっと凍えさせる悪意が含まれておりました。

「わたくしとて武家の女。今ここで、丸腰のあなたさまを討てぬわけではありませぬ。ですがわたくしや友太夫どのの仇は、すなわちわが子の仇……あの子が成長し、見事恨みを晴らす日まで、あなたさまには生き続けていただきましょう。十年後か二十年後か存じませぬ。あなたさまがそのときどこにおられようと、わたくし共は必ずあなたさまを討ち果たしまする」

一方的にまくし立てると、ふみさまはまるで汚らわしいものを見たかのように、尊聖から視線を外しました。

尊聖は床にがっくりと両手を突き、その表情はわたくしからうかがえませぬ。しかし大きな背中は小刻みに震え、わたくしのみならず全ての者を拒絶するかのように張り詰めておりました。

いけない、と思ったのはそのときです。

この生真面目な尊聖をかように追い詰めるのがどれだけ危ういことか、かつて妻であったお人がご存知ない道理がございません。

このままでは早晩、尊聖は腹を切るでしょう。ふみさまの恨み言の目的はただ一つ、彼が自責の念から自害することを望んでに違いありません。

血まみれの板間に突っ伏して彼が事切れている様が、恐ろしいほど鮮明に脳裏に浮かびました。

「ふみさま、何卒《なにとぞ》それ以上は――」

わたくしがたまりかねて口を挟んだのと、そのわきを黒い影が走り抜けたのは同時でございました。目を見張って立ちすくむふみさまに、その影はためらいもせずぶつかって参りました。

驚愕の形で開かれたふみさまの口からは悲鳴が漏れ、色あせた墨染の衣には返り血が音を立てて飛んだはずです。

さりながら、わたくしにはそれらの音は何一つ聞こえませんでした。

ただその刹那《せつな》、己を取り巻く世の中の全てが、不意に色を失った気が致しました。

「良尊っ」

尊聖が板間から敏捷《びんしょう》に跳ね立ち、ふみさまにしがみつくようにしている良尊の肩に手をかけました。

「な、なにを――」

苦痛のためか上体を反らし、ふみさまは目の前の少年の肩をぎりぎりとつかんでおられます。その胸には、庫裏で用いている鎌型《かまがた》包丁が深々と突き立っておりました。

包丁の柄を握り締めた良尊の指は真紅に染まり、二人の足元には血の池が広がり始めております。その色だけが驚くほど鮮やかにわたくしの目を射ました。

力でいえば、良尊が尊聖にかなうはずがありません。しかし彼は取り押さえんとする尊聖をものともせず、無言のまま、ぎりりぎりりと刃を回してふみさまの胸をえぐりました。

「あ、あなたさま――」

引き息のその言葉を最期に、ふみさまの腕から力が抜けました。それを良尊はさらに力まかせに押し、板間に二人して折り重なって崩れ落ちました。

尊聖が良尊の肩をつかんで引き起こしますと、血のべっとりとついた包丁の柄が、もはやぴくりとも動かぬふみさまの胸元に、根を生やしたかのように深々と突き立っておりました。

「なぜだ……なぜこんなことを」

少年の両肩をつかんだ尊聖は、まだ線の細いその身体《からだ》をがくがくとゆすりながら、うわごとのように繰り返しておりました。混乱しきった面持ちの尊聖に比べ、それを見やる良尊の表情は不思議に澄み切っておりました。

いったい少年が、どのあたりから話を聞いていたのかわかりません。ですが兄弟子を追い詰める悪意ある声に、彼はふみさまを生かしてはおけぬと思い定めたに違いありません。

尊聖の肩越しに、わたくしは良尊と目を合わせました。

きっとその時、わたくしも良尊と同じ顔をしていたはずでございます。

尊聖には分からぬでしょう。ですがわたくしもまたあのとき、寺に乗り込み、相弟子である彼を激しく糾弾《きゅうだん》するふみさまを、心の底から憎いと思いました。目の前から消えてほしいと願いました。

良尊がいなければ、わたくしが代わりにあの方を手にかけていたやもしれませぬ。愚かとお笑いくださいませ。わたくしたちはただ、この寺での暮らしを守りたかったのです。尊聖を傷つけ、わたくしどもの元から彼を去らせようとする者を取り除きたかったのでございます。

わたくし共の穏やかな生活が内側から崩れていくのであれば、わたくしも良尊も取り立てて何も致さなんだでしょう。朽ちた広縁に坐し、草生《くさむ》した庭をただ見つめ続けたに違いありません。

さりながらふみさまは、この寺のお人ではありませぬ。外のお人に壊されるぐらいであれば、いっそ自分たちの手であの日々を崩してしまったほうが、よほどましというものでございます。

……それから後については、お話しするほどの事もございませぬ。供の小女が異変に気付き、宿場まで走って知らせたのでしょう。間もなく大磯の宿場役人が寺に踏み込み、わたくしたちは庫裏の一室に押し込められました。

ふみさまの死骸《しがい》を前におとなしく座り込んでいたわたくし共を、役人の方々は気が違ったかと思われたようでございます。まあ無理からぬ話と申せましょう。

ことがことだけに、お裁きは江戸の寺社奉行さまのご裁可に委ねられましたが、半月も経たぬうちに、わたくしのみ、お咎《とが》めなしとのお裁きをいただきました。

尊聖はいま、ご住持さまと寺社役の監視の元、香林寺の一室に逼塞《ひっそく》しております。愚かにも、ふみさまの殺害は彼が仕組んだのではないかと疑われているのでございます。

また良尊は、親元にも近い神奈川の寺にお預けとなりました。年が明けた頃には、二人にもご裁可が下りましょう。

とはいえ尊聖の潔白は明白。また良尊はまだ幼《おさの》うございます。二人ともに悪くても遠島、さもなくばどこぞの寺に押し込められるか所払いか……いずれにせよ命まで取られは致しますまいが、当寺に戻れるまでには相当の歳月が必要でございましょうなあ。

さよう、どれだけかかるかは分かりませぬが、わたくしは失《うしの》うてしまったあの日々を取り戻すまで、ここで皆を待つつもりでおります。それがただ一人、お咎めを蒙らなかった者の務めでございますから。

……雪が小やみになりました。ご覧なさいませ。浜に積もった雪が白々と明るく、海までなにやら光を放っているかのようではございませぬか。

こうして囲炉裏端に座っておると、四人で過ごしたあの一年の歳月が、まるで夢であったような心持すらして参ります。

ええ、わたくしは今でも、良尊の行いは正しかったと思うております。たとえ最早二人がこの寺に戻れぬとしても、あのような女子の言葉を真に受け、尊聖が腹を切るよりはましでございましょう。

あの真っ直ぐな尊聖のこと、良尊があそまでして自分をかばった以上、よもやあ奴を見捨て、己一人死にはせぬはずです。そういう意味で申せば、かつて尊聖が己の出家によって、世間の中傷の中にご妻女と弟御を追いやったように、良尊はふみさまを殺《あや》めることで、尊聖をこの浮世に捕らえたのでございますよ。

先ほどはああ申しましたが、この寺で一人皆を待つことが、決して寂しくないわけではございませぬ。さりながらこうやって外を眺めていると、あの降り積む雪がわたくしや尊聖をここに留めんとする良尊の姿にも思われてくるのでございます。

あの霏々《ひひ》と降る哀《かな》しげなやらずの雪を、どうして見捨てられましょうか。

……いや、お疲れのところを、まことつまらぬ話をお聞かせいたしました。隣の部屋に、床を延べておきました。どうぞおやすみなされませ。ふみさまを殺めた部屋ではございませぬから、どうぞご安心を。

ああ、それにしてもご覧なさいませ。なんとも美しい雪ではございませぬか――。

第四話　関越えの夜

あかぎれの切れた手で重い板戸を開けると、狭い裏庭には早春の光がこぼれていた。水甕《みずがめ》は満たしたし、店の掃除も終わった。ぐずぐずしているとまた、叔母のお千《せん》が怒り出すだろう。足元に転がっていた桶《おけ》を壁際に直し、おさきは外へと飛び出した。

先日拾った切れ草履《ぞうり》は、まだ十歳の彼女には大きすぎるため、布裂《ぬのき》れで足首に結いつけている。今から険阻《けんそ》な箱根の山道を往復することを思えば、適当な足ごしらえであった。

梅の香をほのかに含んだ風を胸いっぱいに吸い込み、おさきは半ば口癖となった呼び声を呟《つぶや》いた。

「旦那《だんな》さま、お荷物、持たせて下さいませ」

両親と兄弟を流行《はや》り風邪で失ったおさきが、この畑宿《はたじゅく》で一膳飯屋《いちぜんめしや》を営むお千に引き取られて二年になる。早朝から叔母にこき使われ、暇《ひま》があれば旅人の荷物持ちで銭を稼がされる日々にももう慣れた。

畑宿は江戸日本橋から二十三里、俗に言う箱根越えの途中に位置する宿場である。界隈《かいわい》の者は皆、おさきを哀れむが、幼いなりに大人の手伝いをする毎日は、生まれ育った小田原の長屋と変わりがない。異なるのは両親と違い、お千が実の叔母とは思えぬほど、おさきに冷淡なことだけだ。

馬方の夫を早くに亡くし、女手一つで人足や旅人相手に店を切り回しているだけに、気性の荒さは仕方がない。しかし父の通夜ではじめて顔を合わせて以来、お千はおさきに肉親めいた親しみを全く示さなかった。

おさきを引き取ったのも、つまりは働き手が欲しかっただけなのだろう。連れ帰ってきた翌日から彼女をこき使い、時には近所に聞こえるほどの折檻《せっかん》を加えたが、おさきはそんな仕打ちにじっと耐え続けていた。

自分はまだ小さく、一人で生きてゆくのは困難だ。しかし歳月が経《た》てば、ここを飛び出すこともできる。それまではどれだけ辛くとも我慢するのだ――そう、おさきは己《おのれ》に言い聞かせていたのだった。

毎日、店の支度が終わると、おさきは箱根山を登る旅人相手の荷持ちに行く。

箱根峠近くに威容を示す箱根関は、遠江《とおとうみ》新居関《あらいのせき》と並ぶ東海道の要所である。改め場の白洲《しらす》を挟み、東西に設けられた御門の開扉時刻は、明け六つから暮れ六つまで。このため西に向かう旅人は三島や小田原に宿を取り、翌朝早くから山を登るのが通例であった。

勾配《こうばい》が険しくなり、箱根越えのつらさが身に沁《し》みてきたところに、畑宿は位置している。行く先に控えるのは、猿も転ぶ猿すべり坂、その苦しさに団栗《どんぐり》ほどの涙がこぼれると言う樫木坂《かしのきざか》……。このため旅人の中には、

「さすが名にし負う箱根八里じゃ。ここで無理をして、足でも痛めてはなるまいぞよ」

と、あわてて畑宿で馬方や人足を雇う者が多く、お千はそれに目をつけたのである。

もっとも歳《とし》よりも小柄なおさきが運べるのは、せいぜい肩荷の一つ二つに過ぎない。それでも事情を知らぬ旅人たちは「お荷物お持たせ下さいませ」と声を張り上げる彼女を、宿場に寄宿する親なし子と勘違いし、半ば施《ほどこ》し気分で供をさせた。

だがその一方でおさきは、あまりの顔色の悪さに、

「なんと哀れな。荷など持たずともよい。これで温かいものでも食べよ」

と銭を与えようとする武士などには、いつもきっぱりと首を横に振った。

得た金は全部お千に取り上げられるが、決して荷運びを怠けもしない。自《みずか》らの境《きょう》

涯《がい》に拗《す》ねも甘んじもせず、毎日、ひび割れた頬《ほお》を寒風にさらし、歯を食いしばって山を登り下りした。

この日、中年の商人に雇われたおさきは、畑宿と箱根宿との中間に当たる笈《おい》ノ平《たいら》まで来たところで、ふと足を止めた。

(あのお侍さま、今日もまたおる……)

首をかしげるおさきの視線の先では、まだ前髪を払ったばかりと思《おぼ》しき十五、六歳の若侍が、茶屋の床几《しょうぎ》で甘酒をすすっていた。

ぶっさき羽織に裁《た》っつけ袴《ばかま》、背に荷をくりつけた旅装ながらも、不思議に刀に柄《つか》袋《ぶくろ》をかけていないこの彼を、おさきはここ数日の間に、箱根山中で幾度も見かけていた。

最初は五日ほど前の夕刻、箱根関を目前にした芦原《あしはら》ケ窪《くぼ》の宿屋の前。そのときは西から関を越えてきた旅人だろうと思い、さほど気にも留めなかった。

しかし翌日は畑宿、そのまた翌日は樫木坂下で出会うとなると、これは奇妙としかいいようがない。

旅人はまずおおむね、道を急ぐもの。この近くには、芦《あし》ノ湯《ゆ》や塔《とう》ノ沢《さわ》などの湯治場《とうじば》もあるが、まだ年若い侍が温泉客とも考えがたかった。

おさきの視線に気付いたのか、若侍が顔を上げた。よく見れば袴は薄汚れ、育ちのよさげな顔には疲労の色が濃い。それでも彼はおさきに目を留めると、ふっと頬を緩《ゆる》め、穏やかな笑みを浮かべた。

思いがけない微笑にきまりが悪くなったおさきは、どぎまぎと目を逸《そ》らし、先を行く商人の後を慌《あわ》てて追いかけた。

自分が若侍を見覚えていたのと同様、彼もまた、こちらを知っていたのかもしれない。それにしてもなぜ、彼はあのように笑ったのだろう。

箱根権現《はこねごんげん》への参道に近い賽《さい》ノ河原《かわら》で商人と別れてからも、おさきの頭の中はその疑問でいっぱいであった。

「おや、先ほどの子どもではないか」

それだけに再び通りがかった笈ノ平で、床几にかけたままの彼から声をかけられ、おさきは思わず道の真ん中に立ちすくんだ。

「ちょうどよい。そなた、これから畑宿に帰るのであろう。差し支えなければ、わしを案内してくれぬか。もちろん礼は致すぞよ」

若侍はそう言いながら、おさきを膝先《ひざさき》に招きよせ、涼しげな目元をなごませた。

「畑宿まで？」

「ああ、今宵は畑宿に泊まるゆえ、適当な宿までわしを連れて参ってほしいのじゃ」

今日もまた、わざわざ山を降りて宿を取るつもりらしい。その不可解さに思わず目をしばたたいたおさきに、彼は穏やかな声で続けた。

「そう不審な顔をするな。わしは小田原藩家中、来島主税《くるしまちから》。人探しのため、西に赴《おもむ》く途中じゃ。そなた、名は」

「……さき」

「おさき、おさきか。よい名じゃの」

そう呟き、主税と名乗った若侍は、茶屋の老婆に団子と甘酒をあつらえさせた。

「腹が減っておるであろう。まあ、食え」

勧められるまま団子の串《くし》を横ぐわえしながら、おさきは主税の顔を上目遣いに見上げた。

「昨夜まで元箱根の宿屋におったのじゃが、いやはや虱《しらみ》がひどくての。雨露が凌《しの》げ、平穏に寝られる宿であれば贅沢《ぜいたく》は申さぬ」

「お侍さまは人探しの最中と言わなんだか」

「いかにもそうじゃが」

「人探しなら道中を急ぐものじゃ。関も越えず、こんな所をうろうろしていてええのか」

　そう不審を口にした刹那《せつな》、主税の表情がはっきりと曇った。

「関所か……」

　口元に運びかけていた湯飲みを下ろして漏らした言葉には、妙に暗鬱《あんうつ》な響きがこめられている。あまりに歴然たる主税の変化に、おさきはまずいことを言っただろうかと息を呑《の》んだ。だが彼はすぐに表情を取り繕《つくろ》い、おさきの頭をがしがしと乱暴に撫《な》でた。

「おさきは評判通り聡《さと》い子じゃのう。されどこれにはちと事情があるのじゃ。そなたはさような詮索《せんさく》はせぬでよい」

　どうやら主税は、おさきの暮らしぶりを誰かから聞いているらしい。それが悪意のない噂《うわさ》らしいとは推察できたが、彼に余計な話を吹き込んだ人物を、瞬間、おさきは憎んだ。

　しかし主税はそんな彼女の思いには気付かぬ顔で、自分に言い聞かせるような呟きを漏らした。

「確かに早《はよ》う関所を越えねばならぬ。それは分かっておるのじゃが……」

「ひょっとして、手形がないのか」

旅には不慮の騒動がつきものだ。箱根界隈の街道筋ではごくまれに、旅の途中で手形をなくした者が立ち往生することがあった。そうした場合、旅人は発行元である名主や大家、各藩藩士なら国許《くにもと》の藩庁に飛脚を走らせ、再発行を依頼せねばならない。無論、飛脚が戻ってくるまでは、関所を目前にしながらむなしく宿場で足踏みをし続けるのである。

だが高い声を上げたおさきに、主税はむっとした顔で自分の懐《ふところ》をぴたぴた叩《たた》いた。

「愚かを申すな。手形はちゃんと持っておるわ。わしが関所を越えるのを躊躇《ためら》っているのは、さよう単純な理由からではない」

さりながらそれ以上は語らぬまま、彼はまだ半分以上手付かずの団子の皿に顎《あご》をしゃくった。

「それ、食い終わったら参るぞよ」

彼には他の旅人のような、貧者に対する驕《おご》りは微塵《みじん》もない。むしろその態度は、実の妹に兄が示すそれに似ていた。

長らく忘れていた小田原の長屋暮らしが、不意におさきの脳裏に蘇《よみがえ》った。狭い土間に転がる父母の下駄、外を駆け回る兄弟がどぶ板を踏み鳴らす音、薄い味噌汁《みそしる》を煮る竈《かまど》の火の色……胸が締め付けられたように痛み、視界がにじんだのは、こみ上げてくるものを押し戻そうと飲み込んだ団子のせいではあるまい。

うつむいたおさきの頭を、主税はまた撫で回した。驚くほど肉が薄く、それでいてやわらかな彼の手は、かえって鋳掛屋《いかけや》だった父の大きくごつごつした手を思い出させ、おさきは再び無理やり団子を飲み下した。

いつになく塩辛い団子であった。


この日以来、おさきの暮らしには一つの変化が生まれた。

朝早くからお千に追い使われ、時に殴《ぶ》たれることに変わりはない。しかし主税と出会ってから、おさきは日銭稼ぎに出ると真っ直《す》ぐ、畑宿の西端にある木賃宿「あきのや」に向かうようになった。

昼近い宿屋は薄暗く、閑《しん》と静まり返っている。外から首だけ突き出して店の中をうかがうおさきを、主税はいつも宿の上がり框《かまち》で待っていた。

「おお、来たか。今日は箱根権現界隈まで案内してくれ」

主税がおさきを案内人に箱根散策を始めてから、早くも七日が過ぎようとしていた。

昨日は湯本、その前日は元箱根。行き先は毎日異なるが、主税は目的地にたどり着いても、風景を楽しむでも湯に入るわけでもない。ただひたすら出かけては引き返し、往還の途中は必ず茶店に立ち寄って、道行く人々を床几から眺める。関所まで足を運び、千人溜《だま》りで手形改めの番を待つ旅人たちに目を凝《こ》らす日もあった。

人探しをしているとの言葉は本当なのだろう。そんなときの彼の顔は驚くほど真剣で、周りをうかがう眼差《まなざ》しは刺すように鋭かったが、目指す相手がどんな人物なのか、主税はおさきに一言も漏らさなかった。

さして余裕のある旅でないことは、羽織袴の傷み具合からわかる。だがそれでも主税は毎夕の別れ際に、おさきに一朱銀と四文銭を一つずつ握らせた。

「よいか、小粒銀は大事に隠し、今日の稼ぎはと叔母御に問われたら、こちらの小銭を渡すのじゃ」

決まって念押しする主税に、おさきはこくんと素直にうなずいた。そんな仕草に目を細める彼の眼差しは、昼間とは打って変わって優しく、いったいどちらが本当の主税なのかと戸惑いながら、おさきは店へと帰るのであった。

主税がこうも穏やかに自分に接してくれるわけはすぐに知れた。

「わしには十三になる妹がおってのう。口ばかり達者な憎たらしい奴じゃが、おさきを見ておると、その妹が思い出されてならぬ」

そう語る声には肉親への親しみがあふれており、ほんの少しだけおさきはその妹をうらやんだ。

「おさきに兄弟はおらぬのか」

「兄《あん》ちゃと弟がいたけど――」

どっちも病で死んだ、と小声で答えたおさきの頭に、主税は困ったように手を置いた。

「それはすまぬことを聞いた。されどわしも最早《もはや》、家族はおらぬも同然の身の上じゃ」

思いがけぬ言葉に、おさきはきょとんと彼を見上げた。

「どうしてじゃ、主税様」

「見ての通り、わしは長い旅に出ておるからじゃ。その間は、親兄弟のことなど思いわずろうてはおられぬ」

「どうしてそこまでして、主税様は旅をなさる」

「さあ、どうしてであろう。わしが侍ゆえとしか、自分でもわからぬ」

おさきにというより、己に言い聞かせる口調で、主税は呟いた。その双眸《そうぼう》はひどく乾き、時々お千が見せるひどく疲れた眼差しにどこか似ていた。

主税は侍だから、あんなに暗い面持ちで人を探し続けるのか。優しさの裏に、あんなに疲れ果てた眼差しを秘めねばならないのか。

おさきには彼の言葉が、どうしても理解できなかった。暗鬱な主税と優しい主税、どちらがいったい本当の彼なのか、混乱を覚える日もあった。

春の日は日ごとにうららかさを増し、麓《ふもと》からやってくる馬方の話によると、小田原城下では早くも桜がほころび出したという。そのせいか、街道を行き交う旅人たちの数も、心なしか増えたようであった。

「……はて」

この日、主税が怪訝《けげん》そうに草鞋《わらじ》履きの足を止めたのは、笈ノ平をとうに過ぎ、右手の雑木林の向こうに、薺池《なずないけ》が見える付近まで来たときだった。見れば、彼の視線は街道の端にしゃがみこんだ三十歳前後の男女に注がれている。

どちらかが足を痛めたのだろうか。櫟《くぬぎ》の根方に屈《かが》んでいる二人は、共に手甲脚絆《てっこうきゃはん》に裾からげ、結い付け草履に杖《つえ》という旅姿である。

どうかしたのか、と訊《なず》ねかけたおさきを、主税は目顔で制した。その態度におさきは、ひょっとして主税が捜している人物とは彼らのことかと息を呑んだが、案に相違して彼はすぐに二人から目を逸らし、無言のまま再び山道を登り始めた。

急いでおさきも後に続く。だが、通り抜けざまに目を走らせたのが悪かったのだろう。ちょうど顔をあげた男と、目が合った。

唐桟縞《とうざんじま》の袷《あわせ》の襟《えり》ははだけ、胸元には薄く肋《あばら》が浮いている。目尻《めじり》のほくろに妙な愛《あい》嬌《きょう》があるものの、この界隈の者には無縁の、堅気とは思えぬ気配が全身に濃くまとわりついた男であった。

そんな彼に何事か囁《ささや》く女もまた、大きく抜いた衣紋《えもん》がどこか崩れた雰囲気を漂わせている。

見てはいけないものを見た気がして、おさきは小走りに主税の背中を追った。おそらく同じような感覚を覚えたのだろう。先をゆく主税も、思案顔で眉間《みけん》に皺《しわ》を寄せている。

押し黙ったまま権現坂にたどりついた二人は、あの男女が追いついて来ないと確認すると、どちらからともなく顔を見合わせた。

先に口を開いたのは、おさきであった。

「主税様、先程の二人は知り合いかいの」

「いや、知らぬ者たちじゃ。それにしてもなぜあのようなところで、立ち止まっておったのであろう。あれではまるで――」

そこまで言い、主税はあっと声を上げた。大きく目を見開いて、背後を振り返る。そのただならぬ様子に、おさきは彼の袖《そで》を強く引いた。

「どうなさった、主税様」

しかし主税は彼女の声などまったく耳に入っていない様子で、両手でおさきの肩をつかみ、かみつくような口調で言った。

「おさき。そなた今すぐ、箱根の関所まで行ってくれぬか」

「関所に――」

「そうじゃ、すぐに気付かなんだわしが迂闊《うかつ》じゃった。先程の二人連れ、あれは関抜け者じゃ。早う関所役人に知らせよ。わしは急いで立ち戻り、あやつらを追う」

おさきの返事を待たず、主税は身をひるがえして今来たばかりの道を駆け出した。

関抜けとはその名の通り、手形なしで関所を越える行為。犯科人や駆け落ち者といった手形を取れぬわけ有り者たちは、関を抜けるために、手形の偽造や関所役人の懐柔などの手段を講じねばならない。しかし何と言っても一番手っ取り早いのは、街道を外れ、山伝いに関所を越える方法であった。

無論そんなことは関役人もお見通しで、芦ノ湖をはさむ山のあちこちに柵《さく》を築き、遠見番所を設置している。足軽たちによる巡検も頻繁《ひんぱん》であった。

関抜けは大罪ゆえ、見つかれば磔《はりつけ》が定法《じょうほう》。だが実際は関抜け者を捕らえても、関所ではこれを「藪入り《やぶい》」と称し、道を誤っただけとして放免することが多かった。

それゆえ、「うまく行けばよし、悪くとも関のこちらにご放免」と開き直って山越えを企《たくら》む者は、後を絶たなかったのである。

一人になった途端、抜き身の刃物のようなあの男を思い出し、おさきは急に不安になった。

関抜けを企むような者たちだ。匕首《あいくち》の一本ぐらい、懐に隠し持っているかもしれない。万が一、主税の身に何か起きたら――そんな想像に突き動かされ、おさきは足をもつれさせながら坂を駆け下りた。

賽ノ河原と元箱根の宿場をいつの間に通り過ぎたのか、よく覚えていない。関所の江戸口千人溜りに飛び込んだおさきは、手形改めの順を待つ旅人たちの足元をかいくぐり、御門脇にひかえた足軽にむしゃぶりついた。

「お役人さま、せ、関抜けじゃ」

途中、濡《ぬ》れた石畳で幾度も転んだおさきの膝は血がにじみ、手足は泥まみれであった。

小汚い童女に胡乱《うろん》な顔を向けた門番は、その口から飛び出した思いがけぬ言葉に、ぎょっと顔色を変えた。

「なに、関抜けじゃと。子どもでも妙な冗談を申すと、きついお咎《とが》めを蒙《こうむ》るぞよ」

「嘘《うそ》や冗談ではねえ。そやつらをひっとらえるため、主税様が後を追って行かれたわい」

おさきの声に他の足軽たちも、何事かと六尺棒を手に駆け寄ってきた。手形改めの順を待っている人々も、耳をそばだてている。

この間にも主税があの男に返り討ちにされたら、という恐怖がおさきをわしづかみにしていた。ぽろぽろと涙をこぼし始めたおさきに、門番たちは顔を見合わせた。

「あいわかった。子ども、こちらへ来い」

ただならぬ様子から、その言葉が嘘ではないと悟ったのか、門番の一人がおさきを江戸口御門の脇門から、大きな平屋の裏口に導いた。

関役人たちの詰める表番所だろう。広い土間には、大きな草履が幾組も揃《そろ》えられ、上がり框とそれに続く床は、つやつやと黒光りしていた。

「しばし、ここで待て」

言い置いて姿を消した足軽は、再び現れたときには裃《かみしも》姿の初老の侍を伴っていた。袴をさばいて板間に端座した彼は、意外なほど穏やかな声で、土間に立ったままのおさきに訊ねかけた。

「わしは伴頭《ばんがしら》の浪岡主膳《なみおかしゅぜん》と申す。そなた、関抜け者を見たそうじゃが、それは真《まこと》か」

伴頭とは小田原藩から派遣された関所の筆頭責任者だが、おさきはそんなことは知らない。ただ手形改めの上ノ間からそのままやってきたらしき彼の姿は、少女の目にはひどく謹厳に感じられた。

ここは関所の中なのだという事実がようやく胸に迫り、おさきはわずかに身震いした。

「それが真実であれば、すぐに足軽隊を出し、山狩りを致さねばならぬ」

彼らに会ったのはどこかと促《うなが》され、おさきは唇を引き結んでうなずいた。自分も足軽とともに山に入ろうとすら決意していた。

だが浪岡は、おさきから大方の場所を聞き出すと、土間に控えていた足軽に目を転じた。

「聞いての通りじゃ。すぐに巡察隊を屏風《びょうぶ》山《やま》に向かわせよ」

「はっ」

一礼して出て行こうとする足軽の腰に、おさきはしがみついた。

「お役人さま、わしも連れていって下され」

「愚かを申すな。あと一刻もすれば日が落ちる。御要害山に子どもなど連れていけぬわ」

足軽は同意を求めるように、伴頭を仰《あお》いだ。

「その通りじゃ、関抜け者を捕らえるのは我々の務め。聞けばそなたの連れがその奴《やっ》らを追うておるとか。その者も、間違いなく連れて戻るゆえ、案ずることはない」

「主税様を、主税様を必ず助けてくださいませ。お願いじゃ」

足軽のたくましい腰にしがみついたまま わっと泣き出したおさきに、足軽と浪岡は揃って驚いた顔となった。

連れと言っても、宿場の腕白が面白半分に関抜け者を追って行ったと考えていたのだろう。主税――という武家と思しき名に、戸惑っている面持であった。

「わかった、わかった。必ず無事で連れ戻してくるゆえ、そなたはここで待っておれ」

おさきを必死になだめ、足軽は急いで表番所を飛び出していった。振り向けば、上ノ間に戻ったのか、浪岡の姿は既に失せていた。

まだ関所が開いているため、表番所の広い板の間には人影一つない。千人溜りからの潮騒《しおさい》のような喧騒《けんそう》が、かえって屋内の静寂を際立たせていた。

土間の片隅に伏せられた桶に所在なく腰かけ、おさきは涙で汚れた顔をこすった。

板戸の隙間《すきま》から差し込む光が、おさきの影を土間に長く引いている。足軽の言葉通り、あと一刻もすれば日没である。早く畑宿に帰らねばお千がどれほど怒るか知れないが、今の彼女にそんなことは全く怖くなかった。

どうして自分はあのとき、一緒に山道を引き返さなかったのだろう。足軽はああ言ったが、主税は本当に無事だろうか。そんな思いがめまぐるしく胸の中を駆け回っていた。

また双眸《そうぼう》に涙がにじみかかるのを、おさきは唇をかみしめてこらえた。

やがて半刻ほどが経った頃、鐘の音とともににぎいと扉のきしみが響いてきた。夕刻を迎え、江戸口・京口が閉門したのである。

しかし板の間に番士たちが次々と引き上げてきても、足軽隊はいっこうに戻る気配を見せなかった。

「なぜかようなところに子どもがおる」

「ほれ、関抜けの件を告げに来た童子《わらし》じゃ」

「連れの者を案じておるのじゃ。もうしばし、ここにいさせてやれい」

番士たちはそんなことを言いながら、一日の疲れを癒《いや》す暇もなく、弓や鉄砲の点検に取りかかった。どうやらこれから、先発の足軽隊を追って山に入るらしい。

やがて裁っつけ袴に鉢巻を締めた彼らが、松明《たいまつ》と武器を手に次々出立して行くと、板の間は再び静けさを取り戻した。

「よければ食え、握り飯じゃ」

留守番の若い番士が、捜索隊に持たせた残りらしき竹皮の包みを膝に置いてくれた。だがおさきはそれを開かぬまま、ただじっと土間の土の色を眺めていた。日はとうに暮れ落ちた。板の間に置かれた灯台の火が隙間風で揺らぐたび、にじむような影が黒い壁や天井に不安げに揺れている。

いったいどれだけの時間がそのまま経ったのだろう。

ふと気がつくと、留守番の番士が炉辺でこくりこくりと船を漕《こ》いでいる。今は何時《なんどき》かとおさきが思ったそのとき、不意に表が騒がしくなった。

おさきがはっと跳ね立ったのと、番士が足袋裸足《たびはだし》のまま土間に駆け下りたのは同時だった。

大勢がこちらにやってくる気配がする。

「こらっ、きりきり歩けっ」

と、何者かを叱咤《しった》する声も聞こえてきた。

おさきは若い番士の脇をかいくぐって、表へ飛び出した。見れば江戸口には小田原藩の紋入りの高張提灯《たかはりぢょうちん》が掲げられ、人声はそちらから聞こえてくるのである。

捜索に出た者たちが戻ってきたのだ。主税は無事か、怪我《けが》はしていないか。それだけを思いつめて、おさきは小走りに御門の脇に駆け寄った。しかし松明を手にした足軽たちに近付きかけ、彼女ははっと足を止めた。

男たちの中心に、後ろ手に縛り上げられた女がいた。捕らえられる際に余程抵抗したのか、髷《まげ》は崩れ、長い黒髪が顔の半ばをばっさり覆っている。あの二人連れの片割れであった。

がっくりと頭をうなだれさせた彼女の縄尻を摑《つか》んでいるのは先ほどの足軽、そしてその傍らには、羽織を泥まみれにさせた主税がたたずんでいた。足取りはしっかりしており、怪我を負っている様子はない。

主税様――おさきがそう呼ぼうとしたとき、彼は頭《こうべ》を巡らせて関所の御門を見上げた。その表情のあまりの暗さに、彼女は喉元で声を凍りつかせた。

松明が焰《ほのお》を弾《はじ》けさせるのに従って、主税の横顔には微妙な陰影が揺らめいていた。恐れとも、諦念《ていねん》ともつかないものが、そこにめまぐるしく表れるのを、おさきははっきりと認めた。

主税よりはるかに年上の、見知らぬ青年武士がそこに立っている気がした。

赤々と燃える松明のため、暗がりに立ち竦《すく》んだおさきの姿はかえって闇《やみ》に溶け込んでいる。男たちは、江戸口御門から上ノ間に面した白洲へ進み、庇《ひさし》の下に片膝をついて居並んだ。

女も足軽に肩を押さえられるまま、その場に座り込む。おさきも彼らを追い、制札場の陰に身を潜めた。

間もなく奥から足早に浪岡伴頭が現れると、男たちは一斉に低頭した。

「疲れたであろう。大儀であった」

「いえ、疲れてなどおりませぬ。何となればこの来島さまが、我々よりも早う、この者を捕縛して下されましたゆえ。連れの男はまだ逃げておりますが、早晩、捕縛できましょう」

足軽に目顔で指され、主税は浪岡に一礼した。

「ほう、来島どのと言われるか。卒爾《そつじ》ながら、いずこのご家中でござる」

この問いに主税はわずかに逡巡《しゅんじゅん》した。しかしすぐに顔を上げ、浪岡の顔を正面から見た。

「ご一同と同じ、小田原藩加賀守《かがのかみ》さま家中でございます」

「加賀守さま家中とな——」

浪岡は意外そうに繰り返した。

伴頭以下の関役人は皆、小田原城下から赴任してきた藩士である。同じ家中の子弟であれば、名や顔に覚えがあるはずだ。

わずかな沈黙の後、浪岡は記憶を探るような面持ちで、ためらいがちに言葉を続けた。

「それがしは以前、来島どのにお目にかかったことはあろうか。いや、ご姓名に聞き覚えはあるが、それが何処《いずこ》であったのやら、とんと思い出せぬ。なにしろ年を取ると物忘れがひどうござるゆえ――」

しきりに首をかしげる伴頭を、主税は無表情に見上げた。松明のはぜる音が、静まり返った白洲に妙に大きく響いた。

「おそらくそれは、それがしの父でございましょう。父は御納戸役《おなんどやく》十人扶持《ぶち》、来島孫《まご》兵衛《べえ》。今年の正月、加賀守さまご臨席の大的《おおまと》式の折、同役の小野田友太夫《おのだともだゆう》に討たれた者でございます」

主税のかすれた声に、浪岡をはじめ居並ぶ番士足軽の間からざわめきが起こった。

「おお、さようじゃ。その後、小野田友太夫は出奔《しゅっぽん》。来島家の方々はご長子を筆頭に、仇討《あだうち》を願い出たと仄聞《そくぶん》致したが――」

「それがしがその来島孫兵衛の長男、主税でございます」

色めき立った浪岡とは正反対に、主税の声は淡々としていた。

（仇討――）

馴染《なじ》みのないその言葉を、おさきは口の中で転がした。

仇討とはいったい何なのか、おさきにはよく分からない。だがそれが主税を突き動かしている得体の知れない力であり、彼を時に別人のように見せる源ということを、おさきは直感的に悟った。

「さようであられたか。では父上の仇《かたき》を求め、西国に向かわれる途中でございますな」

主税が仇討の旅の最中と知り、浪岡の言葉遣いは急に丁寧《ていねい》なものに変わった。

仇討と言えば華々しいが、実際に首尾よく仇を討ったとの話は十のうち一、二もない。仇討に出た侍の大半は、目指す敵に巡り会えぬまま放浪の日々を送り、そのまま消息を絶つ。あてのない旅に絶望して武士を捨てたか、旅の半ばで病に倒れたか、ようやく見つけた敵に返り討ちにされたか……いずれにせよ、無為に流れた歳月が報われる例が稀《まれ》であることは、武家社会では暗黙裡《あんもくり》の常識であった。

まだうら若い彼が、これからどれほどの辛苦の日々を送るのか、浪岡はその事実に胸を痛ませているのであろう。浅黒いその顔が、急に五つも十も老け込んだように見えた。

「心急《せ》かるる道中にご造作をおかけし、申し訳ござらん。平にご容赦下されい」

無論、浪岡は主税が関所を前にしながら、この界隈に半月余りも留まっていたとは知らない。彼の手を煩《わずら》わせたことを、ひどくすまながった。

「御礼には及びませぬ。将軍家より箱根関を任される加賀守さまの臣として、関抜け者を追うのは当然でございます」

わずかに顔を青澄ませ、主税はきっぱりと言い切った。関役人たちは皆、主税の大人びた物言いに感銘を受けている様子である。

だがその声にどこか虚《うつ》ろな響きを感じたのは、おさきの空耳だろうか。

「まだ年若いのに何とあっぱれなお言葉。されど宿願あるお人を箱根の関役人が足止めしたとあっては、我々の面目が立ちませぬ」

伴頭の言葉に、番士の幾人かがうなずいた。

「幸い今宵《こよい》は月もござる。礼とするには不足でござろうが、それがしの裁量で、このまま関をお通し申そう。いざ、お運びなされ」

「なんでございますと。これより関を――」

「さよう、今夜のうちに箱根宿に入られれば、明朝、山を下られるのも容易でござろう。本来なら丁重な礼を尽くさねばならぬところなれど、何分我らは今より、この者の詮議《せんぎ》に当たらねばなりませぬ。我らが来島どののお役に立てることといえば、この他に思い当たりませぬ。どうぞお受けくだされ」

いくら伴頭とはいえ、時間外に関越えを許すのは越権である。さりながら藩や幕府に対し、いつどのような旅人を通したと報告せねばならぬ義務は、関役人たちにない。浪岡伴頭さえ許せば、ここで主税一人を通すぐらい、容易な話であった。

「無事のご本懐を祈念申し上げまする」

番士の間から声が上がった。その場の誰もが、主税が一刻も早い関所越えを望んでいると思い込んでいた。

しかし主税は、唇を強く引き結んだまま、浪岡を凝視《ぎょうし》して動かなかった。その眼差しは浪岡の身体《からだ》を超えたところにある何かと、懸命に対峙《たいじ》しているかの如《ごと》く、堅く張り詰めていた。

「来島どの」

傍らの足軽が遠慮がちにかけた声に、主税ははっとした顔つきになった。懐からあわてて手形を取り出し、彼に手渡した。

「これはご無礼致しました。あまりに思いがけぬお言葉でしたゆえ」

浪岡は足軽が取り次いだ手形をざっと見ただけで、すぐにそれを差し戻した。

「不審はござらぬ。いざお通りなされ」

それが正しいと毛筋ほども疑わず、浪岡は丁重に主税をうながした。

主税は山歩きの際は常に荷物を身につけ、宿の支払いも一日ごとに済ませている。このまま関を越えぬ理由は何一つなかった。

だがそれでもなお、彼は白洲から立ち上がらなかった。ふと頭を巡らせ、江戸口の向こうに続く箱根の山々を凝視する。その眼差しは誰もが息を呑むほどに暗かった。

「来島どの」

「主税様」

浪岡が不審の声を漏らしたのと、おさきが暗がりから飛び出したのは同時だった。

「――おさき」

松明の光が届く距離まで駆け寄り、おさきは足を止めた。それ以上近付いてはいけない、そんな気がした。

仇討とはきっと、侍である主税が果たさねばならぬ辛い務めなのだろう。そしてそれゆえに主税は家族と別れ、旅に出ているのだ。

（でも主税様は、本当は仇討などしとうないのじゃ――）

だからこそ主税は関所を前に躊躇《ちゅうちょ》していたのだと、おさきは幼いなりに納得していた。

箱根の関は主税にとって現実の関所であると同時に、仇討のため、少年から青年に──敵を追う武士になるための、心の関だったに違いない。それゆえ主税は箱根山中で逡巡し、おさきに妹の姿を見たのだ。

とはいえそれは所詮、一時しか許されぬ躊躇《ためら》いである。侍たる彼が、そこに立ち止まり続けることはできない。

「主税様」

彼が自分に歩み寄ろうとしたのに気付き、おさきは思わず一歩後ずさった。

自分がともに過ごしたのは、侍でありながら侍になりきれぬ主税だった。関を越えれば、彼はもうおさきの知る主税ではなくなる。いや、そうならねばならないのだ。自分がここで生きてゆくと決めたように、彼には彼の定められた場所がある。

(主税様はここにおってはならんのじゃ)

おさきは両のこぶしを、強く握り締めた。

主税はなにかを言いかけ、ふと口を閉ざした。懐から小さな包みを取り出し、おさきの足元に投げた。

「おさき、世話になった。さらばじゃ」

口早にそれだけ言うと、彼は浪岡に一礼し、白砂を蹴立《けた》てて踵《きびす》を返した。そのまま小走りに白洲を横切り、高張提灯《たかはりちょうちん》が灯《とも》る京口を出て行く。

ぼんやりとした提灯の灯《ひ》は、御門のほんの近くしか照らさない。息を詰めて見守るおさきの目の前で、主税の後ろ背はすぐに箱根の闇に溶けて消えた。

おさきは白洲に落ちた包みを拾い上げた。中から現れた小さな一朱銀と四文銭が、松明の火を受けて光った。

――主税様。

呟きかけた声は、胸にぽっかりと開いた穴に落ち、言葉にならなかった。だが関を越えて、主税は本来あるべき主税になったのだ。そう思うと、不思議に涙は出なかった。

いつかきっと、主税はこの関を越えて戻ってくる。それが何年後か何十年後かはわからぬものの、おさきはそう信じたかった。

小粒銀と四文銭を左右の袂《たもと》に入れ、おさきは主税が消えていった京口を見つめた。主税が侍となって赴かねばならない地が関のあちら側なら、自分は関のこちらで生き抜いてみせる。そう、いつか彼が戻る日まで。

左右の袂に分かち入れた銭を、それぞれの手で握り締める。主税の温もりが、まだわずかにそこに残っている気がした。

第五話　死神の松

だいたいこんなことになったのも、お紋《もん》のせいなのだ。あのあまさえうまく吉介《よしすけ》をあしらっていれば――。

思い出せば思い出すほど、どうして自分がこんなところに居なければならないのだ、と腹が立ってくる。与五郎《よごろう》は懐《ふところ》に入れた右手で胸元をかきながら、

「まったく、女の口車に乗っかると、ろくなことになりゃしねぇ」

と毒づいた。

そうしながらも常に背後に気を配り、夜道を急ぐ足を一時も休めはしない。油断なく四方をうかがう目には、剃刀《かみそり》に似た光が湛《たた》えられていた。

転がるように箱根の山を下り、街道はずれの道ばかり選んできたために、手足はかき傷だらけになっている。浅草並木町の茶屋で働いていたお紋をはじめ、さまざまな女たちを惹《ひ》きつけてきた整った顔立ちにも、さすがに疲労の色が濃かった。

振り返れば十六夜《いざよい》の月は、微《かす》かに輪郭《りんかく》をにじませながら西のかたへと傾いている。表街道を避けているためによく分からないが、与五郎の勘に外れがなければ、そろそろ沼津宿が近いはずだ。

丸一日、休むことなく歩き続けているせいで、全身は綿のようにくたびれている。いくら何でもこの辺りで一休み入れなければ、今から先を無事に歩きおおせる気がしなかった。

とはいえ共に江戸を出てきたお紋は、箱根の山中で関抜けを企《たくら》んだ際、関役人に捕らえられてしまった。

与五郎はもともと目黒の百姓家の生まれ。七つのときに奉公先の紙問屋を飛び出して転々とした挙句、浅草界隈《かいわい》をとりしきる八田の勘兵衛《かんべえ》の手下となった。このため、間もなく三十路《みそじ》に差しかかるにもかかわらず、ご府内から足を踏み出したことは一度もない。

これから先の道中をいったいどうすればいいのか。道連れを失い、与五郎は柄にもなく不安を覚えていた。

もとをただせば、浅草を飛び出す羽目となった原因は、与五郎が作ったものではない。

「昨日、あの吉介の兄弟子って男が店に来たんだよ。吉介がもう三日も棟梁《とうりょう》のところに帰ってこない、あんたに相当入れあげているという噂《うわさ》だったけど、何か心当たりはないかって──」

賭場《とば》の門口に自分を呼び出し、小作りな顔をひきつらせてまくし立てたお紋の声が脳裏に蘇《よみがえ》り、彼は小さく舌打ちをした。

──だから俺ははなっから、あんな初心《うぶ》そうな男には手を出すなと言ってたじゃねえか。

その忠告を無視して、まだ若い吉介にちょっかいを出したのはお紋だ。

そうでなくても大工というものは、驚くほど仲間意識が強い。ましてや浅草きっての棟梁・藤蔵《ふじぞう》の弟子ともなれば、兄弟子の数だけでも半端ではない。お紋に入れあげている当人がそれをよしとしたところで、中には正義漢で気の荒い、ありがた迷惑な兄弟子もいよう。

「お前、同じ金づるにするんだったら、もう少し相手を見定めたらどうなんだ。弟子入りからまだ十年そこそこの若造なんざ、ろくすっぽ小遣いも持っちゃいねえだろうに」

そんな奴《やつ》から小銭を巻き上げて、後から兄弟子たちに難癖をつけられたら厄介じゃねえか——という肝心の言葉を口にしなかったのは、自分が悋気《りんき》をしていると取られるのが嫌だったからだ。

二つ年上のお紋と与五郎のかかわりは、かれこれ三年になる。幼い頃《ころ》から浅草の水にどっぷり漬かって育ってきた女だけに、お紋はちょっとやそっとではつべこべ言わない鷹揚《おうよう》さと図太さを備えていた。与五郎がどこかの素人《しろうと》女と深間になっても、焼餅《やきもち》を焼くどころか、むしろ彼女から金を巻き上げる思案をするほどだ。それだけに与五郎もまた、お紋のちょっとした遊びぐらい、

「お互いさまじゃねえか」

と見過ごすのが常であった。

けばけばしい化粧が薄くなり、衣紋《えもん》の抜き方も少しおとなしくなるのは、お紋が素人を手玉に取ろうとし始めたときの癖。与五郎からすれば、そんな些細《ささい》な身繕《みづくろ》いの違いで、三十を越えたお紋にころっとひっかかる男がいることが、不思議でならなかった。

最初に与五郎が吉介を見かけたのは、昨夏のある宵《よい》。茶屋の裏口に置かれた床几《しょうぎ》にお紋と寄り添って腰かけている姿だった。

年は与五郎よりもかなり下、まだ二十歳になるやならずやだろう。

脛《すね》にまとわりつく蚊《か》を団扇《うちわ》で追い払いながら、吉介は日焼けした純朴な顔に、嬉《うれ》しげな笑みを浮かべていた。まるで、わずかな時ながらもお紋と会えるのが楽しくてたまらないというように。

その屈託のなさを、与五郎はかえって危ぶんだ。ああいった女慣れしていない手合いは、一度女に入れあげると何を仕出かすか分からねえと、意見もした。

だが百戦錬磨のお紋には、与五郎の言葉も釈迦《しゃか》に説法としか取れなかったらしい。一応形ばかり耳を傾けはしたものの、吉介を手玉に取ることを止《や》める気配はなかった。まだ見習い大工にすぎない吉介が自由にできる金は、さほど多くはないはず。それでも彼はお紋を喜ばせようと、休みごとに彼女を連れ出し、なけなしの金をはたいて簪《かんざし》まで贈った。

若い男のそんな純心はお紋にとって、犬っころが尻尾《しっぽ》を振っている程度にしか思えなかったのだろう。どこの小間物屋でつかまされたのか、ふくら雀《すずめ》に雪持ち笹《ざさ》をあしらった垢抜《あかぬ》けない時期はずれな簪を、お紋は長屋に戻るなり鼻先でふんと笑い、髷《まげ》から引き抜いた。

簪はそれから数日の間、鏡台に無造作に置かれたままだった。やがて与五郎が博奕《ばくち》の質草にそれを持ち出しても、お紋は眉《まゆ》一筋動かさず、むしろせいせいしたといった顔すら見せた。

しかしそんなお紋とは裏腹に、吉介にとって彼女とのかかわりは、真剣な――そしてはじめての恋だったらしい。さもなくばお紋に他に男がおり、自分との関係は遊びに過ぎないようだと知っただけで、あれほど逆上するはずがない。

――だから言わんこっちゃなかったんだ。

駿河《するが》の海が近くなったのだろう。微かに潮の匂《にお》いが鼻をつく。

あの夜の光景が夜道の向こうに浮かび上がり、与五郎はまた舌打ちをした。

それは今から半月前。いつもの賭場に出かける道中、煙草《たばこ》入《い》れを忘れたと気付いた与五郎は、まだ冷たい夜風に頰《ほお》を撫《な》でられながら、お紋と暮らす新川掘割端の長屋に引き返した。

板の外れたどぶをまたぎ越し、六軒長屋の一番奥の障子戸を開ける。部屋の隅の行灯《あんどん》が、ぼうっと照らし出した光景に、瞬間、彼は息を吞《の》んだ。

狭い六畳の真ん中でお紋の胸の上に馬乗りになった吉介が、彼女の細い首を絞めていた。だが真っ先に与五郎の目に飛び込んできたのは、すりきれた畳の上で暴れるお紋の白い足や赤い湯文字ではない。浅黒い吉介の頰を伝い、ぼたぼたとお紋の胸に滴る涙が、不思議なほど明るく光って見えた。

もちろんそのときは、彼が何者であるかなど、意識に浮かばなかった。とっさに土間から駆け上がり、下駄履きの足で男の横っ腹を蹴飛《けと》ばした。不意をつかれ、お紋の上から転がり落ちた男を、彼は続けざまに足蹴《あしげ》にした。立ち上がりかけた胸倉をつかみ、思うざま殴りつけたようにも思う。

「お前さん、死んじまうよ。やめとくれ――」

お紋の金切り声にはっと手を止めたときには、男は口の周りに血をこびりつかせ、けばだった畳にぐったりと横たわっていた。

顔は青黒く腫《は》れ上がり、喉《のど》から漏れる息は寒夜に響く按摩《あんま》の笛の音に似ている。素人目に見ても、もはや助かる見込みがないことは明らかだった。

――畜生、またやっちまった。

振り上げかけたこぶしで顔を覆うと、与五郎はどすんと音を立て、男のかたわらに座り込んだ。

茶屋や芝居小屋が所狭しと軒を並べ、朝から晩まで人の流れが絶えぬ浅草は、江戸随一の繁華街。そこに根を下ろす地回りの一員だけに、与五郎とてそれ相当の場数は踏んでいる。目端《めはし》が利くところを重宝がられ、おおっぴらにはしにくい相談事を八田の勘兵衛から持ちかけられたのも、一度や二度ではなかった。

しかし与五郎には、お紋にすら告げていない悪い癖があった。普段ならその癖は胸の奥深くに秘め、まず滅多に人目にさらしはしない。それが今回、突如頭をもたげたのは、障子を開け放った途端の光景にそれだけ逆上した証拠だろう。

目の前に虫の息の男が一人、という状況には動揺しない与五郎も、久しぶりに暴れ出した悪癖を鼻先に突きつけられ、思わず頭を抱えたい気分になっていた。

——今度はいったい、どこに隠しゃいいんだ。

腰を抜かしてしまったお紋が、這《は》うようにして近付いてくる。がたがたと全身を震わせながらしがみついてくるその身体《からだ》をうとましく思いながら、与五郎は懸命に頭を巡らせていた。

木場の外れ、巣鴨《すがも》の森の奥といった、これまでに使った人気のない場所が、次々と頭に浮かぶ。だが既《すで》に一度なりとも足を運んだそれらの場所にこの男を埋めるのは、どうしても気が進まなかった。

相手は死人だ。ましてや二年も三年も前に埋めた者たちなど、とうの昔にぐずぐずに腐り、姿かたちを失っているであろうとはわかっている。だがそれでも、かつて自分が手にかけた人々が眠る場所に立ち戻れば、なにかしら禍々《まがまが》しいことが起こりそうな予感がしてならなかった。

——こいつが悪いんだ。こいつが涙なんぞ流しながら、お紋を絞め殺そうとしやがるから。

いつの間にか、男の顔色は土気色に変わり、わずかに残っていた息も絶えている。意図せず自分の暴力の引き金を引いた彼を、与五郎は苦々しい気持ちで見下ろした。思い返せば七つのとき、奉公先の紙問屋を飛び出したのは、生まれ育った目黒に戻りたかったからではない。ただ、それほどに奉公の暮らしが我慢ならなかったのだ。

与五郎の父は腕のよい野鍛冶《のかじ》であったが、仕事中の事故で片目を失って以来、酒びたりで毎日を過ごすようになっていた。母一人の野良働きでは、与五郎を頭にした子供三人と夫を食わせていけはしない。与五郎が奉公に出たのは、家の口減らしとわずかな給料の前借をあてにしてのことであった。

自分が奉公を辞めれば、残された家族はあっという間に苦境に立つ。だがそのときの与五郎には、彼らを斟酌《しんしゃく》するだけのゆとりはなかった。酒を飲めばすぐに暴れる上、その凶暴さにおびえて泣く与五郎や二人の弟を容赦なくぶん殴る父や、いつも父の顔色をうかがってばかりの母を、恋しいとも思えなかった。

無論、奉公が決まったときから、お店《たな》での日々の辛《つら》さは予想がついていた。目黒の家を出られるなら、少々は我慢するつもりだった。

さりながらそんな与五郎の覚悟を打ち砕くほど、店の手代や丁稚《でっち》たちは底意地が悪かった。

年の割に落ち着き、目鼻立ちが整っていることから、すぐに女中たちから可愛《かわい》がられ出した新入りが、よほど気に食わなかったのだろう。彼らはこそこそと裏に回っては、事あるごとに与五郎の邪魔をした。

蔵から帳面を取って来いと言いつけて外から鍵をかける、箱膳《はこぜん》の中をそっくり空にして食事の際に嘲《ちょう》笑《しょう》するといった嫌がらせは日常茶飯事。お仕着せの袷《あわせ》や前垂れを隠され、

「泣けば返してやるぞ」

と囃《はや》し立てられることも珍しくなかった。

だがそのくせ、小さい与五郎が飛びかかって顔をひっかけば、すぐ泣き面になって番頭に言いつける。

――泣くもんか。俺はあんな無様な泣き顔なんか、決して人に見せねえぞ。

そう思いはしても、番頭に呼び出され、べそをかいた丁稚と首を並べて説教される日が重なるうち、与五郎は次第にお店の者たちに、憎悪に近い感情を抱くようになっ

た。

使いに出た足で、ふいっと店を飛び出したのはそれから間なし。奉公をはじめて半年も経《た》たぬ頃である。

母には母なりの苦労があると分かっていても、もはや目黒に戻る気などこれっぽっちも湧《わ》かなかった。どの面下げて逃げ戻れようとの思いもあった。

浅草に流れ着き、広小路の人ごみでかっぱらいをしていた彼が、八田の勘兵衛に拾われたのは、九歳の秋。勘兵衛の紙入れを狙《ねら》って捕らえられ、そのまますずると彼の家に居付いたのである。

「ふん、どれだけ殴られても涙一つこぼさねえ。なかなか性根の座った餓鬼《がき》じゃねえか」

「知らなかったとはいえ、親分の紙入れを盗もうと考えるなんざ、並のこっちゃねえな」

やがて年上の地回りたちの使い走りを務めているうちに、与五郎はふと自分の奇妙な性癖に気がついた。

小柄で女顔の彼はおとなしいとあなどられがちで、町の子供たちから喧嘩《けんか》をふっかけられる折が間々あった。子供の取っ組み合いだけに、勝つのはもちろん力が強いほう。どちらかが泣き出しでもすれば、その時点で喧嘩は終わりと相場が決まっている。

　ところが与五郎は不思議にも、相手が途中で涙を見せた途端、喧嘩を止めるどころか、よりいっそう全力で相手に殴りかかっていく癖があった。周囲が止めようが、通りがかった兄さん連中に襟首《えりくび》をつかまれようが、泣き顔の少年になお立ち向かうそのさまは、

「まるで狂犬じゃねえか。喧嘩は退《ひ》け時が肝心だってぇのに、こいつにはそれが分からねえと見える」

　と勘兵衛に首を傾《かし》げさせる荒々しさだった。

　それでいて、常の腕っぷしは頼りなく、涙一粒こぼさない相手と喧嘩になった時には、はるかに年下の少年に殴り飛ばされて伸びてしまうこともある。

「わかったぞ。どうやらおめえは、泣いている相手を見ると、そいつが無性に憎く思えちまうみてえだな」

　ひょっとしたらそれは、父や奉公先での記憶ゆえだろうか。

　相手の涙を見ると、頭にかっと血が上り、それが年寄りだろうが女だろうが、前後を忘れて相手に乱暴を働いてしまう。その間はまるで無我夢中で、ただ相手を叩きのめすことしか念頭にないという自分の癖を、与五郎は勘兵衛の指摘で初めて知った。

とはいえ他人の涙なぞ、与五郎がどうこうできるものではない。悪鬼の形相で乱暴を働き続け、相手がぐったりと倒れ込んでから、ようやく我に返るということを、彼はそれからも幾度となく繰り返した。

博奕仲間やお紋は、与五郎のそんな悪癖を知らない。むしろ、日頃の寡黙《かもく》さを額面通りに受け止め、「年の割には大人しい奴だ」と言われている。

全てを飲み込んでいるのは八田の勘兵衛一人だが、彼は与五郎が「いつもの弾みで」人を殺《あや》めても、

「しかたがねえな。自分で始末しな」

というだけで、それを怒りも咎《とが》めもしない。むしろそんな与五郎の奇妙さを、愉快がっているふしさえあった。

「お、お、お前さん。どうしよう」

性根が据わっているようで、やはり女である。お紋は歯の根のあわない声で同じことを繰り返すばかりでてんで役に立たなかった。

「どうしようもこうしようも、どこかに始末するしかねえだろう」

自分の情夫が他の男を手にかけたのを、目前にしたのだ。怯《おび》え、狼狽《ろうばい》するのも当然だが、あまりに調子外れなお紋の声がうとましく、与五郎はつい冷ややかな声で彼女

を突っぱねた。

「始末って——」

前回殺したどこぞの棒手振《ぼてふ》りは木場の外れに埋めたし、その前の博奕仲間は大川に流した。

いずれの場合も今回と同じく、相手の涙を見てしまった末の出来事である。

だが場所選びがうまいのか、それとも単に運がいいだけなのか、与五郎が捨てた亡《なき》骸《がら》が見つかった例はこれまで一つもなかった。

そういえば押上の古井戸に捨てた巡礼親子の死体も、見つかったとの噂は聞いていない。

——死神ってえのは、女の神様なのかねえ。そうとも考えなきゃ、その悪運は理解できねえ。そうさ、きっとおめえは、死神に気に入られているんだぜ。

そう言ってにたりと笑った、八田の勘兵衛の顔が眼裏に浮かぶ。

この奇妙な運の良さを買われ、これまでいったいいくつの死体を捨ててきただろう。自分で手にかけた人数は、ほんの片手足らずだが、勘兵衛の命令で始末した亡骸は、もう思い出すのも不可能な数に上《のぼ》る。浅草一帯を取り仕切るには、それだけの血が必要なのだ。

「お紋、裏からいらねえ莚《むしろ》を持ってこい」

刃物沙汰《はものざた》にならなかったのは幸いだ。畳も綺麗《きれい》なままだし、なにより運び出す際に、血の跡を気にせずにすむ。

与五郎は死体の懐を探り、紙入れを取り出した。大した金が入っていないのは承知である。万が一、亡骸が見つかった場合、そこから身元が知れるのを警戒したのだ。

「い、いったい、どうするつもりだい」

「決まってるじゃねえか。埋めるなり沈めるなり、とにかくこいつをどこかに片付けるのよ」

与五郎の言葉に、お紋はごくりと唾《つば》を飲み込んだ。

血の気の失せていた顔に、ようやく色が戻り始めている。潤んだままの目元がわずかに赤らんでいるのにちらりと目を走らせ、与五郎は次第に冷たくなってゆく男に顎《あご》をしゃくった。

「こいつ、ここんとこずっとおめえに付きまとっていた吉介とかいう大工だろう。早いとこ始末しねえと、岡っ引きにかぎつけられ、おめえがこいつを殺めたことにされちまうぜ」

「なんであたしが――」

そう言いながらも、これまで自分が吉介をどのようにあしらってきたのかを思い出したのだろう。お紋の抗議の声は、尻すぼみに小さくなった。

うろたえて自分と男の死体を交互に見比べるお紋に、与五郎は奇妙な嗜虐《しぎやく》を覚えた。

「まあ、おめえに惚《ほ》れて惚れて死んだんだ。こいつもあながち、悪い気はしねえだろうぜ」

言いながら与五郎は、中身を抜いた紙入れを竈《かまど》に放り込んだ。

この長屋に住まうのは、お紋同様、夜の商《あきな》いの者ばかりである。先ほどは相当の物音がしたろうに、いまだ誰一人駆けつけてこないところからして、幸いにも全員出払っているのだろう。

くすぶり始めた紙入れにちらりと目をやると、

「やはり俺には、運があるらしい」

と呟《つぶや》き、与五郎は薄い笑みを浮かべた。

あれこれ勘案した末、吉介の死体は、大島橋に程近い石置き場の砂地に埋めることにした。大水でも出れば海に流されてしまおうが、これまでがそうだったように、死体が人目にさらされることはまずないという不思議な自信が、与五郎にはあった。

そう、あとは大船に乗ったつもりで、いつもと変わらぬ日々を過ごせばよかったのだ。

——それをお紋のあまが騒ぎやがるから、こんな羽目になったじゃねえか。

吉介の兄弟子と名乗る男の来訪に震え上がったお紋は、翌日からしきりに不安を漏らし始めた。

「あいつ、あたしと一緒になるんだって周囲に言い回ってたんだって。それが何も言わずにふっと姿を消すなんて解《げ》せねえと首をひねっていたけど、あれは絶対、あたしを疑っている顔つきだよ」

闇《やみ》にまぎれて死体を持ち出したが、ひょっとしたら誰かがそれを見咎めていたかもしれない。番屋に駆け込まれたらどうしよう、石置き場の死体が見つかったらどうしよう、そんな不安ばかり毎日繰り返すお紋が江戸を出ようと言い出すまで、さほどの日数はかからなかった。

「けどお前、江戸を出てどうするんだよ。これといって行くあてはないだろう」

「お江戸もどこも一緒だよ。あんた一人ぐらいなら、あたしが食わせてあげる。ねえ、お願いだから一緒に逃げとくれ」

お紋の言葉にしぶしぶうなずいたのは、朝から晩まで同じことばかり繰り返す彼女をなだめるのが、面倒になっただけである。

よく考えれば、与五郎が江戸にいなければならぬ理由は何一つない。金蔓《かねづる》でもあるお紋が江戸を出たいなら、まあしばらく付き合ってやっても悪くはなかろう。

実はかくかくしかじかの次第で、ちょっと旅に出て来やす、と告げても、八田の勘兵衛は軽く鼻を鳴らしただけでさして驚いた様子を見せなかった。

女の気まぐれに付き合うだけなら、三月《みつき》もすれば舞い戻ると考えているのだろう。帰って来たら知らせな、と念押しして、彼は足の爪《つめ》を音を立てて抓《つ》み始めた。

話がまとまれば、後は出立するまで。もともと旅立ちに日数のかかるような所帯ではない。道中に必要なのは往来手形と関所手形だが、与五郎もお紋も檀那寺《だんなでら》に手形を書いてもらえるような真っ当な身の上ではない。賭場仲間にそれとなく尋ねると、表街道を往来するのでなければ、手形がなくても特に困らないという。唯一の問題は箱根と新居の関所だが、これも街道を逸《そ》れて山から迂回《うかい》すればなんなく通過できると教えられ、二人は早々に江戸を後にしたのである。

——それが箱根山中で旅の侍に関所破りを咎められるとは、とんだ番狂わせもいいところだぜ。

何しろ月明かりだけが頼りの不慣れな山路《やまみち》である。逃げる途中で足をくじいたお紋は、見る見るうちに遅れがちとなった。途中で振り返れば、顔をひきつらせた彼女の背後には、旅姿の若侍がせまっていた。

ここで捕らえられては、江戸を出てきたのが無駄足となるばかりか、数々の旧悪まで暴かれかねない。

待っておくれ、と背後で泣き喚《わめ》くお紋を振り切って走り、気がついたときにはいくつもの峠を越えて三島宿近くに出ていた。

さすがに山を越えてまで、追っ手は来ないだろう。それでも用心に越したことはないと、与五郎は足を休ませぬまま、三島を通過して沼津へと向かった。

足を止めると、お紋の泣き声が耳に蘇りそうであった。

関所破りは磔《はりつけ》がご定法《じょうほう》だが、事と次第によっては道に迷った者として解き放たれることもあると聞く。お紋とて、吉介の一件を口にしなければ、お咎めなしで済まされるかもしれない。そう無理やり思い込むことで、与五郎は彼女を置き去りにした罪悪感を遠ざけようと努めていた。

元々、お紋の側から一方的に惚れられ、その好意にほだされる形で共棲《ともず》みを始めた仲である。それだけに我が身とお紋を天秤《てんびん》にかければ、どうしても己が可愛いという本音が出るのも仕方がなかった。

それに若い侍に追われながらも、与五郎の心の奥底には、

——言わんこっちゃねえ。やはりお江戸でおとなしくしときゃよかったんだ。

と、お紋の浅慮に舌打ちしたい気持ちもくすぶっていた。すべてあいつの身から出た錆《さび》じゃねえか、とも思っていた。

頭上を木々が覆いつくし、方向すら判然としなかった箱根山中を思えば、この界隈は平地というだけで噓《うそ》のように歩きやすい。月明かりのため、山の稜線《りょうせん》がくっきりと分かるほど辺りは明るく、与五郎はいつしか、遠くから幾重にも重なって響いてくる波の音に向かって歩き出していた。

昨日の昼から何も口にしていないこともあり、身体は綿のように疲れきっている。浜辺でとりあえず手足を洗い、夜が明けるまでどこかで一眠りするつもりであった。お紋がいなくなった今や、自分が旅を続ける理由はどこにもないが、とはいえ引き返すには、再び箱根を越えねばならない。だが上手く追っ手を撒《ま》いたという安堵《あんど》ゆえであろう。当初の不安は消え失せ、

——まあ、その気になればどうにかなるさ。

という開き直りが、彼の胸底に浮かび上がってきた。

関役人、特に下っ端の足軽の中には、いわくありげな旅人に声をかけ、彼らをこっそり関抜けさせて小銭を稼ぐ不埒者《ふらちもの》もいるという。実際、与五郎が浅草の賭場で会っ

た伊勢者《いせもの》は、そうやって関を抜けてきたと語ったではないか。

今すぐ関所界隈に顔を出すのは剣呑《けんのん》だろうが、この辺で一月か二月ぶらぶら過ごし、ほとぼりがさめた頃に江戸に戻ってもよかろう。

足元がそれまでの土から砂地に変わったのを感じながら、与五郎はそんな算段を立てていた。

いつの間にか、浅間《せんげん》神社を通り過ぎて千本松原に踏み込んだらしく、周囲は見渡すばかりの松原に変わっている。

頭上を覆う松の木の間から差し込む月光は、松葉を通して常よりも青い。間近に聞こえる波の音とあいまって、あたり一面海の底かと疑うような清澄さであった。

しかし今の与五郎には、そんな風流を楽しむ心の余裕はなかった。積もった松葉が草鞋の足を刺すのを忌々《いまいま》しく思いながら、足早に浜へと向かう。

木々を透かして見れば、砂浜は白々と月明かりに照らされ、松林の中とは比べ物にならない明るさである。いったんそれに気付くと、松枝が黒々とした影を落としている林の中は、月の光こそあれはるかに薄暗く、決して気味がよいものではなかった。

——これだけの浜だ。どこかに漁師の番小屋の一つや二つあるに違えねえ。

ちょっとの間、そこで一眠りさせてもらおうじゃないか、と胸の内で呟きながら最後の松の梢《こずえ》の下を通り過ぎようとした与五郎は、冷たいものが額に触れた気がして足を止めた。

同時に視界の上端を、なにかがかすめる。

だが驚いて頭上を見上げても、そこでは松の太い枝が夜空を黒々と横切っているばかりである。

気のせいか、と再び砂浜に目を転じ、与五郎は今度こそ声にならない悲鳴を上げた。

目と鼻の先に、生白い足がぬうっとぶらさがっていたのである。

「ひ、ひええっ」

悲鳴をあげて飛び退《しさ》った与五郎は、勢い余ってその場に尻餅《しりもち》をついた。

死体には慣れている。つい半月前にも、一つ拵《こしら》えたところだ。本来なら、首くくりの一体や二体で怖気《おじけ》づく彼ではなかった。

しかしつい先ほどまでは、見渡すかぎりの松林に穏やかに月の光が差し込んでいただけだった。こんな首くくりなど影も形もなかったという事実が、その心を震え上がらせていた。

ゆらゆらと揺れる死体から、与五郎は目を逸らせなかった。こちらに背中を向けているため、その顔はよくわからない。髷が解け、ざんばら髪が背中まで垂れているところからして、どうも女のようである。

その真下には片足から脱げたと覚しき粗造りの草鞋が、裏を見せて転がっている。長くほどけた紐《ひも》が松葉の上でうねり、あたかもそれは首を切られた蛇のように与五郎の目には映った。

かろうじて片方にだけ履物をひっかけたつま先にあざやかな爪紅《つまべに》がさされているのが、血の気のない肌とあいまっていっそう不気味であった。

風が強く吹き、松籟《しょうらい》が松林にこだました。

それと同時にぎい、と縄がきしむ音がして、首くくりの身体が反転する。長い舌をはみださせた顔がこちらを向いたかと思うと、血走った眼がからくり細工のようにがたりと動き、与五郎を捉えた。

お紋であった。

「ひ……」

恐怖に締め上げられた喉は、声らしい声を出せない。それでも与五郎はお紋のすさまじい死に顔に目を奪われたまま、泳ぐような足取りで立ち上がった。どうしてこんなところにお紋が、という疑問を抱く余裕すらなかった。

震える足で松の根を踏みしめ、一、二歩後ずさる。しかし彼は四方を見回すなり、すぐにまた悲鳴を上げてその場に転倒した。

お紋の隣の松の木に、別の死体が揺れている。与五郎の悲鳴に誘われたように、それはぐるりと反転すると生気のない目で彼を見つめた。

「よ、よ、吉介――」

息も絶え絶えな声に、首くくりは開いたままの口の端をにいっと吊《つ》り上げた――少なくとも、与五郎にはそう見えた。

いや、お紋と吉介ばかりではない。その隣の枝には、三年前に殺した巡礼の親子が、その更に隣には、大川に流したはずの博奕打ちがぶらさがっている。

いずれも与五郎が最後に見たときの姿で、目だけをぎょろりと動かし、まるで命あるもののように彼を凝視していた。

目を転じれば、今や青白い月明かりの差し込む千本松原のすべての松の木には、まるでその枝から生えて出たかのように、それぞれ首くくりがぶらりと垂れていた。

あたりは相変わらず、ただ波音と松籟だけが響く穏やかさに満ちている。異質なのは、時折、縄が枝をこすってかすかに耳障りな音を立て、そこここに大小の死体が揺れていることだけだ。

与五郎が身動きするたび、近くの首くくりが目だけを動かし、彼の姿を追う。いつだったか、勘兵衛の指示で谷中の廃寺に投げ捨てた浪人者、お紋と仕掛けた美人局《つつもたせ》に引っかかり、店の金を使い込んだ末、大川に飛び込んで死んだ炭屋の手代が、一つの枝に仲良く垂れ下がっている。

そしてその隣の松には、紙問屋に奉公に出たあの日、薄暗い土間で自分を見送ってくれた姿そのままの与五郎の両親と二人の幼い弟が、やせっぽちの足をそろえて揺れていた。

——ああ、そうか。

与五郎が奉公に出されたのは、生家がわずかなりとも金を得るためだった。幼い彼の奉公に際し、どれだけの銭が給料の前払いとして両親に渡されたのかは分からない。だがいずれにせよ、居もしない奉公人の給料を、お店が渡したままにするはずはない。与五郎が奉公先を飛び出した後、前払いした金を紙問屋の主《あるじ》が両親から取り上げたであろうこと、そしてその後、彼の家族がいっそうの貧困にあえいだだろうことは、たやすく想像できる話だった。

時折——そう、本当に時折、両親や弟たちがどうしているのか、気にならなかったといえば嘘になる。しかしそう思い巡らしていた日々がまったくの徒労であった事実に、与五郎はようやく思い至った。

——そうか、俺は知らない間に、親父《おやじ》やおふくろまで殺していたんだな。

恐怖のあまり感情が麻痺《まひ》した頭で、与五郎はそうぼんやりと考えていた。いつの間にか自分の頬を涙が伝っていることにも、気付かぬままであった。

幼い弟二人を道連れにしたのは、自分たちに辛酸を舐《な》めさせた長男同様、この子たちもいつか親を裏切ろうという絶望ゆえであろうか。それとも幼い彼らだけでは生きていけまいとの親の情であろうか。いずれにせよ、彼らの死の責めもまた、与五郎にあることは疑いようがない。

——そうさ、きっとおめえは、死神に気に入られているんだぜ。

違う。死神が女というのは誤りだ。他ならぬ自分が死神だったのだ。

風がまた、ひときわ強く吹き、松籟が大きくなった。それにつれて、ぎいぎいと縄の軋《きし》む音があちらこちらの梢から上がる。首くくりたちの声なき恨み言のように、それは松林にこだました。

——そういえば、俺がお店を飛び出したのも、こんな風の強い日だったっけ。

松林じゅうに死人が揺れている様は、子供があちこちの枝いっぱいに風鈴をぶら下げたように見えなくもない。

両親と弟たちがぶら下がった松の木の向こう側は、夜目にも白々とした砂浜である。

そこに立派な松の木が、一本だけ他の木から離れ、月の光を受けてすっくと生えていた。

海に向かって突き出した大枝が、黒々と茂る葉の先に沈みかかる十六夜月を宿らせている。不思議にもその枝にだけはまだ、首くくりはぶらさがっていなかった。

いくつもの目が、自分の後ろ背を追っているのが分かる。与五郎は蹌踉《そうろう》とした足取りで、砂浜へと踏み出した。

この身が死神とすれば、いまや自分の旅の目的はあの松の木以外にはないと思えてならなかった。

松籟がまた、ひときわ大きくなった。

第六話　恵比寿《えびす》のくれた嫁御寮

穏やかな駿河《するが》の海に、春の日がきらめいている。

早朝に決まった休漁の取り決めのせいで、普段なら漁師や女たちの行き来が絶えぬ浜は、閑散《かんさん》と静まり返っていた。空を飛び交う海鳥の数まで、こころなしか常より少ないようだ。

茂八《もはち》は庭の北隅に祀《まつ》られた恵比寿《えびす》社の前から立ち上がると、生垣越しに一望できる海に目を投げた。

この一本松村の漁師たちを取りまとめる網元である彼の家は、村を眼下に見下ろす高台に建っている。

つい半刻ほど前には、年若い漁師たちが四、五人、連れ立って海沿いの道を東に向かうのが見えた。いずれも今朝方、村はずれの一本松にぶらさがっていた首くくりの始末を手伝わせた男たち。おおかた清め賃として渡した小遣いを手に、沼津の遊郭《ゆうかく》に繰り出すのだろう。

雲一つない空は高く澄み、海に出るにはもってこいの上天気である。こんな日に漁を休ませるなぞ、茂八には前代未聞の出来事であった。

だが、海上での目印とされる海端の一本松で男が首を吊《つ》ったとあっては、信心深い漁師たちを無理に海に追いやるわけにもいかない。ましてやそれが、箱根の関破りの咎《とが》で手配中のお尋ね者とあればなおさらである。

「おおかた、人相書が回っているのを知り、観念して首をくったのじゃろうよ」

「けどなにもよりによって、あの一本松にぶらさがらねえでもよかろうになあ」

早朝、漁師の一人に発見された死体は、村の若い衆によって枝から下ろされ、二里離れた代官所まで大八車で運ばれて行った。

「まったく、土左衛門《どざえもん》なら恵比寿さまじゃと喜びもするけどよ。野郎の首吊りじゃ、ぞっとしねえ」

「ほんにそうじゃ。後で沼津の弁天さまに参詣《さんけい》して、お祓《はら》いとしゃれこもうじゃねえか」

代官所から戻り、空になった大八車を茂八の元に返しながら、漁師たちは聞こえよがしにそう言い合っていた。

大きな不浄が起きれば漁が休みとなるのは、古くからの慣わしだ。その上、死体の片付けまで手伝わせたのだから、網元の茂八が清め賃の幾ばくかを出すだろうと見込んでの言葉である。

とはいうものの彼らもまさか、吝《しわ》いと評判の茂八が、一人あたり一朱もの金を与えるとは思ってもいなかったらしい。喜びよりむしろ戸惑いを浮かべた面持ちで及び腰に銭を受け取り、足早に網元屋敷を去っていった漁師たちの姿を思い出し、茂八は苦笑いを浮かべた。

これが一月前であれば、小遣いどころか無理やりにでも、彼らを漁に出したに違いない。先ほどまでしていたように、庭の祠《ほこら》にお神酒《みき》を上げ、明日からの漁を祈願するなどといった真似《まね》もしなかったはずだ。

「ふん、我ながら調子がいいものだ」

そう呟《つぶや》いて茂八がふくみ笑いをもらしたのには、理由がある。

長い間、沼津の女郎に入れあげ続けていた一人息子の孝吉《こうきち》が、ここのところ心根を入れ替えたように真面目《まじめ》になったのだ。漁師たちに尋ねれば、率先して海へ出、暇々《ひまひま》には網の繕《つくろ》いなども手掛けていると聞く。

これまでどれだけ茂八に叱《しか》られても、網元の仕事を覚えようとしなかった孝吉だ。

それが突然漁師に入り混じって働き出したのは、彼なりに考えを改めた証《あかし》に違いない。

(やはりあの山猫女郎と切れたのがよかったのじゃ。時間はかかったが、まずは喜ばしい話じゃわい)

大切な一粒種が正道に戻った事実を嚙《か》みしめると、嬉《うれ》しさについ頰《ほお》がゆるんでくる。

一人一朱の小遣いなど、今の茂八にはまったく惜しくなかった。

孝吉は二十三歳。幼少の頃はおとなしく、素直な気性だった。しかしかつては相当な放蕩《ほうとう》をした茂八の血か、十七、八の頃から悪所通いを始め、やがて家に帰らない日も珍しくなくなった。

当初のうちは茂八も、

「よいよい、若いうちは遊びも身の肥やし。二十歳も過ぎれば、していることの愚かさに気付くじゃろ」

とゆったり構えていた。だが息子が沼津の宿場女郎・小菊《こぎく》に入れあげているとの噂《うわさ》を耳にするに至っては、さすがに顔をしかめた。

「よりにもよって、あんな女子《おなご》にひっかかるとはなあ」

ううむ、とうなって腕を組んだのは、小菊が界隈《かいわい》で名高いあばずれ女郎だからである。

年の頃は二十七、八だろう。切れ長の目がなんともいえない媚《こび》をたたえた美貌《びぼう》だが、性根の悪さときたら右に出る者がいないと札付きの悪辣《あくらつ》さであった。

同じ店の若い女郎をいびりにいびって追い出しただの、店の金を使い込むまでして入れあげたどこぞの番頭を、金が尽きた途端、二階の階段から蹴《け》り落としただの、とにかく悪い評判には事欠かない。

「小菊なんぞという可愛《かわい》らしい女じゃねえ。ありゃあ、山猫女郎じゃ」

だがそんな噂が広まれば広まるほど、小菊の容貌には磨きがかかり、興味本位で彼女を揚げた男の中には、その悪性を知りながら、ずるずると深間にはまる者が少なくなかった。

言うまでもなく孝吉もその一人で、

「噂の山猫女郎とやらがどんな女か、見てやろうじゃないか」

と小菊の働く奈賀屋《ながや》をのぞいたのが運の尽き。あっという間に彼女の手練手管《てれんてくだ》にとろかされた末、ある日いきなり両親の前に手をつき、

「どうか小菊を身請《みう》けして、女房にさせてください」

と言い出したのである。

これには茂八も女房のお才《さい》も仰天した。

どんな女郎も、好きで売られてきたわけではない。茂八からすれば、たとえ悪所の水に染まった女でも、気立てさえよければ嫁として迎えることはやぶさかではなかった。とはいってもそれが、十人が十人、あばずれと呼んで憚《はばか》らぬ小菊となれば、話は別である。

「小菊とて、好きで悪所に落とした身じゃねえ。血も涙もない、金の匂《にお》いしか嗅《か》がぬ山猫じゃと呼ばれるのも、客を呼び寄せる手管の一つ。本当は嫌々、性悪を演じておるのじゃ。お父《と》っつぁんも一度会ってくれれば、あいつの本性がよく分かるわい」

真剣な顔で言い募る孝吉を前に、小菊とやらはいったいどうやってこの息子をたぶらかしたのかと、茂八は唖然《あぜん》とした。

孝吉は大切な総領息子。しかも彼の女房となることは、やがてこの辺り一帯を取り仕切る網元の妻となることを意味する。小菊の目的がその身代にあろうとは、誰でもたやすく想像ができた。

人をやって調べさせると、小菊に関わる噂には案に違《たが》わずろくなものがない。しかも伊蔵《いぞう》というやくざ者が紐《ひも》としてぶらさがっているとの話まで聞き込むに至り、

「これはちと難問じゃわい」

と、茂八は頭を抱えた。

伊蔵と小菊の関係は、沼津では知らぬ者のない公然の秘密という。だが孝吉はそれを聞いてもなお、「小菊が本当に好いているのは俺じゃ」と言い張った。

「女郎勤めは、いわば女手一つで世の中を渡り歩く商い。地回りややくざ者を情夫に持つのは、いざこざを避けるための処世術じゃ。何の遠慮もなく男を選んでいいなら、どうしてあんなならず者と関わりを持とうと小菊も言うておったわい」

茂八からすれば、伊蔵とやらが小菊にそんな放言を許すのも、双方が酸《す》いも甘いも嚙《か》み分けた深間ゆえと思うのだが、孝吉の頭にはそんな疑念など微塵《みじん》も浮かばぬ様子であった。

「最近じゃ俺の顔を見るたび、小菊はこう言って泣き出すんだ――大網元になるあんたに、こんなあたしは不釣合い。女房になんぞと大それたことは望んじゃいない。こうやって通ってきてくれるだけで充分だよ――ってね。あいつはお父っつぁんの言うような、この家目当てのあばずれなんかじゃねえ」

茂八がいくらその涙が曲者なのだと説教したところで、孝吉は耳を貸そうとしなかった。親類縁者は無論、檀那寺《だんなでら》の住職にまで心得違いを説いてもらったが、まるで効果がない。

茂八がいっこうに小菊の身請けを承知しないと見て取ると、孝吉は小遣いのありったけを懐に、奈賀屋に居続けをはじめた。

奈賀屋は親の身代をあてこみ、まだ二十歳《はたち》そこそこの孝吉を、下にもおかぬ扱いをする。さすがに心配したお才が下男に着替えを届けさせると、彼は朝から酒を飲んで酔いつぶれていたという。

だがそんな孝吉がにわかに正気に立ち戻ったのは、他ならぬ小菊のおかげでもあった。

「お父っつぁんたちが俺たちの仲を無理やり裂くなら、俺は家を出るよ。そうさ、あんな口やかましい家なんかどうでもいい。いっそ勘当してもらって、貧乏でもいいからお前と二人で所帯を構えよう」

ある夜、孝吉が口にしたこの決心が、彼女の態度を一変させたのである。

「お父っつぁんはあてにならないけど、おっ母さんなら懸命に頼み込めば、お前の借金の三十両ぐらい、どうにか工面してくれるだろう。誰にも口出しされない土地に行き、二人で幸せに暮らそうじゃないか」

小菊からすれば、網元の息子でなくなった孝吉など、何の価値もない。それに気付かずおめでたい夢物語を口にする彼に、彼女はいっぺんで愛想を尽かしたのである。

そうでなくとも奈賀屋に居続けの半月で、孝吉の手持ちの金は随分減っていた。以前のようにお才や茂八が彼に快く小遣いを渡さなくなった以上、いずれ彼の財布は底をつく。日頃から、金の切れ目が縁の切れ目と決めてかかっているだけに、小菊の心変わりは素早かった。握り締められていた両手をふりほどき、その場にいきなり立ち上がった。

「あたしは嫌だよ。そんな貧乏所帯なんか、我慢できるもんかい」

「な、なんだって――」

「魚臭い網元屋敷ならまだ我慢もしてやるけど、あたしと夫婦になろうってんのに、はなっから長屋暮らしとはどういうこった。あたしを女房にって男は、ごまんといるんだよ」

持ち味の伝法な口調でぽんぽんとまくしたてられ、孝吉はあんぐりと口を開いた。あまりの豹変《ひょうへん》ぶりに、言葉もない様子であった。

「ちょっと誰かいないのかいっ。六太《ろくた》っ、六ったら」

小菊の甲高い声を待っていたかのように、牛太郎《ぎゅうたろう》が廊下を鳴らして飛んできた。

「こいつをつまみ出しとくれ。今日までのお代はきっちり帳場でいただくんだよ。本当にけったくそ悪いったりゃありゃしない」

「へえ、分かりやした。さあ、若旦那《わかだんな》、すみやせんがお立ちくだせえ」

牛太郎に腕をつかまれても、孝吉はまだ呆然《ぼうぜん》とした面持ちのまま、小菊を見つめていた。

彼が一本松村へと戻ってきたのはその翌日であった。

「だから言わんこっちゃない。女の性根ってものがよくわかったろう」

苦りきった顔で孝吉を迎え入れながらも、茂八は心の中で快哉《かいさい》を叫んでいた。

このまま二人の仲が続くようなら、たとえ少々荒っぽい手をつかってでも、小菊と情夫を沼津から追い出さねばと考えていた矢先である。事によっては、手切れ金として相当の金を渡してもよいとも思案していた。

(孝吉の世迷言《よまいごと》にすぐにかっとなるとは、山猫女郎とやらもたいした女じゃないな)

世の中には、女郎が「たとえ貧乏暮らしでもお前と添い遂げるよ」と言っていると聞けば、ほろりとしてつい両者の仲を許してしまう親も多いはず。多分お才などはその口で、案外率先して小菊を迎え入れたかもしれない。

破れ草履《ぞうり》を捨てるかのように孝吉を追い出した小菊の短慮に、茂八は感謝したい気持ちですらあった。

そんな心の弾みが、今日の一人あたり一朱という破格の清め賃として表れたのである。

悪名高い山猫女郎のことだ。どうせすでに、次の獲物をくわえ込んでいるに違いない。沼津に出かけていった漁師の口を経て、そんな噂が孝吉の耳に入ればいい、という思いもあった。

（けどなあ――）

縁側に腰かけ、長い間祠の前に額《ぬか》ずいていたせいで強張《こわば》った身体を伸ばしながら、茂八はふと顔を曇らせた。小菊と切れて半月が経つというのに、未だ浮かぬ顔のままの息子の身に、思いを至らせたのである。

（結局のところ、まだ女への未練が捨てきれぬのだ）

懸命に仕事を覚えようとするのも、その反動に違いない。愚かなと叱《しか》りつけたいと同時に、その直向《ひたむき》さに哀れさえ感じ、茂八はため息をついた。

孝吉の愚行は、村内ではとっくに周知となっている。さすがに彼を指差してあざ笑う者はいないが、へっぴり腰で網を引く様に苦笑いを浮かべる漁師は少なくなかった。

二十三歳といえば、茂八がお才を娶《めと》った年でもある。そう、いつまでも独り身でふらふらしているから、村内でも軽く見られるのだ。ここのところ茂八は、これを機に真剣に嫁取りを考えてやるかと思案していた。

この一本松村は、駿河でも名の知れた漁村。その網元の息子である孝吉の嫁探しとなれば、縁談は近郷近在から降るように持ち込まれるだろう。しかし茂八はかねてから、折り紙つき持参金つきの仰々しい嫁迎えに、一抹《いちまつ》の不安を感じていた。

網元の女房は、率先して浜へ出、汗水流して働かねばならない機会も多い。お才はもともと近郷の庄屋の妾腹《しょうふく》だが、海から戻らぬ漁師が出れば、どんな嵐《あらし》の晩でも夜っぴいて浜で篝火《かがりび》を焚《た》くし、大漁となれば、村のかみさん連中の音頭を取って荷揚げに精を出す。いかに身代が大きくともお飾りで納まっていられぬのが、網元の妻なのだ。

気立てがよく、骨惜しみをしない娘でさえあれば、生家が貧しくともかまわない。いや、むしろ苦労をし慣れている貧家の出の方が、孝吉の嫁にはよいとすら茂八は思っていた。

ではどんな家の娘でも構わぬかといえば、そうもいかない。仮にこの一本松村の中から嫁を選んだなら、いくら茂八が彼女の実家を特別扱いしないとしても、周囲はなにかにつけて「あの家は網元の縁続きじゃから」と妬《ねた》み口を叩《たた》くだろう。そんな騒動の種を蒔《ま》くことは、網元としてしがたかった。

(そう、うちの村とは何の縁もゆかりもない娘がよいのじゃ)

刻み煙草《たばこ》を煙管《きせる》の雁首《がんくび》に詰め、茂八はここ数日幾度も胸で繰り返している呟きをまた反芻《はんすう》した。

少し風が出てきたのか、まだ花を残した山茶花《さざんか》の枝が、激しくざわついた。

千切れ飛ぶ桃色の花弁をふと目で追い、茂八はおや、と呟いた。人気のない浜辺を、若い娘が一人、小走りに横切るのが視界に入ったのである。

色白な顔といい、細い手足といい、到底このあたりの娘には見受けられない。しかも胸元に抱えた包みを袂《たもと》でかばい、しきりに後ろを気にする様はどうもただごとと思えなかった。

吸いかけた煙管もそのままに庭下駄を突っかけ、茂八は柴折戸《しおりど》から表へと出た。漁師たちの家裏に作られた畑を横切って、浜へと降りる。

そうこうしている間に、若い娘はますます足を急がせながら、浜辺をこちらへ走ってきた。まだ十七、八と見える小さな顔は強張り、時々砂に下駄の歯を取られてつまずきそうになっている。

幾度も後ろを振り返る彼女の視線の先を追っても、そこにはおだやかな松並木と砂浜が広がっているばかり。いったい何にそんなに怯《おび》えているのかと茂八はいぶかしんだ。

「娘さんや、どうかしたのかい」

不意にかけられた声に、娘はぎょっとした様子で立ち竦《すく》んだ。だが身なりのよい茂八の姿にすぐに肩の力を抜き、浜防風の芽吹き始めた砂浜にへなへなと座り込んだ。

身にまとった木綿の袷《あわせ》はこざっぱりしているが、よく見ればあちこちつぎはぎだらけである。胸元にひしと抱えているのは、大きな薬包み。医者への使いの途中であろうか。

「おいおい、大丈夫かね。野犬にでも追われたのかい」

黒目がちな瞳《ひとみ》で茂八を見上げ、娘はまだ恐怖におののいた顔でほっと息を吐いた。

「ああ、助かりました。松林の中を歩いていたら、二人連れの男が後をつけてきて
――」

それが不安で浜辺に出たものの、砂に足を取られて歩きにくくてしかたがない。おそるおそる振り返れば、男たちはまだ後ろをつけてくる。普段なら漁師がたむろしているはずの浜には人気がなく、恐怖に駆られてここまで走ってきたのだと、娘は息を弾ませながら語った。

「それは多分、ここらの若い衆だろうよ。お前さんがあんまり可愛らしいから、ちょっかいを出そうとしたんじゃないかね」

言いながら茂八は周囲を見回したが、浜辺はもちろん松林にも人影はない。ひょっ

としたら茂八の姿に、あわてて逃げてしまったのかもしれない。

「ところでお前さん、この界隈の者じゃないね。どこからどこへ行くつもりだい」

「はい、あたしは吉原《よしわら》の鳴子屋《なるこや》という紙屋に奉公をしている、お連《れん》といいます。今日はお暇をいただき、病気の姉さんの見舞に沼津へ行く途中で――」

一本松村から三里西にある吉原は、富士山を間近に仰いだ宿場町。水が豊かなところから三椏《みつまた》の栽培地としても知られ、古くから駿河半紙の産地として栄えていた。鳴子屋はそんな吉原でも三本の指に入る紙屋で、大勢の紙漉《かみす》き女を抱えている。おおかたこの娘も、そのうちの一人だろう。

「それは感心なことだ」

茂八の言葉に恥ずかしそうに頬を染め、お連は裾《すそ》の砂を払って立ち上がった。

仕事柄、室内で日中の大半を過ごすためだろう。化粧気のない頬は抜けるように白く、海辺の女ばかり見慣れた茂八の目には、それはひどく頼りなげに映った。小作りな顔の造作は鑿《のみ》で彫ったように整っているが、長い睫《まつげ》のせいか常に淡い翳《かげ》を漂わせた娘であった。

「心配をおかけしてすみません。ありがとうございました」

会釈して立ち去ろうとするお連の後ろ背に、茂八は「お待ち」と声をかけた。

「これから沼津まで行くのだろう？　またしても変な奴《やつ》にからまれてもいけないから、うちの者をつけてあげよう」

「そんなことをしていただいては――」

「かまわないよ。今日はこの村は漁が休みでね。真っ昼間から若い者がごろごろしている有様なのだよ」

尻込《しりご》みするお連を連れて家に戻ると、茂八はちょうど縁先を通り合わせた孝吉に、

「ああ、孝吉。ちょっとこの娘さんを、沼津まで送ってあげておくれ」

と命じた。

気晴らしにどこかに出かけるつもりだったのだろう。孝吉は父親の言葉に、一瞬不満げな顔をしたが、

「すみません、よろしくお願いいたします」

と、頭を下げたお連の姿に、はっと言葉を飲んだ。すばやく視線をそらし、うつむきがちに履物をつっかけて庭に降りる。

「ついておいで」

そういい捨てて柴折戸を出て行く息子の横顔に、狼狽《ろうばい》とも羞恥《しゅうち》とも判然としない表情が浮かんでいるのを、茂八は見逃さなかった。

振り返りもせず足早に坂道を下っていく孝吉の背をあわてて追いながら、お連がこちらに会釈を送っている。

それにうなずき返す胸に、なにか温かいものがひたひたと満ちてくるのは気のせいではあるまい。

庭の隅の恵比寿社に、思わず茂八は目をやった。

（こりゃあ……）

ひょっとしたら神様のお導きかも知れんぞ――そんな彼の予感は、的中した。

一本松から沼津までは、ほんの一里半ほどの距離。それにもかかわらず、この日、孝吉が家に戻ってきたのはとっぷりと日の暮れた時刻であった。

聞けば沼津の町に入った後、彼は浅間神社の石段でお連の用が済むのを待ち、改めて彼女を吉原の鳴子屋まで送ってきたのだという。

「ちょうどいい気散じになったよ」

ぶっきらぼうに言う声は、わずかにうわずっている。不機嫌でない証拠に、並んで夕餉《ゆうげ》の膳《ぜん》に向かいながら、話すのはお連のことばかりであった。

「あの娘は早くに母親を亡くし、姉さんという人はお連さんが物心つく前に、沼津に奉公に出たらしい。それで今は病がちな親父《おやじ》さんと二人で暮らしながら、紙屋に働きに出ているんだそうだ」

「姉さんの病というのは、随分悪いのかい」

「いいや、ただの風邪らしいけど、かれこれもう十五、六年も離れ離れのせいで、知らせを受けて矢も盾もたまらなくなったらしい。自分とお父っつぁんが今まで無事に暮らして来られたのは、すべて姉さんのおかげなんだと涙ぐんでいたよ」

「それじゃあ、そのお連さんの係累《けいるい》は、親父さんと姉さんの二人きりなんだね」

給仕をしていたお才が、ひかえめに口をはさんだ。彼女もまた、弾んだ声の息子に、普段とは違うものを感じている様子だった。

「ああ、そうらしい。鳴子屋に働きに出ているのも、親父さんの看病に手を取られて、遠くでの奉公は無理だかららしい。一日中冷たい水に手をひたしての紙漉きだけど、給金は日にたった三百文……そこから親父さんの薬代を出すと、手元にはほとんど残らないって嘆いていたよ」

孝吉は同情に満ちた声で、お連のつましい暮らしぶりを語った。

元々、心根のやさしい男なのだ。わずか半日、数里の道程を同行する間で、守る者がなければ折れてしまいそうな風情《ふぜい》のお連に、すっかり参ってしまったのに違いない。

「孝吉」

手にしていた箸《はし》と椀《わん》を膳に戻し、茂八は居ずまいを正した。

「お前、あの娘さんをどう思ったかね」

「どうって――」

孝吉はどぎまぎと視線をそらした。しかし茂八は真剣な面持ちのまま、息子に畳み掛けた。

「わたしはね、孝吉。お前もそろそろ身を固める時期と思うのだよ。この家を守るために必要な嫁は、器量や家柄なんぞ二の次だ。気立てがよくて健康であれば、親類縁者なんてむしろ少ない方がいいに決まっている」

「ちょ、ちょっと待ってくれよ」

突然の話に、孝吉は目を白黒させた。

かたわらではお才も、驚いた顔でぽかんと口を開けている。

「いや、これは神様のお導きかもしれんぞ。どうだろう、あのお連さんさえよければ、うちの嫁に来てもらっては」

お連を不安がらせた男の正体は不明だが、少なくとも休漁のために浜が無人だったからこそ、茂八は彼女と出会ったのだ。

いやそもそも漁が休みでなければ、茂八が縁側でぼんやりと浜辺を眺めていることもなかったろう。

(これはきっと、恵比寿さまのお導きだ)

庭の祠に手を合わせる自分の姿が、茂八の胸の中にありありと蘇《よみがえ》った。

当の孝吉は、突然の茂八の言葉に面食らっていたが、やがて顔を赤らめ、

「あのお連さんなら、俺は異存はないよ」

と小声で言った。

そうと決まれば、善は急げである。さっそく翌日、茂八は単身、鳴子屋におもむいた。

鳴子屋の主《あるじ》・卯之助《うのすけ》は四十歳、茂八とはかねてからの顔見知りである。だがその彼は、茂八の来意に、呆気《あっけ》に取られた様子で目をしばたたいた。

「うちの漉き子をお宅の嫁にとは、何とも思いがけないお話ですな。それにしても、はて、お連などという娘が、うちの店におりましたかな」

なにしろ三十人からの漉き子を抱える大店《おおだな》である。首をひねった卯之助の代わりに、

「あのお連でしたら、気立てといい器量といいわたくしが請け合いましょう」

と番頭が口を挟んだのも無理はなかった。

「目立つ娘ではありませんが、働き者で、他の漉き子とも悶着《もんちゃく》一つ起こさぬ実直者

……病の父親を助けての暮らしもつましく、相長屋の者たちも常々感心しているそうです」

通いの漉き子であるお連には、住み込みの奉公人のような年季はない。鳴子屋が彼女を手放さない理由は、皆無であった。

「一本松の網元のお目に留まったとは、お連もとんだ玉《たま》の輿《こし》ですなあ」

番頭はわが事のように手放しで喜んだが、話がまとまるかどうか、こればかりは当のお連に聞かねばわからない。もし、既に末を言い交わした男でもいるのなら、さすがの茂八もごり押しに縁談を進めることはできかねた。

しかし早速座敷に呼ばれてきたお連は、

「実はこの一本松の茂八さんが、お前をぜひ息子の嫁にと言ってらっしゃるんだがね。猫の仔《こ》を差し上げるわけではなし、当のお前の意向を尋ねなくてはと思うのだが、どうだい」

との卯之助の言葉に、意外なほどあっさりとうなずいた。

あまりに唐突な話に驚いたのだろう。娘らしい恥じらいよりも、困惑がにじみ出た顔つきだったが、茂八はそれだけで有頂天になった。

「そうか、来てくれるのか」

勧められた座布団をあてもせず、膝《ひざ》をそろえて座るお連に、茂八は幾度も頭を下げた。

嫁入りの支度金はこちらから出すため、そちらが心配する必要は何一つない。屋敷には空き部屋がたくさんあり、もし病の親父どのを置き去りにするのが不安なら、一本松にひきとるのもやぶさかではない――茂八がこう語るのを、お連はその都度小さくうなずきながら聞いていた。

「今日のところはこれで帰りますが、後日、仲人を立てて改めてお連さんのお宅にうかがいます。どうぞお父っつぁまにもよしなに伝えてくださいよ」

言い置いて村に帰った茂八は、すぐさま鳴子屋卯之助に書状をしたため、今日の礼と、正式に仲人を頼みたい旨を伝えた。お連の家に届けて欲しいと、三十両の支度金を添えるのも忘れなかった。

お連にはああ言ったものの、年老いた父親が、娘の嫁入りと同時に婚家に転がり込みたがるとは思えない。ましてやそれが、降ってわいた玉の輿ならなおさらだ。しばらくは治療に専念してもらい、お連が孝吉との生活に慣れた頃、改めて共住みの話を持ちかければよい。三十両という桁外《けたはず》れの支度金も、半分は父親への見舞金のつもりであった。

　鳴子屋卯之助が茂八の家とお連の家を往復し、ほどなく婚礼の日が白露大安吉日の晩と決まると、茂八は孝吉と吉原まで出向き、お連の父親の駒三《こまぞう》にも会った。

　長患いのためかまだ五十前にもかかわらず驚くほど老け込んだ彼は、娘の良縁に恐縮しきった様子で、

「わしまでが一本松に引き移るなんぞ、とんでもねえ」

とぺこぺこと二人に頭を下げた。

　生来、気の弱い男なのであろう。自分たちはこのご縁を、恵比寿さまのお引き合わせだと思っているという茂八の言葉に、駒三はわずかに涙ぐみさえした。

　孝吉の嫁取り話は、あっという間に一本松じゅうに広まり、茂八の喜びようとともに、村の漁師たちの格好の噂の種となった。

「若旦那の嫁取りが決まってからというもの、旦那さまのにこにこぶりはちょっと不気味なぐらいじゃ」

「最近では誰かが誤って網を切っても、小言一つ言われん。以前なら、耳が痛くなるほど説教されたのにのう」

　先方には、支度は何もいらないと伝えてある。とはいうものの、やはり娘一人が他村、それも網元の家に嫁ぐのだ。最低限の着物や箪笥《たんす》など、なにかと物入りであるこ

とは言うまでもない。

それだけに、いよいよ婚礼まで二月となったある日、お連がみずから一本松まで足を運んできて、

「本当に申し訳ありませんが、支度金としてあと十両、お預けいただけないでしょうか」

と頭を下げても、茂八は嫌な顔一つしなかった。

むしろ固辞するお連にさらにもう十両、都合二十両の大金を渡して返すほどだった。いくら大網元とはいえ、しめて五十両の金は大金である。だが一人息子にそれで自分の目にかなった嫁を迎えられるのなら、けっして惜しい額ではない。

(小菊女郎に渡すところだった金を、嫁迎えに回したと思えばよいのじゃ)

それもこれもすべて恵比寿さまのおかげと、茂八は信じきっていた。

庭の恵比寿社は代々、家長が世話することと決まっている。しかしお連が嫁いできたら、ぜひ毎朝の参拝に彼女を伴おう。きっと恵比寿さまも、若くて淑《しと》やかなお連を気に入って下さるはずだ。

――嫁迎えの日は、昼過ぎから小雨となった。

「婚礼に雨は吉兆じゃ。めでたいめでたい」

悪天候のために、いつもより夜の訪れは早い。とっぷりと日暮れた夜道を、提灯《ちょうちん》の行列がゆっくりと進んでくるのを、茂八は屋敷の玄関口で今か今かと待ち構えていた。

祝い酒をあてにした村の者たちが、門の前に押しかけている。祝膳の煮炊きの匂《にお》いが気になるのだろう。野良犬までが、物欲しげにあたりをうろついている。

婿《むこ》の孝吉は裃《かみしも》姿に改まり、嬉しさを無理に押し隠した仏頂面で、控え座敷と玄関を行ったり来たりしていた。

提灯の列は次第にこちらに近付き、やがて村の斜《なぞえ》をゆるゆると上がり始めた。先頭に立つ背の高い影は、頼まれ仲人の鳴子屋卯之助に違いない。

「花婿が落ち着きがないのは、みっともない。そろそろ控え座敷に戻っておれ」

背後でしきりにのびあがる息子を、茂八は気ぜわしく追い返した。

行列はもう、すぐそこまで近付いてきている。だがその先頭に目をこらした茂八は、提灯の明かりにぼんやり照らし出された卯之助の顔が、妙に強張っているのに気付いた。

卯之助の側も、屋敷の門にたたずんでいるのが茂八と見て取ったのだろう。明らかに青ざめた顔で、こちらを仰いだ。

なにか思いがけない事態が起きたのだと茂八が直感したのと、卯之助のすぐ背後で白無垢《しろむく》姿のお連の手を引いていた介添え女が顔を上げたのは同時だった。

素人っぽく装ってはいるものの、容易に育ちの知れる濃い紅の口元をにっとゆがめ、彼女は茂八に笑いかけた。

花嫁と介添え女には、後ろから大きな傘が差しかけられているが、それだけで雨粒を完全にふせぐことはできない。濡《ぬ》れた後れ毛をうなじにからみつかせ、切れ長の目でこちらをうかがう顔は、角隠しの下のお連と驚くほど似通っていた。

「も、茂八さん。わたしも知らなかったんだ――」

卯之助が泣きそうな顔で絞り出した声も、茂八の耳には入っていなかった。

これまで人づてに噂を聞いてきたばかりで、直接彼女に会ったことはない。それでも茂八は直感的に、目の前の女が何者であるのかを悟った。

怒りで全身が熱くなる。

しかしながらそれはすぐに、恐ろしいほどの速さで背筋を駆け上がってきた寒気に取って代わられた。足元に、大きな穴がぽっかりと開いた気がした。

目の前で何が起こっているのか気付いたのだろう。周囲の村人たちの口から、いっせいに驚きの声があがった。

「こ、小菊――」

茂八はうめきつつ、足元をよろめかせた。

「これは旦那さまでございますか。お初にお目にかかります。わたくし、お連の姉でお継《つぎ》と申します」

狼狽《ろうばい》する男たちを小気味よさげに見渡し、それでもうわべだけは慇懃《いんぎん》に、小菊は腰をかがめた。

（はめられた！）

いくらお連がその件に触れなかったとはいえ、彼女を嫁にもらうことばかりに気を取られ、奉公に出ている姉にまで気が回らなかったのは迂闊《うかつ》だった――よもや、沼津に奉公に出ているという姉が、小菊だったとは。

孝吉が一目でお連に好意を寄せたのも当たり前。彼は知らず知らずのうちに、お連の中に小菊の面差しを見出《みいだ》したのだ。

どう考えても納まれっこない若御寮の座……小菊は、世間知らずの孝吉の言葉に激《げっ》昂《こう》して、それを諦《あきら》めたわけではなかった。

息子の嫁に遊郭の女を迎えるなど、堅気の親なら反対するのが当然。そしてまた、極道息子にさっさと嫁をあてがおうとするのも、どの親でも考える話である。

自分がその座に座れないのならば――小菊はそう考え、苦界《くがい》に身を沈めた姉のおかげで、今まで無事に暮らしてこられた妹に、孝吉をたらしこませたに違いない。

まず自分が孝吉と手を切った上で、お連を茂八や孝吉に近付かせる。無論、浜辺で何者かにつけられていたというお連の言葉など、口実にすぎない。

それを恵比寿さまのお導きだと有頂天になった茂八が愚かだったのだ。

駒三の涙は、茂八たちが、お連の姉の職業を知った上でなお彼女を娶ろうとしていると勘違いしてのものだったに違いない。

(渡してやった五十両の金……)

茂八は血走った眼で、花嫁行列に目をこらした。

人足たちが担いでいる簞笥や長持は、油単《ゆたん》にくるまれ、全容は明らかでない。さりながら少なくとも、お連の白無垢といい調度の数といい、五十両をかけた支度とは思えぬ貧相な花嫁行列であった。

残りの金の行方《ゆくえ》を問うまでもない。小菊の店への借金は三十両だったか、四十両だったか。ともあれお連が最も金をかけて家に持ち込んだ嫁入り道具は、他ならぬこの山猫女郎なのだ。

女郎蜘蛛《じょろうぐも》の糸から、一度は取り戻したと思っていた息子……しかし孝吉はおろか、自分までもがその巣に絡め取られていた事実に、茂八は愕然《がくぜん》とした。

店から請け出された小菊がどこに行こうと、当人の勝手である。だが一度お連をこの家に入れてしまった以上、小菊は何かと口実をつけ、この家に居直るだろう。

嫁の姉が女郎だったと知れたからといって、村人たちが大勢押しかけてきた嫁取りを中断などできない。最早、自分たちが小菊の思い通りに動かざるをえないことを、あの女郎蜘蛛はちゃんと承知しているのだ。

（畜生ッ、この女郎）

女郎あがりの姉と、姉に言われるままに動く妹……孝吉を中心にして描かれるであろうこれからの日々に思いを馳《は》せ、茂八は思わず後ずさった。

いくら自分やお才の目があっても、孝吉はこの悪女の存在を無視できまい。姉が妹以上の女房面で家内を歩き回る日が来るとの予感が、茂八の頭を真っ白にさせた。

そんな彼をあざ笑うかのように昂然《こうぜん》と顔を上げた小菊が、花嫁の手を引いて屋敷の門をくぐっていく。立ち竦んだ茂八に好奇に満ちた目を走らせながら、村人たちがぞろぞろとその後に続いた。

「畜生、畜生ッ」

その場に一人残された茂八は、足元に寄ってきた白い野良犬を、力任せに蹴飛ばした。

きゃいんと哀れな声をあげて、犬が一目散に逃げ去る。

(恵比寿さまの下された嫁……)

そう思ったのは誤りだった。実のところお連は、小菊という弁天の形をした夜叉《やしゃ》が送り込んだ嫁だったと、茂八はふらつく足を懸命に踏みしめながら考えていた。

孝吉が小菊の姿に腰を抜かしでもしたのだろうか。邸内でどっとざわめきが上がった。茂八の耳にはそれが、小菊の哄笑《こうしょう》のように聞こえてならなかった。

第七話　「なるみ屋」の客

府中七間町《しちけんちょう》の路地奥に、「なるみ屋」という居酒屋がある。出す酒は濁酒《にごりざけ》のひと色、肴《さかな》の値が安いのと主夫婦《あるじ》の人柄がよいだけがとりえの、ごくありふれた店である。

それでも酒を飲まぬ客にも嫌な顔をしないところが重宝がられ、街道を行き交う旅人が一膳飯屋《いちぜんめしや》代わりに訪れることも珍しくなかった。

常連たちもその辺りは心得たもので、彼らが六つ半（午後七時）より前に店に来ることは滅多にない。朝の早い旅人が一本の酒と晩飯をかきこみ、宿に引き上げた頃《ころ》あいを見計って暖簾《のれん》をくぐるのが、常客の暗黙裡《あんもくり》のしきたりであった。

しかしこの晩、まだ足元の明るいうちに、四つある飯台の一番奥に席を占めた浪人夫婦は、馴染《なじ》み客がぽつりぽつりと訪れる時刻になっても、席を立とうとしなかった。

夫婦そろっての手甲脚絆《てっこうきゃはん》に草鞋履《わらじば》き。言葉の端々にのぞく上方訛《かみがたなま》りから、二人がこの地の者でないのは誰の目にも明らかだった。四十五、六と見える夫の方は、傍《かたわ》らの空《あ》き樽《だる》に肩荷を下ろし、「なるみ屋」の名物である豆腐の煮しめを肴に、淡々と盃を干している。よほど酒に強いのか、空けた銚子《ちょうし》の数は、そろそろ片手を越えるだろう。

一方の妻はといえば、とうの昔に豆腐の煮しめで飯を食べ終え、時折、夫と何事かぼそぼそと話しながら、彼の盃《さかずき》に酒を注いでいる。

いくら零落《れいらく》の身とはいえ、武家の女はまずこういった店へ足踏みをしないものだ。それだけに狭い店の中で、小柄な彼女の姿は妙に人目を引いた。

当人もそれに気付いているのだろう。なるべく灯《あか》りの届かない壁際に身を寄せ、居心地悪げにうつむいている。そうすると垢《あか》にまみれててらてら光る襟元《えりもと》が露《あら》わになり、彼らが重ねてきた辛苦の日々を何より雄弁に物語るのであった。

店の奥に設《しつら》えられた三畳の小座敷には、先ほどから近所の植木屋の若い衆が二人、上がりこんでいる。他の飯台にも二、三人ずつの客がおり、店の中は適度な賑《にぎ》わいを見せていたが、その中で浪人夫婦の飯台だけが、一つぽっかりと、薄暗がりの中に閉じ込められたかのようであった。

なにかわけありの旅人だろうと心得、主の定助《さだすけ》も客のあしらいを受け持つ女房のおりんも、なるべく彼らには世話を焼かなかった。

「へっ、笑わせるじゃねえか。だからそのとき、俺は言ってやったんだ。俺っちみたいな貧乏大工が、そんな大それた夢なんか持つもんじゃねえってよ」

真ん中の飯台では、先ほどから道具箱を脇《わき》に置いた三十がらみの男が、向かいの男にしきりに話しかけている。ちょうど相手が欲しかったのだろう。商《あきな》いの帰りらしき中年の男は、手にした猪口《ちょこ》の中身を大事そうに舐《な》めながら、彼の言葉にうんうんとしきりにうなずいていた。

「そしたら、奴《やつ》の言い草がふるっていやがる。俺はなにも、臨済寺《りんざいじ》の御門《ごもん》やお城の大《おお》櫓《やぐら》みたいな普請《ふしん》をしたいわけじゃねえ。たとえ小さな長屋一軒でもかまわねえ。あぁ、この長屋に住むことが出来て幸せだと、人がそう喜んでくれる仕事をしてえんだとよ」

「いいじゃないか、そういう心がけは大切だよ」

そう言って商人は、おりんに銚子のお代りを頼んだ。

「いいや、そんな青くさいことは、まだ小僧のうちに言うもんだ」

図体《ずうたい》ばかりでかくなりながら、いつまでもそんなたわ言を口にしやがって、と大工は苛立《いらだ》たしげに吐き捨てた。

「居心地のいい長屋を建てるってのは、夢なんかじゃねえ。大工としちゃあ当然だ。それをいい年をして、まだ自分の夢だの何だのと言ってちゃあ、あいつはいつまで経《た》っても一人前になれやしねえ」

言うだけ言って箸《はし》を取り上げた大工は、ふと視線を脇に落とし、おやっという顔になった。

「おい、親父《おやじ》。一匹の白い犬が、彼の足にさも親しげにすりよってきたからである。

この店ではいつから、犬を飼いだしたんだい」

よほど人に馴《な》れているのか、身の丈二尺弱のその犬は、しきりに尻尾《しっぽ》を振りながら大工たちに愛想を振りまいている。誰かが洗ってやっているのだろう。ところどころ茶色の混じった白い毛は汚れ一つなかったが、飼い犬にしてはどことなく貧相な骨っぽい体つきであった。

「ああ、すみません。店に来るなとは言ってるんですが、犬ころだけにどうも聞き分けが悪くてしかたがない」

おりんが慌《あわ》てて追い出そうとするのを、大工は手を振って止めた。

「いいや、かまわねえ。賢そうな面がまえをしているじゃねえか。それ、食いな」

「いい犬だが、ちょっとやせすぎているのが傷だね。野良犬かい」

大工が箸で豆腐をつまみ、足元に投げる。嬉《うれ》しげにそれを食べ始めた犬を見下ろし、商人が問うた。

「この間、原に嫁いだ娘のところに行った帰り、うちの人が拾ってきたんですよ。わざわざ興津《おきつ》の渡し船にまで乗せてやってさ。馬鹿馬鹿《ばかばか》しいったりゃありゃしない」

口ではそう言いながらも、犬を見るおりんの眼差《まなざ》しは優しかった。

「だってしかたねえだろう。街道の側で、苦しそうにうずくまって雨に打たれてたんだ。おめえだってあれを見りゃあ、可哀想《かわいそう》でほっとけなかったに決まってら」

先ほどからのやり取りを聞いていたのだろう。大鍋《おおなべ》を杓子《しゃくし》でかき混ぜていた主の定助が、板場から大声で口をはさんできた。

「だいたいそう言うがおめえだって、俺がそいつを抱えて戻ってきたとたん、ぼろきれを出すやら冷や飯を食わせようとするやら大騒ぎだったじゃねえか」

「だってあれは、犬が血まみれだったからびっくりして——」

そこまで言いかけたおりんは、小座敷の客が空いた銚子をこちらに掲げているのに気付くと、足元の犬をまたぎ、急いでそちらに走り寄った。

風が出てきたのだろう。通りに面した障子戸がかたかたと鳴り、五つを告げる鐘の音が遠くから響いてきた。

「血まみれだったって、そりゃあ、おだやかじゃねえな。怪我《けが》でもしていたのかい」

興味をそそられた大工が板場に声をかけると、定助は新しい銚子を銅壺《どうこ》に沈めながら、「それがねえ」と大工たちのほうにちょっと顔を突き出すようにした。

そのとき、表の油障子が不意に開いて、冷たい木枯らしとともに、五十がらみの男がよろめきながら店に入ってきた。

木綿の袷《あわせ》に三尺の帯という姿は何となくみすぼらしく、すでにどこかで相当飲んできたのだろう、足元はふらふらとおぼつかない。帯をぐいっと下へ下げながら、男は酔いのために据わった目つきで、「なるみ屋」の店内を見回した。空いている飯台がないことに小さく舌打ちすると、板場を臨む床几《しょうぎ》に腰をかけた。

居合わせた客の誰もが、ちらりと彼に目を投げ、すぐに何事もなかったように顔をそむけた。

定助が無言で、彼の前に煮しめの入った鉢と銚子を置いた。男もまた黙りこくったまま、礼も言わずに手酌で飲み始める。煤《すす》けた八間行灯《あんどん》の真下に居合わせながら、なにやら妙に影の薄い男であった。

「おなかに仔《こ》がいたんですよ、この犬は」

小座敷の客に新しい酒を運び終えたおりんが、大工たちのそばに戻ってきた。口ではなんのかんのと言いながら、どうやら定助以上にこの犬がかわいくてならないらしい。

「仔だって――」

「ええ」

おりんは空になったままの商人の猪口に酒を注ぎ、さりげなく残りの量を確かめた。

定助が、鍋をかき混ぜながら話を接《つ》ぐ。

「あっしがそいつを見つけたときは、まだ大丈夫だったんですよ。元気のない様子でうずくまってはいたけど、握り飯をやったら尻尾を振って立ち上がり、あっしの後にひょこひょこついてきたんだから」

ところが由比《ゆい》宿近くまで来た途端、急に犬は尻餅《しりもち》をつくように座り込み、実に哀れを誘う声で鳴きながら、定助をすがる目で見上げた。

「なんだかよくわからないけど、その顔つきがとにかく可哀想でね。見捨てておけなくなって、こいつを抱え上げて府中まで帰って来たんでさ」

「小さな犬でよかったな」

板場の竈《かまど》越しにのぞく定助の骨細な身体《からだ》つきを、大工はつくづくと見やった。

「けど見附を越えた辺りで、こいつが急にきゃんと鳴いたかと思うと、いきなり下から血を流し出したんでさ。慌ててうちに駆け込み、女房と二人であれこれ手を尽くしはしたんですがねえ」

荷車にでも跳ねられたのか、誰かに蹴飛《けと》ばされでもしたのか。とにかく身重だったこの犬は、定助と出会う前になんらかの原因で腹部を痛め、それが流産を引き起こしたのだろう。

それから半刻ほどの間に、犬は「なるみ屋」の裏口で、苦しみながら血まみれの肉塊を五つほど産み落とした。月足らずだけにまともに子犬の形すらしていないそれを、母となれなかった犬は、しばらくの間、きゅんきゅんと鳴きながら舐め続けた。定助やおりんがぼろきれの中のそれを捨てようとしても、しばらくの間、犬はその場を動かなかったという。

「へえ、犬畜生でも偉いものだねえ。やはり母親にとって、子供ってものは何にも替えがたいとみえる」

それまで黙って二人のやりとりを聞いていた商人が、感に堪えぬ声で呟《つぶや》き、手元の酒をちろりと舐めた。

その途端、隅の飯台に座っていた女の顔色がすうっと青ざめた。向かいの夫と顔を見合わせると、ともに申し合わせたように首をひねり、薄い肩越しに土間に座り込んだ白い犬を眺めた。

だが大工たちはもちろん、定助やおりんですら、そんな夫婦者の変化にはまったく気がつかなかった。

炭の熾《おこ》り具合を確かめると、定助はまた新しい銚子を銅壺に沈め、首を伸ばして八間行灯の下の男に声をかけた。

「もう一本、お付けします。それを飲んだら、お帰りなせえ」

「――」

男はその声には応《こた》えなかった。代わりに苦いものを飲む手つきで、盃の底に残っていた酒をあおった。

定助もやはり、重ねては何も言わず、流しにたまった鉢を洗い始めた。

豆腐を食べ終えた犬は、飯台の下にもぐりこみ、前脚の間に顔を埋めて寝そべっている。

商人は酒に続いて飯を頼むと、それをさらさらとかきこんで、

「おさきに」

と大工に会釈を送り、床几を立った。

更にその商人に続いて、三畳座敷の若い衆が出て行くや、店の中は急にしんと静まり返った。

油障子が夜風に揺さぶられる音と板場の釜鳴《かまな》りが、急に大きくなった。

八間行灯の下の男は、どうやら二本目の銚子を空ける前に、酔いつぶれてしまった

らしい。不自然な形に曲げた腕に顔をうつぶせたまま、先ほどからぴくりとも動かない。

起きたはずみで銚子をひっくり返さないようにと、定助が竈越しに肘《ひじ》つき台に手を伸ばしたとき、彼の背後の勝手口がひっそり半分ほど開いた。

「おや、お奈津《なつ》坊じゃないか」

いっそう冷たさを増した北風に背中を押されて入り込んできたのは、まだ十ばかりの女の子であった。

板場と土間を隔てる竈にさえぎられ、土間からはちょうど鍋の上にちょこんと首が乗っかっているように見える。

お盆に結った頭の先にかけられた一粒鹿《か》の子《こ》の裂《きれ》の朱が、板場の湯気の向こうにぼんやりとにじんでいた。

「お父《と》っつぁんは来てませんか」

「ああ、そこにいるよ。けどお奈津坊、お父っつぁんを探すのに、なにもそんな裏口から来ることはなかろうに」

「だってほら、あたいはお客じゃないから」

こまっしゃくれた、それでいて寂しげな口調で答えながら、お奈津は竈を回って行灯の下の男に歩み寄った。

縞《しま》模様の小ざっぱりとした袷に、絣《かすり》の帯を締めている。誰かのお下がりなのだろうか、年齢には似合わぬ色彩の乏しい身繕《みづくろ》いであった。

少女は肘つき台に突っ伏している父親に近付いたものの、無理に彼を起こしはしなかった。彼の隣にちょこんと腰掛け、途方に暮れた顔つきで辺りを見回した。

「お奈津ちゃん、ご飯はまだだろう。どうせ余り物になるんだから、食べておゆき」

定助に目混《めま》ぜされ、おりんがわざと明るい声を張り上げた。遠慮する少女にはお構いなしに、無理やり肘つき台に煮しめの鉢と飯を置く。

最初のうちは恥ずかしげにうつむいていたお奈津も、目の前から漂ってくるいい匂いに抗《あらが》いきれなくなったらしい。やがて消え入るような声で、「いただきます」と呟き、先の欠けた塗り箸をおずおずと動かし始めた。

よほど腹が減っていたのか、小ぶりの鉢いっぱいに盛られていた煮しめが、どんどん減っていく。

店の客は皆、彼女の父親が現れたとき同様、物言いたげな眼差しを素速くお奈津に走らせたが、すぐにわざとのような白々しさで視線をそらした。だがそれが、無関心によるものでないことは明らかであった。

隅の飯台の浪人夫婦もまた、周囲につられて少女に視線を向けた。父親のかたわらで一心不乱に飯をかきこむ姿がよほど哀れに映ったに違いない。妻女がそっと袂《たもと》で目頭を押さえた。浪人がそれをなだめるように小声で何事かささやいたが、その声はあまりに低すぎ、まわりの者の耳には届かなかった。

いつの間にか大工の足元にいたはずの白犬は、お奈津の傍らに移動している。それに気付き、大工は喉《のど》の奥で「けっ」というような声を出した。

床几に腰かけた少女の足は、土間に届かず、ぶらぶらと宙で揺れている。白犬は草履履きの小さなその足に頭を擦《す》り付けるように座り、まるでいたいけな少女を守ろうとするかのように、まん丸な黒目でじっとお奈津を見上げていた。

「やってられねえよ、なあ」

大工は空になっていた盃に、手酌でなみなみと酒を注いだ。勢いあまってけっこうな量の酒が飯台にこぼれたが、彼はそれを気にするふうもなく、渋い顔で盃をあおった。

定助が無言で、また新しい銚子を湯に沈めた。

男が肘つき台からむっくりと体を起こしたのは、それから半刻《はんとき》が過ぎた頃だった。

お奈津は飯を食べ終えたとたんうつらうつらしだしたため、おりんが空いた三畳に寝かせてやっている。そのすぐ側の三和土《たたき》には、白犬が身を横たえて目を閉じていた。

男は大きな掌《てのひら》で顔を撫《な》で回すと、相変わらずおぼつかない足取りでふらふらと三畳へ歩み寄った。

「すまねえなあ、お奈津。さあ帰ろう」

男は少女の小さな草履を懐にねじこみ、まだ半分眠ったままの娘を背中におぶった。

白犬がその足元にまとわりつき、鼻を鳴らしながら男を見上げる。

「勘定を――」

と言いかけた男に、定助はまた、無言で首を横に振った。しばらくの間、二人はなにか物言いたげに見詰め合っていたが、ややあって男の方が視線をそらした。

小さく腰を折ったのか、背中のお奈津を揺すり上げたのか判然としない仕草で身をかがめると、男はそのまま無言で表へと出て行った。

白犬が小走りに戸口をすり抜け、彼の後を追う。

それを見送り、おりんはため息をつきながら油障子を閉めた。

「やれやれ、まったく見ているこちらが、切なくなっちまう」

父子がいなくなった途端、店の客たちはみな、知らず知らずのうちに息を殺していたことを思い出した顔で、大きく息をついた。

まるで出て行く機会をうかがっていたかのように、飯台にいた数人が相次いで席を立った。

おりんが勘定のためにひとしきり土間を走り回り、どやどやと男たちが出て行くと、店内はまたしんと静まり返った。

「本当に一寸先は闇《やみ》とはよく言ったもんだ。あの駿府《すんぷ》一の酒屋、奈良《なら》屋の伊兵衛《いへえ》さんがああなっちまうんだから」

「それにしても伊兵衛さんは、どこか悪いんじゃないかしらん。ここのところ、妙に酒の量が増えているようだし」

定助とおりんのやりとりに、大工はまた苦い顔で盃を干した。

隅の浪人夫婦が、今度ははっきりと顔を見合わせ、父子が出て行ったばかりの障子戸を、まるで恐ろしいものでも見たような形相で振り返った。

「けどもうかれこれ二年になるってえのに、親父はけっしてあの父子からは金を受け取らねえんだな」

大工の呟きに、定助は気弱げに肩をすぼめた。

「だってこの界隈《かいわい》はもともと、奈良屋さんの地所ですからね。今でこそ持ち主が代わりましたが、あっしは最初、あの奈良屋さんにこの店を出させてもらったんでさ」

「うちで扱う濁酒だって、奈良屋さんは長い間、今よりずっと安く売って下さったしね」

「それなのに、あっしらが出来るご恩返しは毎日の酒と飯ぐらいしかないとは、我ながら情けなくてしかたがねえ」

定助は弁解じみた口調で言い、懐から取り出した手拭《てぬぐ》いで顔を拭った。

毎晩この界隈を流している三味線引きが、障子を半分だけ引き開けて顔を出した。しかし店内に残る客が大工と浪人夫婦だけと見て取ると、頰《ほお》に貼《は》りつかせていた笑みをすうっと消し、無表情に首をひっこめた。

また夜風が激しく吹き、障子戸ががたぴしと鳴った。

この調子では、もう客はないだろう。定助は二つある竈の片方の火を落とし始めた。そのとき、「親父」と、浪人者が不意に、定助を呼んだ。酒の酔いのせいか、喉に何かをひっかけたような上ずった声であった。

「いま、酒屋の奈良屋と言っていたようだが」

「へえ」

煤《すす》で汚れた手を前掛けで拭いながら立ち上がり、定助は大きくうなずいた。

「言いましたですが、それが何か」

「いや、先ほどの男が――」

浪人者はそこまで言い、向かいに座る妻にちらりと目をやった。彼女は細いうなじもあらわに俯《うつむ》き、膝にそろえた自分の手をじっと見つめていた。

「ああ、はい。先ほどおられたのが、奈良屋の旦那さまの伊兵衛さんでございますよ」

「あれが、奈良屋の主の伊兵衛――」

低い呻《うめ》き声を浪人は洩《も》らした。

「あれが」

「ご存知でらっしゃいますか」

定助に問われ、浪人はいいや、と慌てて首を横に振った。どこか取り繕ったような仕草であった。

「店の名を知っておるだけじゃ。以前――そう、かれこれ十年ほど前にこの駿府のお城下を通った際は、札《ふだ》ノ辻《つじ》に間口六間の店を構える大店じゃったが」

その主がなぜあんな零落した姿にとばかり、浪人者は伊兵衛が出て行った戸口を眺めやった。

定助は少しためらっていたが、ありあう湯飲みに徳利から酒を注ぎ、ぐいっと一気にあおった。

　火を落としたばかりの鍋から、煮しめを無造作に大鉢に取り分け、それを手に浪人夫婦の隣の飯台に腰を下ろした。

「旦那のご存知の奈良屋なら、もう三年も前に潰《つぶ》れましたよ」

「潰れたじゃと――」

「ええ、火事を出しましてね。幸い風がなかったから、焼けたのは奈良屋さんと、両隣の計三軒だけで済みました。けど丸焼けになった隣家への弁済に身代を注ぎ込んだせいで、奈良屋はすっからかんになってしまったわけでさ」

「そうでなくても、火元になったお店が、同じ土地で商いを続けられるはずないですからねえ」

　盆を胸の前で抱えたおりんが、相槌《あいづち》を打った。

「伊兵衛さんは、今はこの近くの米屋で、通いの米搗《こめつ》き人足をしてらっしゃるんですよ。お連れ合いは仕立物の内職、娘のお奈津ちゃんは子守に出て、三人で身を寄せ合うように暮らしてらっしゃいまさ」

「娘――」

「ええ、先ほど、伊兵衛さんを迎えに来たでしょう。おとなしい、気立てのいい子ですよ」

風に揺さぶられたのとは違う激しさで、障子戸ががたがたと鳴った。おやおや、と呟きながらおりんが戸を開けると、白犬がのっそりと土間に入って来、今度は浪人夫婦の飯台の下に横たわった。

「だけど元はといえば、奈良屋が火事になったのはあの子が原因じゃねえか」

隣の飯台から、大工が少しばかり声を荒らげて話に加わった。

「おい、松造《まつぞう》さん。滅多なことを言うもんじゃねえ」

定助が驚いてなだめたが、それはかえって大工には逆効果だった。

かれは盃を手にしたまま身体をひねり、浪人たちのほうに身を乗り出した。

酒の酔いのために赤らんだ頬をひきつらせ、一気に盃を干す。長年の鬱憤《うっぷん》を一度に吐き出すような荒々しい挙措であった。

「なにを隠すんだ。この辺の者なら、みんな知ってる話じゃねえか」

「あの子供が」

浪人はまた、なにかがからんだような声をもらした。

「あの子が、火事を引き起こしたというのか」

「そうだ。けど、原因はあのお奈津坊ばかりじゃねえ。実際のところ奈良屋の火事は、俺たちにだって責任があるんだ。なあ、親父、そうだろう」

「どういうわけだ」

浪人は妻の前に置かれていた銚子を取り上げ、大工に注いだ。

「おっと、これはすまねえ」

かれはひょこっと首をすくめると、縁までなみなみと注がれた酒を口をすぼめてすすった。

「妙な口走りは止《や》めねえ。火事の元になったのは、行灯の不始末だ」

口早な定助の制止に、飯台の下の白犬がぴくりと耳を動かした。

「座敷にあった行灯が倒れて、その火が広がった。不幸にもその日は先代の法事で、伊兵衛さんたちは檀那寺《だんなでら》に出かけて留守だった。なあ、そうだったじゃないか。それでいいじゃないか」

「それはあくまでも表向きだ」

大工はまた声を荒らげ、定助を睨《にら》みすえた。

「みんなそういうことにして口をつぐんでいるが、俺はそんな器用な真似《まね》はできねえ。親父さんのように、罪滅ぼしみたいに伊兵衛さんにただ酒を飲ませてやるなんてことは、したかねえんだ。だって、そうだろう。あの火事の原因は、この界隈の衆みんなが作ったんじゃねえか」

「いったい、それはどういうことだ」

「確かに親父の言うとおり、火事の原因は、行灯の不始末だ。だけど、行灯が理由もなく横になるはずがねえ」

浪人は続きをうながすように、無言で大工に酒を注いだ。

「奈良屋には、娘が二人いた。妹はあの頃、まだ七つ。そう、さっきのお奈津だ。姉の方はおとせと言って、もう十三、四になっていただろう。この二人は」

大工はそこで言葉を切り、ちらりと定助とおりんを見た。二人はもはや諦《あきら》めたのか、そろって唇を引き結び、大工を眺めていた。

「この二人は、奇妙に仲が悪かったんだ」

白犬の尾が三和土を叩《たた》く音が、ぱたりと響いた。

「それというのも無理はねえ。姉のおとせは奈良屋の実の娘だが、妹の方は今から十年ほど前のひな祭りの晩、店の裏口に捨てられていた捨て子だったからだ」

「捨て子――先ほどの、あの、娘御が」

それまで黙っていた浪人の妻が、不意に顔を上げて聞き返した。行灯の灯《ひ》の下で、その顔色はおそろしいほどに青ざめていた。

「奈良屋ほどのお店の旦那なら、出入りの商人や奉公人にその子を押し付けてしまうことだって出来たはずだ」

「けど、伊兵衛さんはそれをなさらなかった」

定助は諦めた声音で、大工の言葉を補った。

「そうなさらなかったばかりか、その子を自分の娘として育てたんだ」

しかしそれまで大店の一人娘として育てられてきたおとせにとって、突然現れた血のつながらない妹は異分子であった。

無論、幼い娘がすぐ、心の底から赤子を憎むはずはない。だが女児にとって一番の祝いであるはずのひな祭りの晩に現れ、あっという間に両親の関心をさらったお奈津を、可愛いと思えないのはやむをえぬ話であった。

「しかもそんなおとせの心根に、つけこむ奴らも多かった」

普通に考えれば、いずれ婿《むこ》を迎え、奈良屋の跡を継ぐのはおとせである。知らず知らずのうちに奈良屋を取り巻く人々は、妹に両親を奪われた形となった彼女を、不必要にちやほやするようになった。

そんなことが何年も続くうち、大人たちの扱いはおとせの心に、次第に暗いものを芽生えさせた。

一方、お奈津もまた、五、六歳になる頃には、大人たちの態度や物言いから、自分がおとせとは違う存在であることを、否応なく悟らされていた。

「子供ってのは、意外に勘が働くものだ。奈良屋の旦那たちの育て方には何の隔たりもなかったってのに、お奈津坊は自分の身の上を、ごく小さいうちから知っていたらしい」

決して、お奈津をおろそかに扱っていたわけではない。しかし界隈の人々は、一つしかない菓子であれば進んでおとせに与え、かわりにその後ろめたさをごまかすようにお奈津のおとなしさや利発さを褒《ほ》めた。

おとせがお奈津に邪険に当たり始めたのは、この頃からであった。姉ちゃん、姉ちゃんと付きまとう妹を振り払い、時にはあざが残るほど腕をつねりすらした。伊兵衛やその妻がいくら叱《しか》りつけても、それは収まらなかった。

「でも、血のつながらないお奈津が憎かったわけじゃあない。多分、おとせは奈良屋の跡取り娘などという看板がなくとも町の者から可愛がられるお奈津が、うらやましかったんだろう」

自分が周りから甘やかされるのは、奈良屋の跡取り娘だからだ。だがお奈津は捨て子だったというのに、あんなに利発で、皆から愛されている——そんな僻《ひが》みがおとせの胸を焼き、彼女はよりいっそう、妹に冷たく当たった。

　周囲の者がおとせを丁重に扱えば扱うほど、お奈津が皆に可愛がられれば可愛がられるほど、おとせは妹を苛《いじ》め抜いた。それでいて誰かがお奈津を軽んじれば、彼女は唇まで青ざめるほど血相を変え、相手を狼狽《ろうばい》させるのだった。

「いったいおとせお嬢様は、お奈津嬢ちゃんのことが可愛いのだか憎らしいのだか分かりゃしない」

　店の者たちは、そうひそかに囁《ささや》きあった。

「火事があったあの日、寺へは奈良屋の血縁全員が出かけるはずだった。けどおとせは、前の晩、ひどく妹をいじめたことを咎《とが》められ、一人きり留守番を命じられたんだそうだ」

　数人の小僧や女中とともに留守番に残されたおとせが、何を考えていたのかは分からない。ただ明らかなのは、彼女の部屋の行灯が倒れ、その火が彼女自身を含めた奈良屋と、両隣を燃やし尽くしたことだけだ。

「最後におとせを見た女中の話では、おとせは昼間のうちから頭が痛いと言って布団にもぐりこんでいたそうだ。わずか十三、四の娘が、いくら何でも火付けを働くたあ思えねえ。おそらくは、寝返りをうったかした際に行灯が倒れたのが、火事の原因なんだろう。そう、一言で言っちまえば、奈良屋が焼けたのはただの行灯の不始末のせいだ」

けど、と大工は苛立たしげに続けた。

「俺ぁ、今でも思うんだ。俺をふくめた町の衆が、あんなふうにあの二人に接しさえしなければ、奈良屋は燃えやしなかったんじゃないか、と」

皆が慇懃《いんぎん》に接してくるのは、自分が奈良屋の跡取りだから。さもなくば、皆は自分のことなどどうでもよいのだ、というひがみをおとせが持たなければ——そしてまた、お奈津が自分は捨て子だから、という幼い遠慮など持たなければ、奈良屋はいまも商いを続けていたのではないか。

「あれは火事の一年ほど前だったか。奈良屋に普請があって行ったとき、俺は上のお嬢さんには塀から降りて頭を下げたが、お奈津坊には高みから会釈をしただけだった」

それを見て顔を強張《こわば》らせたのは、かえっておとせの方だった、と大工はぽつりと言った。

浪人の妻が、顔を壁のほうにそむけてすすり泣いている。おりんはとうの昔に板場に駆け込んで、土間にしゃがみ込んでしまっていた。

話を終えた大工が口を閉ざすと、店内には女たちの歔欷《きょき》だけが低く、悲しげに響いた。

「それで――そのお奈津とやらは」

誰にともなく、浪人が訊《たず》ねた。

「後は、お武家さまがご覧になられた通りでさ」

大工は空になった盃を掌の中でもてあそびながら、酔いの回った目つきで、浪人の顔を睨みすえた。

「奈良屋の旦那は、出来たお人だ。実の娘が火事で焼け死んでも、それをお奈津坊との悶着《もんちゃく》のせいなどとはお考えにならず、ああやって細々と二人で暮らしていなさる。けど、俺はそれが我慢ならねえ。おとせがあんなふうにお奈津坊に接したのは、おとせをちやほやする一方で、捨て子だったというだけでお奈津坊をおろそかにし――そして勝手に哀れんで可愛がった俺たちのせいだ。そうさ、奈良屋の娘たちを歪めちまったのは、周りにいた俺たちだ。でも、あの旦那はそれを微塵《みじん》も恨まず、かえってさっきみたいに卑屈に俺たちに接しなさる」

そう言うなり、大工はいきなり畜生、畜生とうめきながら、盃を握り締めた拳《こぶし》で飯台を殴りつけた。ほとんど空になっていた銚子が跳ね、土間に落ちて砕けたが、浪人も定助もそちらにはまったく目を移さなかった。

飯台の下の犬は、突然降ってきた瀬戸物に驚いて顔を起こしたものの、すぐにまた何事もなかったかのように、頭を前脚の間に埋めた。

大工はひとしきり飯台をぶつと、血をにじませた両の手で頭を抱えて台にうつ伏した。

浪人はしばらくの間、表情のわからない目で、そんな大工を見下ろしていた。しかしやがて誰にともなく「勘定を」と呟くと、かたわらに置いていた荷を取り上げた。妻女が慌てて袂で目元を拭った。

荷を背にくくりつけて立ち上がりながら、浪人はもう一度大工を見下ろした。

「一つ訊ねたいのじゃが」

「——なんですかね、お武家さま」

大工は伏せた顔を上げぬまま、聞き返した。

「あのお奈津は、いま、幸せなのだろうか」

浪人の声は、はっきりと震えを帯びていた。

「親の元にいても、食うや食わずでつらい日々を送る子供も世には大勢おる。あの子を捨てた親は、自分たちのところにいるよりも幸せになってもらいたいと思って、子供を手放したはずだ。それがそなたが聞かせてくれたような結果を招いたとはいえ、お奈津は今もなお、奈良屋の主に実の娘同然に大事にされている。無論、姉との葛藤《かっとう》の結果起きた火事は、あの子にとっては悲しむべき出来事であろう。されど、それでもなお義理の父母とともにこの府中で暮らしておられるのなら、本当の両親とともに食うや食わずの日々を送るより、あの子はずっと幸せだと――うむ、そう、たとえばお奈津の実の親がいまの娘の状況を知ったとしても、さよう考えてもいいのであろうか」

「そんなこと、俺ぁ分からねえ」

大工は、涙で濡《ぬ》れた顔を上げた。

「けど、どんな事情があったにせよ、実の子供を捨てるなんざ、人間のすることじゃねえ。この犬っころですら、必死に死んだ自分の子を舐め続けていたというじゃねえか。しかも置き去りにした子供の身を今になってとやかく言うなんて、そいつら、あまりに勝手じゃねえか。お奈津坊のことを案じていいのは、奈良屋の夫婦と、あの子をずっと見てきた――そしてこれからも見守らなきゃならねえ俺たちだ」

「そうか……うん、そうじゃな」

大工の絞り出すような言葉に、浪人は幾度も小さくうなずいた。

「そうやって、泣いてくれるおぬしのごとき者がこの町にはいる。そうか。それが、あの子にとって何よりの幸せなのじゃな」

油が切れかかったのか、行灯の灯がじ、じ、と音を立てて小さくなった。その明滅の中で、皺《しわ》を刻んだ浪人の目元は微《かす》かに潤んで見えた。

大工は涙に濡れた顔を両手でこすり、急に酔いが醒《さ》めた表情で目をしばたたいた。

「おめえさんたち、ひょっとして――」

擦り切れた帯に大小を差し、浪人はそれ以上何も言わずに身をひるがえした。妻女が丁寧な会釈を残してその後に続き、ゆっくりと障子戸を閉めた。

飯台の下から白犬がのっそり這《は》い出し、障子戸の向こうに一声吠《ほ》えた。

二人の足音が次第に遠ざかり、吹き荒《すさ》ぶ北風の音に混じって、やがて消えた。

「畜生――」

大工はもう一度うめき、飯台にがばと突っ伏した。

定助は、呆気《あっけ》に取られた顔つきのまま、二人が出て行った戸口を見つめている。

外の北風は、まだ止む気配がない。

障子戸を鳴らし、空き樽を転がすその音だけが、「なるみ屋」の三和土にいつまでも寂しく響いていた。

第八話　池田村川留噺《かわどめばなし》

さあ、お寄りなせえ。街道諸国語りだよ。そんじょそこらの見世物手妻《てづま》とはちょっと違う。聞けば処世の役に立つ辻語《つじがた》りだ。

ほらほら、そこの坊、そんな所じゃ、よく聞こえめぇ。ずいっと前に来な。いいってことよ、どこのお店《たな》の御曹司《おんぞうし》かしらねえが、おめえよりお供の小僧さんの方があっしの話が気になってしかたがねえって顔つきをしてら。

それにしてもおめえ、まあ、えらく日焼けしてるじゃねえか。顔だけ見りゃ、そこらの裏店の悪たれと変わりゃしねえ。

……そうかい、つい先だってお江戸から上ってきたのかい。そいじゃあ、あっしと同じじゃねえか。そうよ、訳あって旅から旅、街道諸国語りで稼いじゃいるが、こう見えても神田は佐久間町の生まれでえ。

それじゃあ、今日はこの坊にちなんで、東海道の噺《はなし》をさせていただきやしょう。

そう、遠江《とおとうみ》は見付宿と浜松宿との間に、天竜《てんりゅう》と申す大河《たいが》がございやす。中洲《なかす》をはさんで、東の流れを大天竜、西のそれを小天竜と呼ぶこの川は、一人十二文の船渡し。川嵩《かわかさ》は常高二尺（約六十センチメートル）、それが大水などで七尺を越えれば、何者たりとも越立《こえだち》は相成らぬとのきついお沙汰《さた》でございます。

こうなると全てはお天道《てんとう》様頼み。旅人は天竜の両岸で足止めされ、ただひたすら川明《かわあけ》を待つしかござんせん。

川の東は池田の宿。頃《ころ》は長月《ながつき》二十日ばかり、折からの大水に道中をさえぎられた旅人たちが、今日も宿屋の二階にたむろしておりますーー。

「雨、上がったやないかーー」

川に面した二階座敷の手すりによりかかっていた商人の治兵衛《じへえ》が呟《つぶや》くと、相部屋の男女がわっと窓際に押し寄せました。

「まこと、いつの間にか見事に晴れておる」

「これなら、じきに川明じゃわい」

どの顔も嬉《うれ》しげなのは、無理からぬこと。何しろ、このところの大雨で、天竜はかれこれ十日も川留《かわどめ》が続いておりやした。

旅に椿事《ちんじ》はつきもの。一日二日ならそれもやむをえねえと諦《あきら》められますが、九日、十日となると、宿代だけでも馬鹿になりやせん。

「ここの硬い飯にもすっかり飽《あ》きちまったもんねえ」

品川の海産物問屋のおかみ、お浜《はま》が供の女中と顔を見合わせて笑うと、周りの人々の間からも苦笑がもれやした。

池田村は正式には立場《たてば》（休憩所）で、宿場ではござんせん。しかし八町余り（約一キロメートル）の町並に幾軒もの茶屋のひしめくこの町は、川留ともなれば俄然《がぜん》宿場町の賑《にぎ》わいを見せるのでございやした。

もっとも、日頃から宿屋商《あきな》いをしている店は稀《まれ》。大方は空いている二階を、急遽《きゅうきょ》客間として売り出すだけのことでございやす。

母子二人が営む鳥屋《とりや》というこの茶屋もその口で、飯はまずいわ布団は汚いわ、挙句に湯は半町離れた寺のもらい湯ってえお粗末さ。とはいえ池田に宿が取れなけりゃ、見付まで戻るしかねえんですから、泊まる場所があるだけでも御の字です。

「けど、これですぐ川明になるわけでもあるめえ。どれ、ちょっと船頭衆に聞いてこよう」

言うが早いか、尻《しり》っからげして泥濘《ぬかるみ》の道へとすっ飛んでいったのは気の短い江戸者……かく申すこのあっしでございやす。

渡船場まで駆けて行けば、番小屋では船頭たちが所在なげに賽子《さいころ》を転がしておりやす。川明はいつかとの問いに、彼らは一様に、さあて、と首をひねりました。

「それを決めるのは川会所《かわかいしょ》の役人衆じゃで、わしらにはどうにも分からんわい」

「けどまあこの調子じゃ、明日の朝には五尺を切るじゃろ。もう一日の辛抱じゃ」

くさくさしているのは、船頭衆も同じと見えました。何しろ渡船がなければ、日銭の得られぬ稼業。雨が続けば途端に暮らしは困窮《こんきゅう》しやす。川明を待っているのは、旅人だけではねえのです。

「まったくお役人方は融通が利かねえ。この程度の水嵩なら船を出せるというになあ」

船頭衆に礼を言ってとって返すと、裏から小気味のよい薪割《まきわ》りの音が響いて参りました。

「ははあ、奴《やっこ》さん、またやってやがる」

先程同様、二階の手すりにもたれている治兵衛に手を振り、あっしは裏に回りやした。

いくら晴れたたぁいえ、川を渡って来る長月の風は、もう首を竦《すく》めたくなるほど冷とうございやす。それにもかかわらず裏庭では男が一人、もろ肌脱ぎになって薪を割っていやした。

「利七《りしち》さん、精が出るじゃねえか」

あっしの声に、利七は斧《おの》を足元に置き、照れたように額の汗を拭《ぬぐ》いやした。

「いやあ、木を扱うなら慣れたことと、無理を言って手伝わせてもらっているんで」

宿といっても二間続きの八畳に、男女わかれて雑魚寝《ざこね》するだけの話。幾日も同じ顔ぶれで泊まり合わせれば、相宿の者たちの素性も気性も、すぐに知れてまいりやす。

こいつは府中の見習大工で、吉田宿の普請場《ふしんば》に呼ばれて行く途中。年はまだ二十二ですが、当初そこに赴《おもむ》くはずだった兄弟子が、出立前夜に泥酔した挙句、どぶにはまって足の骨を折ったため、代わりに未熟ながらも呼ばれて行く羽目となったとか……雨の間も毎日、まだ真新しい大工道具の手入れを欠かさねえなど、若い割になかなか感心な奴でございやした。

その利七が照れた顔をするのは何故《なぜ》か。鳥屋の客に知らない者はありゃしません。

「すみません。お客さまを働かせてしまって」

ちょうどそのとき、新しい薪を運んできた娘っ子……鳥屋の娘のお熊《くま》が、その理由でございやす。

これがまあ、お熊って名からは想像ができないほど目鼻立ちの整った娘で、花なら盛りに差し掛かった年頃と相まって、

「ここの女主《あるじ》とは本当に実の親子かの。まるで鳶《とび》が鷹《たか》、いや可憐《かれん》な燕《つばめ》を産んだ寸法じゃわ」

と泊り客の西覚《さいかく》という坊主に言わせるほどの器量よし。

ええ、このお熊に、利七はぞっこん参っておりやした。鳥屋の客でこいつだけは、川留を幸運と思っていたかもしれやせん。

お熊の方もまた、凛々《りり》しい顔立ちの利七を好ましく思っていたらしく、ほつれた袖《そで》口《ぐち》を繕《つくろ》ってやったり、洗い物を引き受けたり、見ている側が恥ずかしい程の仲睦《なかむつ》まじさ。

とはいえ、利七は修業中の身。渡船が始まれば、一刻も早く吉田に行かなきゃなりません。

「いやいや、俺ぁ身体《からだ》を動かしている方が気楽なんだ。それにしても晴れてよかった。お熊ちゃんも洗濯がさぞはかどるだろう」

そう言ってお熊と微笑《ほほえ》み合う奴のめでたさに、あっしはあきれ返りやした。

「おおい、仲蔵《なかぞう》はん。川の様子はどうやったんかいな」

いっこうに座敷に戻ってこないあっしに焦《じ》れ、裏口から駒下駄《こまげた》をつっかけて出てきたのは治兵衛です。

ええ、仲蔵ってェのはあっしのことでございやす。あの政津屋《まさつや》中村仲蔵と同じ名で、覚えやすうございましょう。ご面相もこの通り、当代と瓜《うり》二つのいい男。お江戸じゃ、おおむね両国橋西詰で辻語りをしておりやす。どうぞまたご贔屓《ひいき》に——おっと失礼、話が逸《そ》れやした。

あっしが聞いてきた通りを話すと、

「そうか、明日か。そりゃ、ありがたい。さっそくみなに伝えてやりまっさ」

と二階に駆け戻った治兵衛の顔色の明るさと裏腹に、若い二人の顔は真っ白になっておりやした。

ひしっと身を寄せ合い、不安げに互いを見詰めているさまは、芝居なら涙をそそられもしたでしょう。しかし川留の長さでこちらの懐具合が変わってくる状況にあっては、

「何をにやけたことをしてやがる」

と叱《しか》りつけたくなる甘っちょろさでございやした。

ええ、あっしだって川留が始まって二、三日は、池田中を回って、それなりに稼が

せていただきやした。

でも、それが十日も続いちゃいけません。こういったものは目新しさが命です。顔は見飽きられる、手持ちの噺は底を突く。懐の方も空っ風が吹き始めたとあって、あっしは一日も早く浜松のお城下で稼ぎたいと急《せ》いておりやした。それは川留を食らう旅人たち共通の思いだったはずです。

「お熊ちゃん、今夜の飯は腕によりをかけてくれよ。同宿の皆とも明日にはお別れとなりゃあ、飲まずにはおられねぇ」

そう言って二人に背を向けたのも、やむをえないことだったのです。

この日、川水は見る間に引き、昼過ぎには実に久方ぶりに、中洲が顔を出しました。二階からは、船頭衆が船を水際に舫《もや》いはじめているのが見えやす。川会所のお役人の姿もちらほらございやした。

「間違いない、明日には絶対に川明じゃ」

隣の八畳では女たちが早くも荷物をまとめ始めました。それにつれ、こっちの部屋の男どもも、落ちつかなげに立ったり座ったりを繰り返しております。

「おぬしら、少しはじっとしたらどうじゃ。どのみち今日はまだ川は明けまい」

そう言って苦笑したのは、坂田九郎太夫《さかたくろうだゆう》という三十がらみのご浪人。このお方はご妻女のお喜美《きみ》さまとともに、備前《びぜん》に向かう途中でらっしゃいやした。ええ、三代続いた由緒正しいご浪人とやらで、まさに尾羽打ち枯らしたとしか申しようのねえ、うらぶれたご夫婦です。

「へえ、それは分かっとりますけど――」

頭をかきかき腰を屈《かが》めたのが、先ほどの治兵衛。皆様はご存知でしょうかね。お江戸には須原屋《すはらや》、蔦屋《つたや》、和泉屋《いずみや》と並んで、波乃屋《なみのや》ってぇ錦絵《にしきえ》問屋がございやす。治兵衛はその波乃屋の京本店の三番番頭で、江戸通油町《とおりあぶらちょう》の支店の帰り道と話しておりやした。

その隣で、まだ川面にどんぐり眼《まなこ》を向けているのは、お浜の供で与茂吉《よもきち》という二十二、三の男。

この三人とあっしに大工の利七、それにこの最中にも八畳の真ん中でいびきをかいている西覚坊の六人が、鳥屋の男客です。これだけの男が一間に寝起きするのですから、むさくるしいと言っちゃありゃしません。

一方の女部屋は、お浜と女中のおたき、それに坂田さまの奥方のお喜美さまの三人。お浜とおたきはどちらも三十前後。姉妹のように仲のよい主従で、はきはきとした口を利く江戸女たちでございやした。

反対にお喜美さまは驚くほど無口なお人で、大抵いつもうっすらと微笑み、外の景色を眺めてらっしゃいましたっけ。

「ちょっと、仲蔵さん」

このとき、この家の女主・お朝《あさ》が、あっしを目顔で廊下に誘いました。

ええ、さっきのお熊の母親でさ。もっともご面相は娘とは似ても似つかぬ山姥《やまんば》顔……そのわりに心根の温かい、実直な女でございやした。

「お熊から話は聞いた。今夜の飯を賑やかにしてやりたいのはやまやまじゃが、その、どうも先立つものがなくてのう」

「今までの宿代は、みな一日ごとに払ってるじゃねえか。なのに、どうして金がねえんだ」

「そりゃお前、これまでの不払い分に全部使《つこ》うてしもうたもの。それでも油屋と酒屋と茶問屋にはまだつけが残っておるわい」

なるほど襖《ふすま》は破れ放題、畳は湿気《しけ》てふわふわ、出る飯と言えば砂利混じりの欠け飯に塩辛いだけが取り柄の汁……ここの商いがうまくいってねえことは一目瞭然《りょうぜん》でしたが、九人が長逗留《ながとうりゅう》しながらなおも払いが残っている事実に、あっしは溜《た》め息《いき》をつきやした。

「それなら酒代ぐらい、出してやろうじゃねえか。なあ、ひとっ走り行って買ってきてくれよ」

「だめじゃだめじゃ。そんなことが知れたら、酒屋に払う金があるならこっちのつけを返せと、油屋と茶問屋に怒られるわい」

「じゃあ、何なら出せるってんだい」

お朝はしばらく思案しておりましたが、やがてそうじゃ、と大きくうなずきやした。

「裏にな、古い二斗樽《だる》がある。あれを綺麗《きれい》に洗《あろ》うて茶を入れれば、気分だけでも酒と思えぬか」

あまりにいじましいことを言い出すお朝に、あっしは怒るのを通り越して同情してしまいやした。

つけを払うのに、順序があるのは道理です。女二人の世帯ですから、酒屋との縁切れはかまわねえでしょうが、油屋や茶問屋と険悪になっては、今後の商売が成り立ちますまい。

「わかった。じゃあ、酒は諦めるとして、なにか馳走《ちそう》はあるのかい」

酒樽から茶を飲む酔狂でも、食い物がまともなら、少しは気分もいいというものでさ。けどお朝は、それにもあっさりと首を横に振りやした。

「酒が買えねえうちに、まともな食い物があるわけもねえ。そうじゃなあ、せいぜい沢庵《たくあん》とカマゾコぐらいじゃろうか」

カマゾコとは蒲鉾《かまぼこ》の聞き間違いでしょうか。いや、びっくりしました。

「おいおい待ちねえ。沢庵は別に驚かねえが、蒲鉾とは豪気じゃねえか。それだけありゃあ、茶が水でもかまやしねえ」

「誰が蒲鉾じゃ。そんなものがあれば、酒の一升や二升、とうの昔に買っておるわい。お江戸のお人は、カマゾコを知らぬか」

お朝はあっしを台所へ連れて行くと、黒くこげた飯の塊を笊《ざる》に入れて持ち出して来やした。

「なんでえ、焦《こ》げた飯じゃねえか」

「そうじゃ、釜底《かまぞこ》の飯ゆえカマゾコじゃ。されど塩を振って食うと、なかなかいけるぞよ」

「ほら母さん、カマゾコを出すぐらいなら、あれがあったじゃない。あの尾頭つき」

裏から顔を出したお熊が、口をはさみました。

尾頭つきとはまた豪勢ですが、今までのやりとりから考えて、鯛《たい》や平目のはずがありません。案の定、お熊が水屋から大事そうに取り出したものを見て、あっしは思わず憎まれ口を叩《たた》きやした。

「なんでえ、煮干じゃねえか」

「なにを言いくさる。これだってちゃんとした尾頭つきじゃ」

やむをえねえ、ないよりはまし。それに二人からすれば、大切に取ってあった食い物に違いねえと、あっしは煮干を押し頂きやした。

それから日暮れ近くまでかかって、あっしは二人を手伝い、なけなしの食材で夕餉《ゆうげ》の支度を整えやした。

卵焼きならぬ沢庵、蒲鉾ならぬカマゾコ、煮干の尾頭つき……そこにお熊が買ってきたおからを合わせれば、量だけは馬鹿《ばか》に増えるものでございやす。竈《かまど》では湯が沸《わ》かされ、渋茶がどんどん樽に注がれていきました。

「えろう張り切ってるやないか」

白湯《さゆ》をもらいに降りてきた治兵衛が、そんな台所の様子に目を丸くしやした。

「明日は皆様ご出立じゃからの。せめて茶盛りでもしてもろおうと思うたのよ」

「酒盛りはよう聞くけど、茶盛りというのは初めてやな。なんや、その黒焦げのんは」

「蒲鉾ならぬカマゾコじゃわい」

自慢げに胸を張るお朝を、治兵衛は複雑な目つきで上がり框《かまち》から眺め下ろしやした。

「カマゾコ、なあ。それやったらお朝はん、そこに入ってるソオメンも出したりぃな」

「おいおい、治兵衛さんよ。素麺《そうめん》なんぞという上等なものが、ここにあるわけねえだろ」

「それがあるさかい言うてるのや。その徳利の中身、飯にまぶして食うたらそこそこいけますやろ」

治兵衛はにたりと笑って、あっしの後ろにある醤油《しょうゆ》徳利を指差しました。

「な、なかなか箸《はし》で挟《はそ》ぉめん食い物やろ」

カマゾコ並みの地口ですが、これまた、ないよりましです。

日が落ちるのを待って、治兵衛と二人で茶の樽と惣菜《そうざい》を二階に運び込むと、八畳の客たちはわっと歓声を上げました。

「なんじゃ、酒ではないのか」

早速樽の中身を柄杓《ひしゃく》ですくった九郎太夫さまが、拍子抜けした声をもらされやす。

「いやいや、心に念じて飲めば茶も酒も小便も等しく甘露《かんろ》じゃ。有難や有難や」

そう言って、西覚はいち早く煮干を引っつかんでおりやす。丈夫そうな歯で干からびたそれをばりばりと嚙み砕《かくだ》くのを、お喜美さまが恐ろしそうに眺めてらっしゃいました。

とは言っても所詮《しょせん》、茶はただの茶。締まりの悪いっちゃありゃしません。

「まあおひとつどうぞ」

「おひとつどうぞて、こんな渋口の酒があるかいな。まあええわ、ほれ、与茂吉はん、あんたも一つやりなはれ」

「いえ、わたくし、不調法でございまして」

「なんや、あんたはん、この酒があかんのか」

「へえ。よほど薄ければいざしらず、こう濃いお茶気をいただきますと、胸が焼けてどうもこうもいけませんので」

かと思えば、その隣では九郎太夫さまが、荷物をがさごそとかき回し、大きな布包みを取り出されました。

「どうじゃ、これでも使うて、せめて気分だけでも酒らしゅう行こうではないか」

「おや旦那、ええ瓢簞《ひょうたん》をお持ちですな」

「おお、これは亡き曾祖父《そうそふ》の作でな。それがしの曾祖父は坂田本成《もとなり》と申し、瓢簞を作らせては家中に右に出る者のおらぬ手練《てだれ》であったそうじゃ」

まったく風変わりな手練もあったものでございやす。

しかし不思議なもので、同じ茶でも柄杓から飲むのと瓢箪から注ぐのでは、何やら気持ちが変わって参りやす。

西覚が身体を揺らしてご詠歌を歌いだしたのを皮切りに、八畳間にはなにやら自棄《やけ》っぱちめいた活気が満ちてきやした。

おたきの口三味線にあわせて与茂吉がはやり唄《うた》を歌うやら、あっしと九郎太夫の旦《だん》那《な》で相撲を取らされるやら……丸十日、同じ屋根の下で寝起きしていた間に、あっしたちの間には不思議な連帯感が生まれておりました。それが同じ樽から茶、いえ酒を酌《く》み交わす間に、ますます強くなったってわけでしょう。

かじると音のする卵焼きをほお張り、酒柱が立ったと言っては喜び、酒はやはり宇治に限るとうなずきあっているうち、あっしたちはいつの間にか利七とお熊の姿が座敷から消えていることに気付きやした。

しかしそれも、今夜限りの話です。

(まあいい、放っておいてやろうじゃないか)

と目顔でうなずきあい、あっしたちはそ知らぬ顔で茶盛りを続けやした。

「ああ、酔った酔った。まことよい酒じゃ」

外の厠《かわや》に行くらしく、西覚が巨体をゆらゆらさせながら、階下へと降りていきやす。すでに惣菜の皿はほとんど空になり、二斗樽の中身も半分近くまで減っていやした。いくら茶たァいえ、こう飲み続けていちゃ喉《のど》がいがついて参りやす。水を飲もうと、あっしも台所に降りやした。

下駄をつっかけて水甕《みずがめ》の蓋《ふた》に手をのばしかけたそのときです。閉め切られた大戸の潜《くぐ》りが、いきなり激しく叩かれやした。

「もうし、どなたかッ。どなたか、いらっしゃいませんか」

切羽詰まった若い男の声に、あっしは潜り戸に身を寄せて怒鳴《どな》り返しました。

「何の用だい。茶屋はもうとっくに店じまいだよ」

「船は、今日の渡船はもう終わりですかッ」

「もう終わりも何も、十日前からずっと川留だ。まあ雨も上がったことだから、明日には開けるに違いねえ」

どうやら川留を知らぬ旅人のようです。

「どうしました、仲蔵さん」

振り返ると、お熊と利七が気遣わしげな面持ちで背後に立っておりやした。

「急ぎの旅人らしいぜ」

あっしの言葉に、お熊はわずかにためらう様子を見せやしたが、すぐに土間の心張り棒を外し、男を中に招き入れました。

「あ――ああ、ありがとうございます」

足をもつれさせながら転がり込んできたのは、まだ二十歳そこそこの、ひどく日に焼けた若者と思いなせえ。

よほど道中を急いできたのか帯はゆるみ、脚絆《きゃはん》は片一方が解けかかっている不様さ。小さな風呂敷《ふろしき》包み一つを腰にくりつけただけの軽装からして、近郷の住人でございやしょう。

隅の床几《しょうぎ》に座らせて甕《かめ》から水を汲《く》んでやると、奴ァそれを一息に飲み干してから、ようやく人心地ついた顔で周りを見回しやした。

「お前さん、いったいどこのお人だい」

胡乱《うろん》なところがあれば、すぐさま叩《たた》き出すつもりなのか、利七がずいっと男の前に立ちはだかりやした。

「俺ぁ、三ケ日《みっび》の村鍛冶《むらかじ》で留太《とめた》と申します」

軽く頭を下げた彼の所作は、ただの百姓とは違い、妙に落ち着いておりやした。

三ケ日はここから天竜を越えて八里ほど北西の姫街道沿いに、本陣・脇本陣を備えた大きな宿場町です。それだけに村鍛冶といっても、下働きの一、二人も使う所帯なのでしょう。

「島田にいる従妹《いとこ》を訪ねての帰りなのですが、川留とは本当ですか」

折り目正しい言葉遣いに、利七は幾分目元を和《なご》ませてうなずきやした。

「もう十日も前からずっと川留だが、お前さん、知らずにここまで来たのかい」

「ちょっと事情があって、かれこれ半月近く、島田に逗留していたもので――」

急いで三ケ日に帰る用ができ、今朝早く島田を発《た》って来たと、留太は語りました。

「そうかい、そりゃ、ご苦労なこった。けど聞いての通り、天竜は川留。しかもこんな時刻じゃあ、仮に川明だとしても、今日中の渡船は出来めえよ」

あっしの言葉に、留太は見ている側が気の毒になるほど打ちひしがれちまいました。よほどの事情があると見えやす。

「明日は――明日は必ず川を渡れますか」

「さあ、船頭衆はそう言ったけどよ」

すがりつく眼差しにうろたえたあっしは、雪隠《せっちん》から戻ってきた西覚に救われやした。

「おやおや、これは新たなお客人の到来かな」

はだけた懐に手をつっこみ、大きな腹をぼりぼりとかくさまは、決してお偉い坊様には見えねえだらしなさ。しかしさすがは、やせても枯れても坊主です。

「ここに集《つど》う者は皆、等しくこの濁世《じょくせ》に迷う衆生《しゅじょう》じゃ。この鳥屋で会《お》うたのも何かの縁。今宵は一樹の陰に宿り、明けなば倶《とも》に船に乗ろうではないか。それにしてもおぬし、なにゆえさように道を急いでおる」

この問いに奴はしばらくためらっておりやしたが、やがて、三ケ日にいる叔父が重い病で、自分は島田の従妹《いとこ》にそれを知らせた帰りと打ち明けました。

「実は従妹は五年前に旅の男と駆け落ちをして、以来行方《ゆくえ》知れずになっておりまして——当時まだ元気だった叔父は、それをひどく怒り、一人娘だった彼女を勘当したのです」

だが最近になり、その従妹が島田で女郎をしているとの噂《うわさ》が三ケ日に届いたのだとか。

もう先が長くないと悟って、気が弱ったに違いありやせん。ある日、叔父はあちこちからかき集めた金を留太に握らせ、

「男に売り飛ばされ、女郎に堕《お》ちたのじゃろうが、あいつは幼い頃から意地っ張り。自分から助けてくれと言うては来まい。お願いじゃ、この金であいつを身請けして、三ケ日に戻らせてやってくれ」

と頼んだそうでございやす。

ですが島田の遊郭では、従妹は己の身を恥じて、なかなか留太に会おうとしねえ。ようやく登楼して、叔父の言葉を伝えても、唇をかんでうつむくばかり。毎日、彼女のもとに通い詰め、ようやく従妹に落籍を承知させたときには、三ケ日を出て半月が経っておりやした。

「島田から三ケ日までは、急げば一日半の道程《みちのり》。従妹はおっつけ身仕舞を正して村に戻る手はずです。俺はそれを早く叔父に知らせてやりたくて、先に島田を飛び出してきたのです」

ひょっとしたらこの半月で、叔父の病は更に悪化しているかもしれない。矢も盾もたまらないと、留太は拳《こぶし》を握り締めました。

「なるほど、そいつぁ大変だ。けどどのみち今夜は川は渡れめえ。明日の朝一番の船に乗るつもりで、今夜はゆっくり休みな」

ですがそう言ったあっしは、翌朝お朝から、今日も川留と聞かされ、愕然《がくぜん》としやした。

「どういうこった。今日も天下御免の日本晴れ、川水だってうんと引いているじゃねえか」

「わしに言ったって知らねえ。渡船場で聞いた話では、水があと三分（約一センチメートル）低くならねえと、船は出せぬそうじゃ」

三分ですぜ、たったの三分。嫌だねえ、お役人ってのは料簡が狭くて。

あっしたちァ川留が更に一日延びたぐらい、今更どうってことはありゃしません。

案の定、血相を変えたのは留太です。

「な、なんですって。今日も川留――」

言うなりがっくりと肩を落とした奴を囲み、あっしたちは顔を見合わせやした。

「三分の川水ぐらい、あと一刻もすれば引くのではないか」

九郎太夫さまの言葉に、お朝はうんにゃ、と白髪《しらが》混じりの頭を横に振りました。

「川明は朝一番の水嵩で決まるのじゃ。一度川留と決まったら、今日はどうしようもねえ」

留太の落ち込みようはひどく、朝餉《あさげ》が運ばれてきても、箸《はし》を取らねえほどでやした。

しかたなくあっしたちが気まずい心持で飯をかきこんでいると、不意に利七が箸を置いて立ち上がりました。

「こんな上天気で川留って話があるかい。俺ぁ、承知できねえ。船が出ないってのなら、俺が一人でも渡ってやる」

「一人で渡って、どうするんだい」

「三ケ日に行って、その叔父さんとやらに伝言をしてくるんだ」

顔を紅潮させているのは怒りゆえか義憤ゆえか……しかし言ってることたァ正論ですが、なんとも青臭い言葉でさ。

そのときは給仕のために、お熊も居合わせてましたからね。好いた女の前で、いい格好をしたかったってこともあるに違いねえ。

天竜川は大小合わせて川幅十町……しかもご定法を破っての川渡りとなりゃあ、もし見つかればただごとではすみやせん。

けど、あれは一体どういうわけですかね。今考えると、自分でもよくわかりゃしません。とにかくあっしたちはこのとき、こぞって利七の言葉にうなずいたんでございやす。

籠《かご》の鳥にも等しい長逗留、飽き飽きしていたところに降って湧《わ》いた椿事ってなもんで、あっしもみんなも、心のどこかで何か起きないかと考えてたのでしょう。そうじゃなきゃ西覚坊や気短《きみじか》なあっしばかりか、思慮深そうな九郎太夫さままでが同調なさるわけがありゃしません。

「されどそなた、水練の心得はあるのか」

「へえ、ご心配はいりません。俺は駿府《すんぷ》生まれの駿府育ち。安倍川《あべがわ》を泳いで育ってきたようなもので」

「ここから半里上の匂坂界隈《さぎさかかいわい》なら、川の流れも比較的ゆるやかじゃ」

興奮してこう叫ぶお朝とは反対に、お熊の顔色は真っ青になっておりました。

「でも、もし誰かに見咎《みとが》められたら……」

「そのときは、誤って川に落ちたと言うさ」

見る見るうちに、お熊の目に大粒の涙が盛り上がりやした。しかし健気《けなげ》にも涙は禁物と思ったのか、お熊は袂《たもと》で顔を覆い、足早に八畳を出て行きました。

また、俺や叔父貴のためにそんな危険を、という留太の言葉もあっさり無視されました。

「水も随分引いてるさかい、まさか溺《おぼ》れ死ぬことはあらへんやろ。そやけど念のため、皆で川岸で見てよやないか」

治兵衛の言葉はもっともですが、まさか鳥屋を空にはできやせん。お朝とお熊、それに与茂吉が残ることで相談がまとまりました。

「それでは参るか」

「お朝さん、留守番を頼みまっさ」

「待って、待ってください――」

見ればいつの間にか、二合徳利と猪口《ちょこ》を手にしたお熊が敷居際に座っておりやす。きらきらと光る両目はまだうるみを残しながらも、まっすぐに利七を捕らえています。そんな場合じゃねえとは分かっちゃいても、こん畜生、と思うほど綺麗な横顔でございやした。

「止めても、無駄だと分かってます。お願いです、利七さん。せめて、無事に帰ってくると約束して、あたしと盃《さかずき》を交わしてください」

「わかった。もちろんだよ、お熊ちゃん」

利七はお熊に駆け寄り、徳利と猪口を持ったままの両手を握り締めました。

「必ず無事に帰ってくる。信じとくれ」

芝居ならここで、チョンと柝《き》が入るところでさァ。

とはいったって、徳利の中身は昨日に続き、またしてもただの渋茶。三々九度の酒ならめでてえし、水杯というのも聞いたことがありますが、茶杯とは後にも先にもあれっきりでございやす。

それでもあっしらは息を呑み、ままごとめいた誓いを交わす二人を見守りやした。茶をなみなみと注いだ猪口を、お熊がおずおず口元に運びます。お朝がこっそりと目尻を拭いました。無事に三ケ日から戻れば、吉田宿に発つ利七……ひょっとしたら普請を終えた帰り、奴はお熊を嫁にと言い出すかもしれねえと、あっしは思いました。

盃のやり取りを終えると、利七はお熊に笑いかけ、すっくと立ち上がりました。

「じゃあ、ちょっくら行ってくるよ」

川堤に登れば、やわらかな秋の日が、天竜の流れを暖めておりやした。

渡船場に向かった旅人が、触書を見て道をしょんぼり引き返してゆきやす。中には船頭や川役人に食ってかかり、番人に咎められる者もいるようでした。

なるほど、村はずれまで来れば、川の流れは渡船場界隈のそれよりずっとゆるやかでした。その代わり、川幅は池田村よりも広く、中洲まででもすらかなりの距離がありそうです。

「なあに、仮に溺れたって、渡船場まで流れ着けば、船頭衆が引き上げてくれら」

自信ありげな利七と裏腹に、不安を隠せねえのは留太でさぁ。自分のために利七が危険を冒して川を渡ろうとしているのだから、無理のねえ話です。

「本当なら、俺が川を渡るべきなのに。情けなくって涙が出ます」

聞けば留太は金槌《かなづち》で、川の流れを見ているだけで身がすくむとやら。

「しかたないよ。人にはそれぞれ得手不得手ってものがあるんだから」

肩を落とした奴を、お浜が慰めています。

「それはわかっちゃあいるのだけど――」

言いながら自分の懐をまさぐり、留太はふと顔色を変えやした。

「どうしたい」

「し、しまった。すまない、皆の衆、ちょっと待っておくんなさい」

その声に、先頭の西覚がまず立ち止まり、殿《しんがり》を務めていた九郎太夫さまご夫妻もばらばらとこちらに駆けて来られやした。

「いかが致した」

「従妹からお父っつぁんに渡してほしいと預かってきた笄《こうがい》を、鳥屋に忘れて来ちまいました」

「笄やって」

「その昔、叔父貴がつれあいの形見としてお文にやった笄なんです。女郎に堕ちても、これだけは手離さなかった品。先に三ケ日に帰るなら、せめてこれをお父っつぁんに渡しておくれと託されたのに――」

それを忘れてくるなんて、と頭をかきむしり、留太はやおら顔を上げました。

「すぐに取ってきます。しばらくここで待っていてください」

言うが早いか、奴はきびすを返して土手道を駆け出しました。あっしたちが声をかける暇もありゃしません。

早駆けは得意らしく、木綿の袷《あわせ》の背中が見る見るうちに遠ざかってゆきます。

「まったく、間抜けったらありゃしない」

「仕方がない、しばらくここで休憩じゃな」

おたきや西覚の言葉につれ、あっしたちは三々五々土手に腰を下ろしました。

一昨日までの雨のせいで、土はまだそこここがぬかるんでおります。枯れ草の上を選んで座ったあっしの側に、九郎太夫さまがのっそりと腰を下ろされました。

「のう、仲蔵。ちと奇妙とは思わぬか」

「何がでございます」

「あの留太とやら、野鍛冶というには日に焼けすぎておる。しかもあ奴の手には傷一つなく、鍛冶師のそれとは思えぬわい」

聞けば鍛冶師は室内の作業、しかも焼けた鉄や熱湯と首っ丈のため、手足には常に小さな火傷《やけど》が絶えねえのだそうでございます。

「実はあまりに奇妙ゆえ、今朝方こっそりあ奴の草鞋《わらじ》を調べてみたところ、紐《ひも》は擦《す》り切れ、表にまで泥がしみこんでいる有様。あれはかなりの長旅を続けてきた草鞋じゃ」

　厳しい言い様とは裏腹に、九郎太夫さまは考えの読めねえ茫洋《ぼうよう》とした眼で、奴が去っていった土手道を一瞥《いちべつ》なさいやした。

　あっしははっと息を呑みました。

　この土手まであっしたちを連れ出し、鳥屋にとって返した留太……あの店の二階には、あっしらの荷が置かれたままです。

　お朝お熊母子《おやこ》は茶店に出ていましょうし、与茂吉一人ぐらい、どうとでも丸め込んで座敷から追い出せます。

「九郎太夫さま、ひょっとして」

「うむ、奴は俗に言う護摩《ごま》の灰ではないかの」

　街道沿いに出没する、旅人狙いの盗人です。あっしは思わずその場に立ち上がりましたが、九郎太夫さまは相変わらず悠然と、秋枯れの川面《かわも》に目を投げてらっしゃいました。

　本当なら皆でのこのこ鳥屋を出てくる前に、聞かされて当然の話です。それをなぜ今の今まで、この御仁は口を噤《つぐ》んでいたのか。土手に生えた枯れ薄《すすき》のような薄っぺらい肩がありありと物語っているように思え、あっしは怒るよりも先に哀《かな》しくなりました。

そう、貧しい九郎太夫さまとお喜美さまは、荷と呼べるようなものなどほとんどお持ちではなかったのです。いくら護摩の灰とはいえ、ないものを盗ることはできますまい。

「そういうことは旦那、気付いたらすぐに言ってくだせえよ。畜生ッ」

突き上げられるように立ち上がると、あっしは土手を駆け出しました。

畜生、と吐き捨てたのは留太に対してじゃありやせん。じゃあ、九郎太夫さまに毒づいたのかと問われりゃあ、それもまたちょっと違う気が致しやす。

とにかく、あっしは走りました。走れば走るほど、何かしら寂しいものが胸を吹き抜けて行きました。

あっしの旅荷はせいぜい紙子一枚と褌《ふんどし》が一本、それに剃刀《かみそり》や手拭い程度、さしたる品があるわけじゃありやせん。

けどお浜は何枚かの着替えを持っていたようですし、利七に到っては大工道具一式を携えておりやす。売り飛ばせば結構な金子《きんす》に変わりやしょう。

他の連中が何やら騒ぎ出したのにも振り返らず、あっしは一心不乱に走りました。

「おや、仲蔵さん。どうしたい」

店に飛び込むと、前掛け姿のお朝が目を丸くしやした。案の定、奥の竈では与茂吉が暢気《のんき》に茶を焙《ほう》じております。

「おい、留太が帰ってこなかったか」

「へえ、ついさっき忘れ物をしたと言って、二階に上がっていかれました」

返事をみなまで聞かず、あっしは階段を駆け上がりました。八畳間の障子を乱暴に開けると、治兵衛の荷の前から留太がぎょっとした顔で跳ね立ちました。

「おめえ、何をしてやがるッ」

言うより早く、手が出ちまったのはしかたねえでしょう。

何やら弁解しようとする奴の頬《ほお》げたを二、三発殴りつけたところで、店の一階が騒がしくなりやした。いくつもの足音が入り乱れて階段を上がってきます。

畳に倒れこんだ留太の懐は、あちこちの荷から掠《かす》め取ったらしき品で膨《ふく》れ上がっておりました。そんな奴の腹の上に馬乗りになったあっしは、すぐに背後から西覚に羽交い絞めにされ、皆に無理やり引き分けられました。

「おおい、もうよせよせ」

「いま、お役人さまを呼んできたで――」

大声が交錯する中、倒れこんだままの留太を、九郎太夫さまが抱き起こしました。

その顔が少しばかり悲しげに、そしてあっしを責めるように見えたのは、見間違いだったのかもしれやせん——。

後に聞いた話じゃ、留太は大磯の五十六《いそろく》といい、手の混《こ》んだ作り話で人を煙《けむ》に巻く護摩の灰だったそうでございやす。

お役人さまが奴の懐を改めたところ、利七の大工道具の一部やお浜の櫛笄《くしこうがい》に混じって、徳利が一本出て来たとか。ええ、お熊が利七に盃事を迫ったときのあれでさ。もし階下で与茂吉に見咎められたら、これで奴の頭を殴って逃げ出すつもりだったと五十六は話したそうです。刃物沙汰でないだけいいようなものの、それにしたって物騒な話でさ。

この騒動の翌日、無事に天竜は川明となり、鳥屋の面々もそれぞれ西へと散ってしまいやした。

お役人さまが五十六を引っ立てて行くとき、利七は震えるお熊の肩に手をかけ、何事かなだめておりましたっけ。それを見たあっしは、こいつらの盃事は、あの徳利で進められるのかもなと思いやしたね。またしても茶を酒に見立ててね。

九郎太夫さまご夫妻はどうなったかって？　そりゃぁ、あっしが知りたいぐらいでさ。

お二人とは、渡船場でお別れしました。お喜美さまの足弱を気遣い、姫街道を通って西を目指すと仰《おっしゃ》られ、それっきりでございやす。

ひょっとしたら九郎太夫さまは、あっしと顔を合わせるのが嫌になられたのかもしれません。あっしはあのとき、あの方の心の底を垣間見《かいまみ》ちまいましたからねえ。

人間ってぇのは本当に哀しいものでございやす。九郎太夫さまだって、ご自身に盗られて困る荷がありゃ、あんなふうに護摩の灰を見逃そうとはなさらなかったでしょう。そしてそれでも、結局あっしに奴の素性を洩《も》らされたところに、あっしはあの方の優しさと言い知れねえ哀しさを感じるんでございます。

ええ、鳥屋は遠江の池田村、上横町の南ッかわにある小さな茶屋でさ。旅に出なすったときには、どうぞ寄ってやってくだせえ。ただし、酒を頼んでも茶を出すような店ですからね、蒲鉾や卵焼きを勧められても信じちゃいけませんぜ。

さあ、これで今日のあっしの噺はお終《しめ》えだ。お志のある方は、一文なりとも銭を弾んでやってくださいまし。

随分日も傾きました。妙な盗人や掏摸《すり》に遭わねぇよう、どうぞお気をつけてお帰りなせえ——。

第九話　痛むか、与茂吉《よもきち》

おだやかな晩秋の風に、小菊の花が揺れている。冬の気配が濃い青空から三河路《みかわじ》に降り注ぐ陽射《ひざ》しは、目に痛いほどに澄んでいた。

岡崎のお城下の喧騒《けんそう》は、矢作川《やはぎがわ》を渡った途端に遠のき、いつしか街道の左右は霜枯《しもが》れ始めた田畑に変わっている。すれ違う馬子の間延びした歌声までが、心なしかうら寂しく感じられた。

大橋を渡ってからというもの、お浜《はま》とおたき主従はずっとくすくす笑いを続けている。その二つの背中を、与茂吉《よもきち》はなんとも恨めしげに眺めていた。

先程からの下腹の差し込みのせいか、振分け荷がひどく重く感じられる。朝飯のときに茶を三杯も飲んだというのに、喉《のど》もしきりに渇いた。

――そろそろ、どこぞで一休みしてくださらないかしらん。

この差し込みは六歳で品川の海産物問屋・舛屋《ますや》に奉公に出たときから、かれこれ十数年に及ぶ付き合いである。

普段は取り立てて悪い所もないのに、手代や番頭に怒られたり、不慣れな仕事を言いつけられると、下腹がきりきり痛くなる。ほとんどの場合、半刻《はんとき》も我慢していれば痛みは去るが、ごく稀《まれ》に、一晩中布団の中で腹を押さえて苦しむこともあった。

（こんな病持《やまいも》ちであると知れれば、お店《たな》から放り出されるかもしれねえ）

当初、幼い与茂吉はそう考え、誰にもこの腹痛の件を話さなかった。だが奉公を始めてから半年が経《た》ったある日、痛みを我慢した挙句、土間でぶっ倒れ、手代が医者を呼びに走る騒ぎになった。

「ふむ、五臓六腑《ごぞうろっぷ》に特に悪い所はない。まあ、強いて申せば、これは心の病じゃな。番頭たちに叱《しか》られまい、お店に迷惑をかけまいとの気遣いが、胃の腑を痛めてしまうのじゃ。大人には時折見られる例じゃが、かような小さい子供には珍しい」

奉公に来た早々身体《からだ》を壊すようでは、小僧として失格。本来なら暇が出されても文句の言えないところである。

しかし、

「この病にかかる者は、根が正直で忠義者、奉公人にはもってこいの人物じゃわ」

と医者が太鼓判を捺《お》したおかげで、「与茂吉は身体は弱いが信の置ける小僧」との評判を得たのだから、まったく人の世はなにが幸いとなるか知れたものではない。

気遣いのあまり胃を痛めた風変わりな小僧の存在は、瞬《また》く間に品川中に知れ渡った。一歩外に出れば、「あれが舛屋の小僧だ」と指さされ、感心なものじゃ、と囁《ささや》き交わされる。

年端《としは》もいかない少年だけに、周囲が囃《はや》せば、当人にもおのずとそんな自覚が出てくるものである。かくして小僧として働く十年の間で、与茂吉は品川でも屈指の忠義者に育った。

手代に取り立てられたのは七年前。その間にこの差し込みとの付き合い方も、それなりに飲み込んできたつもりだった。とはいえさすがに今回は今までのものと、痛みの程度が異なっている。

（だから、あっしには無理でございますと申し上げたのに――）

これがいったいどんな心痛によるものか、自分ではよく理解している。だがそれを、先を行く女二人に洩《も》らすわけにはいかなかった。

主《あるじ》の嘉兵衛《かへえ》は、今このときも、品川の店の帳場に座っているのだろう。素知らぬ顔で番頭たちを指図しながら、内心、自分からの便りを今か今かと待っているに違いない。

それを思うと理不尽なことを自分に言いつけた主を恨む気にはなれず、与茂吉はみぞおちをさすりながら、お浜とおたきの後ろ姿をつくづくと眺めた。

浅草の同業・木津屋《きづや》から嫁いできたお浜は三十五歳、だが子供がないために実際の年より四つ、五つは若く見える。美貌《びぼう》ではないが、店の誰からも愛されるからっとした気性の持ち主だけに、腹痛を訴えればすぐにどこぞの茶屋に立ち寄ってくれるだろう。

――とここまで考え、与茂吉は小さく首を振った。

自分がそんなことを言い出そうものなら、お浜の腹心であるおたきが不審を抱くと気付いたのだ。そうでなくとも彼女は、与茂吉がなぜこの道中の供に選ばれたのか、奇妙に思っているふしがある。

向かう先は大坂船場《せんば》、回船問屋に嫁いだお浜の実妹を訪ねる道中である。確かに女二人の旅なら、世慣れた年配の男をつけるのが筋。実際、今回の旅を知った三軒隣の庭屋の棟梁《とうりょう》は、

「よろしければうちの男衆《おとこし》にお供させやしょうか」

と嘉兵衛に申し出た。

しかし彼はあえてそれを断り、七人いる手代の中でもっとも多忙な与茂吉に、供を

命じたのである。

「余所《よそ》のお方にご迷惑をおかけするわけには参りません。与茂吉は年こそ若いが、気働きの出来る男。旅の供には打ってつけでしょう」

お浜の乳母《うば》の娘、つまり彼女には乳姉妹にあたるおたきは万事において察しがよく、すれっからしの渡り女中が尻尾《しっぽ》を巻くほどの知恵者。与茂吉の差し込みの件も、知らぬはずがない。

ただでさえ疑われている上に、差し込みがなどと言い出そうものなら、自分が嘉兵衛から言い含められてきた企《たくら》みを嗅《か》ぎつけるかもしれない。

まだ何も果たせないうちに、お浜に全てを知られれば身の破滅だ。

身一つでお店を追い出される自分のみじめな姿が、ありありと脳裏に浮かぶ。与茂吉はその空想を、ぶんぶんと首を振って追い払った。

「けど、あのお坊様は本当に面白いお人だったねえ。あんなご面相だから、最初は内心、どんな生臭坊主かと思ったけれど」

「本当ですね。本光寺のご住職も、あれぐらいご説法が面白ければいいんですけど」

声を合わせて笑いあう二人の姿は、まるで仲のよい姉妹のようですらあった。

本光寺とは舛屋の菩提寺《ぼだいじ》。住職は八十八歳の高齢で、歯の数が少ないために説法がひどく聞き取りづらい。その癖、目ばかりは年並外れて達者で、法事の折、奉公人の誰かがあくびでもしようものなら、双眸《そうぼう》を炯々《けいけい》と光らせて怒り出すのであった。

それに引き換え――というのは、天竜川の東、池田村で知り合った西覚《さいかく》という五十がらみの僧侶《そうりょ》。身の丈は六尺近く、擦《す》り切れた僧衣とふてぶてしい面構えのために、一見すると旅の願人《がんにん》坊主かと思われる異僧である。しかし実は岡崎の自乗寺に籍を置くれっきとした寺僧で、与茂吉たちと出会ったのは、訴訟沙汰《そしょうざた》のため出府した帰り道とのことであった。

豪放な彼の目には、旅慣れぬ三人がいかにも危うげに映ったのだろう。天竜《てんりゅう》の川《かわ》留《どめ》で泊り合わせたのを機に、岡崎までの道連れを買って出たばかりか、昨夜は三人を自乗寺の宿坊に一泊させてくれた。

「達者でなあ、帰りにはまた、寺へ寄ってくれよ」

往来の人々の忍び笑いも意に介さず、二百間（約三百六十メートル）を超える大橋のたもとでいつまでも大声を張り上げていた西覚のいかつい姿を思い出し、与茂吉はまた溜《た》め息《いき》をついた。

池田村では、八畳間に数人が雑魚寝《ざこね》する有様だったし、白須賀《しらすか》や岡崎は西覚が一緒だったため、嘉兵衛の命令が果たせなかった。更にそれ以前、つまり品川から池田までの道中は、与茂吉が覚悟を決められず、毎夜毎夜悶々《もんもん》と頭を悩ませていたのである。

このままぐずぐずしていては、密命を果たせぬまま上方《かみがた》に着いてしまう。ここから大坂船場までは、どうゆっくり歩いたところで、せいぜい七日。つまり、機会はあと七度しかないのだ。

与茂吉は腹の痛みも忘れて身震いした。

（いったい旦那《だんな》さまは、なんでそんなお役をあっしに言いつけられたんだ）

舛屋の主・嘉兵衛が、与茂吉に突拍子もない指図を下したのは、お浜の大坂行きが本決まりとなった、梅雨のある晩であった。

品川の街道沿いに店を構える舛屋は、店の造りこそさほど大きくないが、界隈《かいわい》では屈指の身上持ちとして知られている。

主の嘉兵衛は三代目。二年前に死んだ先代に比べておとなしい気性で、出入りの商人の中には、

「いっちゃ何だが、いまの旦那さまはどうも器量が小さくていけない。このままじゃあ、いずれおかみさんのご実家に身代を取られてしまうんじゃないか」

などと、陰口を叩《たた》く者もいた。

なるほどお浜の実家である浅草の木津屋は、江戸でも五本の指に入る海産物問屋。

とはいえ舛屋が今のような手堅い——悪く言えば気弱な商《あきな》いをしている限り、まず木津屋の援助を受ける羽目にはならぬはずだ。

だがこういった中傷も、まったく根拠のない話ではなかった。

それというのも、嘉兵衛夫妻の間には子供がない。このため奉公人たちはここのところ、主夫妻はいずれ木津屋から養子を迎えるのでは、と密《ひそ》かに噂《うわさ》していたのである。

「そうなったら旦那さまは、おかみさんにとんと頭が上がらなくなるだろうぜ」

「別段、旦那さまが養子というわけでもないのにねえ」

無口でお坊ちゃん育ちの嘉兵衛は、奉公人にあまり親しまれていない。むしろ外から嫁いできたお浜の方が、歯に衣《きぬ》着せぬ物言いから、「さばけたおかみさんだ」と喜ばれているふしがあった。

嘉兵衛の側もそれがよく分かるのだろう。いつもうつむきがちに帳場に座り、自分からは奉公人にも滅多に話しかけない。問屋仲間の寄り合いにも、いつの間にかすうっと煙のように一人で出かけてしまうのが常だった。

「前の旦那さまは気さくなお方で、お出かけには必ず誰かに供を言いつけられたのになあ」

「そうそう、帰りに茶店に立ち寄って、店の者には内緒だよ、と食べさせてくださる団子のうまかったこと」

「それに引き換え、今の旦那さまはなあ」

このため番頭から「奥で旦那さまが呼んでいなさる」と告げられたとき、与茂吉ははて、と首をひねった。

荒布《あらめ》の入った叺《かます》の積み下ろしもそこそこに手足を洗うと、女中の案内で、おずおず奥座敷の敷居際にかしこまった。

「おお、来たか。さあ、お入り。おたえ、お前はもういいよ」

だが与茂吉の困惑など気にも留めず、彼を座敷に招き入れるや、嘉兵衛はそそくさと女中を追っ払った。そしてなぜか膝《ひざ》と膝がぶつかり合うほど近くに腰を下ろし、おもむろに口を開いた。

「実はだね、与茂吉。お前を男と見込んで、頼みがあるのだよ」

男と見込んで、のところで嘉兵衛は妙に声を強めた。腫《は》れぼったい一重瞼《ひとえまぶた》の下の細い眼が、湿りを帯びた光を放っている。今までに見たことのない、何やら狡猾《こうかつ》そうな顔つきであった。

「お前、うちの奴《やつ》が上方に行く件はもう耳にしているだろう」

「はい。さっき、大番頭さんがそう仰《おっしゃ》られてました」

おかみさんとおたきさんじゃ、道中危なっかしくてしかたがない。誰か心得た奴を一人、連れて行っていただかなきゃならないねえ、と苦笑いしていたことを端折《はしょ》って、与茂吉はうなずいた。

「さあ、それだ。実はあたしはその旅の供に、お前をつけようと思っているのだよ」

意外な話に、与茂吉は目をしばたたかせた。

「ですが旦那さま、わたくしは生まれてこの方、旅なんぞしたためしがございません」

「それはあたしだって、分かっているさね。実はお前に頼みたいのは、旅の供だけじゃないんだ」

嘉兵衛は思わせぶりに与茂吉を見つめた。

座敷に粘りつくような沈黙が漂ったせいだろう。台所までは遠く隔たっているはずなのに、女子衆《おなごし》たちのざわめき声が微《かす》かな潮騒のように響いてきた。

先程まで降っていた雨は上がったのかしらん、と与茂吉は唐突に関係のないことを考えた。

「供だけじゃないと仰られますと――」

「分からないかい」

「へえ、申し訳ございません」

首をすくめる与茂吉に、嘉兵衛はあからさまな溜息をついた。

「お前は他の手代と違って男ぶりがいいし、頭ももう少し回るかと思ったんだけどねえ」

褒《ほ》められているのかけなされているのか分からない。与茂吉はもう一度、へえ、と頭を下げた。

なるほど小柄な与茂吉は顔立ちもやさしく、小僧の頃《ころ》などは女中たちに随分可愛《かわい》がられたものである。とはいえそれは舛屋の店内だけの話で、世間一般でいえば並よりちょっと見られる程度の造作。わざわざ指摘されるほどではない。

「いいかい、あたしは一度しか言わないから、よおくお聞き」

「へえ」

「お前は、お浜の上方行きの理由を知っているかい」

「いいえ、存じません」

そういえば大番頭さんも、そこには触れなかったなと思いながら首を横に振る。すると、嘉兵衛は顔をぬっと突き出し、低い声でこう囁《ささや》いた。

「妹の嫁ぎ先に、この店に養子をくれないかっていう相談をしに行くんだよ」

「ええっ」

養子縁組の話は、以前から奉公人の間で話題になっているから、今更驚くことはない。しかし話の内容よりも、むしろ嘉兵衛の声の陰鬱《いんうつ》さに与茂吉はのけぞった。

改めて見れば、普段から生白い嘉兵衛の顔はいっそう青澄み、目元には不気味な険《けん》すら湛《たた》えている。思わず腰を浮かせそうになるのを、与茂吉はかろうじて堪《こら》えた。

「あたしはね、養子に反対しているわけじゃないんだ。けどそれだったら、舛屋の係《けい》累《るい》から選ぶのが筋ってものじゃないか」

だがお浜はそう反論した嘉兵衛に、「お前さんの親類なんて、あてにならないお人ばっかりじゃないですか」とまくし立てた。そして上方の妹に勝手に手紙を送り、四人いる男子のうち誰か一人をくれるよう、話を取り付けたという。

なるほど、お浜の言葉には一理ある。なにしろ嘉兵衛の気ぶっせいのせいで、代替わりしてからの舛屋は、どうも親類との付き合いが疎遠になっている。今更、そんな彼に請われたからといって、おいそれと子供を手放す親類縁者はそうそうおるまい。

おかみさんが仰られるのも無理はないと思いますが――という言葉を、与茂吉は生《なま》唾《つば》とともに飲み込んだ。

「あてになるかが問題じゃないんだよ。養子に取ってうちの店を継がせるとはすなわち、この舛屋の心意気を継がせることだ。それをあたしに相談もせずに話を進め、あろうことか上方生まれの甥《おい》っ子を息子と呼ばせようなど、差し出がましい限りだ」

普段はつくねんと帳場に座り込んでいる主がこんなに饒舌《じょうぜつ》であることを、与茂吉は初めて知った。

舛屋に限らず大店ではどこでも、店のことは店のこと、奥向きは奥向き、と切り離される例が多い。このため奉公人たちは、主一家の暮らし向きや仲の良し悪しなど、明確には知りえない。だがそれでも嘉兵衛とお浜の仲がかんばしくないとの話ぐらいは、与茂吉も女中の口から洩れ聞いていた。

しかし今、嘉兵衛が口走る「あのでしゃばりが」「外から来たぶんざいで」「大体、あたしはああいう態度の大きい女は苦手なんだよ」などといった言葉から推し量るに、どうやら奉公人たちが聞き及んでいる夫婦仲は、実情をうんと丁寧《ていねい》に取り繕《つくろ》った末のものらしい。

店の者からすれば、いるのだかいないのだか分からぬ嘉兵衛より、はきはきと手際のよいお浜を頼りにするのは当然である。

このため番頭たちも、彼女の発案する養子縁組に賛成の意を示したに違いない。

それが腹立たしくてならない嘉兵衛は、なんとしてもこの話を潰《つぶ》してしまいたいのだろう。要は、道中の供をするふりをして、お浜の上方行きを邪魔しろというわけか、と与茂吉はようやく主の内意を理解した。

「つまり――」

「お前、大坂までの道中で、お浜に不義を仕掛けなさい」

考えに考えた末なのだろう。それまでとは打って変わった重々しい声で、嘉兵衛は言い放った。

「へっ？」

与茂吉はきょとんと眼《め》をしばたたいた。それぐらい、主の言葉は思いがけなかった。

「もちろん不義を働いたからといって、お前をお上の手に引き渡しはしないから安心をし。あたしが思い知らせてやりたいのは、お浜ただ一人なんだから」

与茂吉はとうとう、その場から腰を浮かした。

「わ、わ、わたくしが、お、おかみさんに不義をしかけて、それでどうなるので」

「知れたことじゃないか。奉公人との不義を脅しの種に、あいつに三下り半をつきつけてやるんだよ」

有夫の婦と通じること――すなわち密通は重罪。官吏《かんり》に捕縛されれば、男女ともに死罪が定めである。ただしこれはあくまで表向きで、悪評を避けたい大店や武家では、密通が明らかになっても内済《ないさい》で決着をつけるのがほとんどであった。

この内済金は金一枚、つまり七両二分が相場とされ、「間男《まおとこ》七両二分」なる言葉が一般化していたほどである。

とはいえ、ことが露見すれば、与茂吉はもちろん、お浜や嘉兵衛の首まで飛びかねない悪事である。主の言い出したことが腑《ふ》に落ちるにつれ、与茂吉の手足はがくがくと震え始めていた。

「旦那さま、お許し下さい。さような大それた真似《まね》、わたくしには――」

与茂吉の狼狽《ろうばい》ぶりに、嘉兵衛は不快げに顔を歪《ゆが》めると、再び癇性《かんしょう》な声を張り上げた。

「なんだね、与茂吉。不服があるのかい。断っておくけど、この舛屋の主はあたしなんだよ。そのあたしの言うことが聞けないんだったら、今すぐお店を出てお行きッ」

「い、いいえ。決してそんなつもりではございません」

主の命に背くほどの気概は持ちあわせていないが、いくら狂言とはいえ、お浜に不義を仕掛けるなど、考えただけでも身がすくむ。

全身を細かく震わせながら、与茂吉は懸命に言い訳を考えた。

「だ、旦那さま。おかみさんは頭のいいお方です。わたくしがそんなことをしたら、きっと何かこれには企みがあると疑われるに決まっています」

しかしどんな必死の抗弁も、嘉兵衛には通じなかった。

「ああ、そうかもしれないね。けどだからといって、不義の事実がなくなるわけじゃあない。事がしっぽりとうまくいったら――いや、別にしっぽりいかなくたっていい。力ずくでもお浜と関係が出来たら、あたしに飛脚を送りなさい。そうなっちまった後であいつが何と言い立てようが、お前は耳を貸さなくていいのだからね。いいかい、これは舛屋を守るための忠義。お前をよくよく見込んでの頼みなんだ」

――よりにもよってあっしなんかに白羽の矢を立てるなんて、旦那さまはどうかしていなさる。

手代に取り立てられたばかりの頃、与茂吉は奉公人仲間に連れられて、岡場所に乗り込んだことがある。大番頭の目が厳しいのと金が続かなかったために、その後は一抱き二十四文の夜鷹《よたか》にも手を出していないが、同じ手代で三つ年上の佐之助《さのすけ》なぞは、どうにか金を工面しては店を抜け出し、しばしば飯盛女や夜鷹を買っている。

だが、同じ不義なら、女に慣れた佐之助の方が適任ではとの与茂吉の言葉にも、嘉兵衛はあっさりと首を横に振った。

「馬鹿《ばか》だねえ、お前は。あんなちゃらちゃらした男が供をしようものなら、お浜だって警戒するじゃないか」

与茂吉のような真面目《まじめ》な男なればこそ、お浜も隙《すき》を見せるに違いない。どこかの旅籠に泊まった際、さも大事な用ありげにお浜の部屋を訪ね、油断を見澄まして無理やりに「そういう仲」になってしまえというわけである。

「けどあの、旦那さま。おかみさんの上方行きには、おたきさんもお供をしますが——」

「ああ、そうだったね。まあ、そのあたりはお前、頭を使ってうまくやりなさい。品川に戻ってくるまでに首尾よく行かなかったら、二度とこの店の敷居はまたがせないよッ」

どう考えても無茶な言い付けである。しかし六歳の頃から主への忠義心だけを胸に刻み続けてきた与茂吉が、嘉兵衛の言葉に逆らえるはずがない。うろたえている間にあれよあれよと品川の海には秋風が立ちはじめ、これといった思案もつかぬまま、彼は女二人とともに大坂へ旅立つ羽目となったのである。

この日、三人は池鯉鮒《ちりゅう》、鳴海《なるみ》の宿場を通り越し、伊勢《いせ》参りの人々で混雑する宮宿《みやじゅく》に宿を取った。

熱田神宮の門前町である宮宿は、東海道最大の宿場。中山道垂井《たるい》宿にいたる美濃路《みのじ》や佐屋路《さやじ》が交差する、交通の要衝《ようしょう》である。

老若男女が行き交う日暮れの宿場には活気が満ち、宿を求める人々でごった返している。どの宿屋も五人でも六人でも一部屋に詰め込まんばかりの大繁盛だった。

「今年はお伊勢さまの宮遷《みやうつ》りの年じゃで、参拝のお人が常より多いのでございます。しかもその上に今日は、お江戸大奥の御中臈《ごちゅうろう》さまご一行さまも本陣にお泊まりとやら。もしお供の方も同じお部屋でよろしければ、なんとか致しますが」

ようやく見つけた宿屋でこう言われ、与茂吉は思わず顔をこわばらせた。だが女二人はそんな彼にはまったく頓着《とんちゃく》せず、

「しかたないねえ」

と、あっさりうなずいた。

部屋は屛風《びょうぶ》で仕切ればよいし、おたきも同じ一間にいるのだ。所詮《しょせん》与茂吉は奉公人とあなどっている様子であった。

「まあ、それでも宿無しになるよりはましだよ」

通された六畳を枕屛風で仕切る頃には、与茂吉の下腹はますます痛みを増していた。

それを辛うじて堪えて壁際に座り、荷物を解きにかかる。屛風越しに聞こえてくるお浜の声に、手拭《てぬぐ》いを取り出す手が震えた。

「ああ、今日はなんだかいつもより足が棒になったよ」

「どれ、おかみさん。ちょっと焼酎でも求めて参りましょうか」

「そうだね、お前や与茂吉の分も買っておいで。ああそれとついでに、房楊枝《ふさようじ》を買ってきてくれないかい。昨日、歯を欠いてしまったから」

焼酎はこの場合飲用ではなく、足に塗って疲れを取るのに使う。街道沿いの宿場では必ず売られている品であった。

普段から働き慣れているだけに、おたきはお浜ほどの疲れを見せていない。すぐさま立ち上がって部屋を出てゆく彼女の足音に、与茂吉はごくりと生唾を呑んだ。

勝手のわからぬ宿場町である。いくらおたきが急いでも、買い物に四半刻《しはんとき》はかかるだろう。彼女の思わぬ外出は、まさに絶好の好機ではないか。

とはいえ身体は正直なもので、胃の腑は今やきりきりと悲鳴を上げている。心なしか、こめかみまでずきずきし始めたようだ。

それでも与茂吉は懸命に自分を駆り立てると、額から脂汗を流しながら、枕屏風を押しやった。

「お、おかみさん――」

夕景に雁《かり》を描いた枕屏風は、立ち上がった与茂吉の胸までしかない。

足を崩して畳に座り込んでいたお浜は、軽く身体をひねり、無言で与茂吉を見上げた。

まだ女中が灯《あか》りを持ってこぬため、狭い六畳間は薄闇《うすやみ》に覆われている。それゆえ与茂吉は、お浜がくっきりとした二重瞼の目元にわずかな笑みをたたえていることにはまったく気づかなかった。

彼女の薄浅葱《うすあさぎ》の袷《あわせ》が、薄暗い部屋の中にぼんやりと浮かび上がっている。それを目にしただけで、頭がかっと熱を持ったようにほてった。

ここは野中の一軒家ではない。階下はもちろん、ふすま一枚隔てた向こう側にも他の泊り客がいる宿屋だ。

声の上ずりや、枕屏風を押しやるいつになく荒々しい動きから、自分が抱くただ事ならぬ意志はお浜にも察せられたはずである。

それにもかかわらず声も上げず、逃げ出そうともしない彼女に不審を抱く余裕すらなく、与茂吉は足早に彼女に歩み寄り、その両肩に手をかけた。

岡崎から八里余りの道を歩き通してきただけに、お浜の身体からはわずかに汗の匂《にお》いがした。

それがつんと鼻に抜けた途端、与茂吉の身体の震えはいっそうひどくなった。

動揺を悟られまいとがむしゃらに腕に力を込めたのと、障子ががらりと乱暴に開き、おたきが飛び込んで来たのはほとんど同時だった。

「――この馬鹿野郎っ」

思いがけない闖入《ちんにゅうしゃ》者に横っ面をはたかれた与茂吉は、そのまま畳に倒れこんだ。

「こ、この不忠者がッ、まったく情けないったらありゃしない」

女にしては大柄なおたきは、裾《すそ》が乱れるのもお構いなしに、馬乗りになって与茂吉を押さえ込んだ。

このまま役人に突き出されるのではないかという恐怖が、唐突に胸にこみ上げてきた。だがいったいどこをどう押さえられているのか、組み伏せられた身体はぴくりとも動かない。

もし失敗したら、二度とお店の敷居はまたがせないからね――という嘉兵衛の言葉が、頭の中でぐわんと響いた。

お浜はそんな彼を無言で眺めていたが、やがてつと与茂吉のそばにしゃがみこむと、

「それで、あたしに不義をしかけるように仕向けたのは、うちの人かえ」

と低い声でささやいた。

その声音には、わずかな笑みすら含まれている。

刻一刻と暗さを増してゆく部屋の中、愕然《がくぜん》と彼女を見上げた与茂吉の目に、お浜の白い顔はまるで絵で見たろくろ首のように見えた。

「お、おかみさん、どうしてそれを――」

「ほおら、やっぱり。まったく、あの人は考えることがさもしいねえ」

与茂吉の頭の中は、一度に真っ白になった。先程までとはまったく異なる恐怖が、胸をわしづかみにした。

「それにしても与茂吉どんを不義の相手にけしかけるなんて、悪巧みにもほどがありますよ」

与茂吉の胸の上で、おたきが忌々しげに吐き捨てた。

そうか。買い物に行ったのは、与茂吉をおびき寄せるための罠《わな》だったのだ。そうでなければ、こんな短い時間で戻って来られるはずがない。

「まあ、いいじゃないか。これでようやくあたしたちもお江戸に帰れるんだから。与茂吉がなかなか尻尾を出さないから、このまま本当に大坂まで旅をする羽目になるのかと、あたしゃやきもきしたよ」

「確かにそうですねえ。木津屋の大旦那さまも、ようやく安堵《あんど》なさるでしょう」

二人は顔を見合わせ、長年の懸案がきれいさっぱりなくなったとでも言いたげに、晴れ晴れと笑い合った。

それを呆然《ぼうぜん》と眺める与茂吉の口の中は、驚きの余りからからに干上がっていた。木津屋の大旦那とは、お浜の実父。棒手振《ぼてふ》りを取っ掛かりに商いを始め、木津屋を今の大店にまで育てた苦労人である。

だがなぜこの場に、隠居の名前が出てくるのだ。

表情を強張《こわば》らせて二人を交互に見比べる与茂吉に、お浜は再び、さもおかしそうに笑った。

「驚いたかい、与茂吉。お前をお役人に突き出そうとか、そんなことは考えちゃいないから安心をし」

お浜の声音は普段とかわらぬ歯切れのよさで、それがかえって不気味であった。

「お、おかみさんは最初からわたくしを――」

「ああ、うちの人がお前に供を命じたときから、おかしいと思っていたよ。だってあの人が、あたしの上方行きを快く思うはずがないじゃないか、ねえ」

おたきに同意を求め、お浜は軽く小首をかしげた。それから再び、組み敷かれたままの与茂吉の顔を覗《のぞ》き込む。

「大番頭とおたきのほか、店の者は知らないだろうけどね。うちの人には何年も前から隠し女がいるんだよ」

もう諦《あきら》めきっているのだろう。お浜の口調は他人の噂をするかのように、さばさばとしていた。

舛屋ほどの大店の主ならば、妾《めかけ》の一人や二人いたところで奇妙ではないが、具合が悪いことに、その女には前夫との間に二人の息子がいた。嘉兵衛は女愛《いと》しさから、その上の息子を舛屋の跡取りに据えたがっているのだとお浜は語った。

「これが間口一、二間しかない小店の話なら、あたしだってつべこべ言いやしないよ。けど舛屋は仮にも、二十人からの奉公人を抱える大店じゃないか。その主が、妾可愛さのあまり、どこの馬の骨とも知れない子供を跡取りになんぞと言い出してごらん。世間さまだって馬鹿じゃない。あっという間に三代続いたお店の信頼はがた落ち、店の者たちは路頭に迷っちまうじゃないか」

大店の主たる者は、己を殺してでも店の看板と奉公人たちを守るのが務めである。ましてや養子を取るのに、その者の資質ではなく情愛から選ぶなど、あってはならない。

しかしお坊ちゃま育ちの嘉兵衛は、舛屋の行く末を案じて口をはさむお浜を疎《うと》んじた。跡取りが必要なら、頼りになる血縁から選《え》りすぐって迎えればいいという義父・

木津屋の隠居の言葉にも耳を貸さず、果ては木津屋一族が養子という手段を用いて、舛屋を乗っ取ろうとしていると疑いはじめる有様であった。

お浜にしても、木津屋の隠居にしても、舛屋を我が物にするつもりなどこれっぽっちもない。だがこのままでは遠からず、嘉兵衛は店をつぶしてしまうだろう。それを食い止めるために仕組んだのが、今回の旅だと彼女は打ち明けた。

「それではおかみさんは最初っから、旦那さまやわたくしをだますつもりでいらっしたのですか」

「だますなんぞと、人聞きの悪い言い様はやめとくれ。それもこれも、舛屋の暖簾《のれん》やお前たちを案じての話だよ」

旅が本決まりになる直前、大番頭とお浜から懇々とその過ちを諫《いさ》められた嘉兵衛は、一見、妾の息子との養子縁組を諦めたかに見えた。

もしこのまま何事も起きなければ、皆の気持ちが彼に通じたことになる。お浜にとって、この旅は一つの賭《か》けだった。

「けど、まあ結局、あの人は自分のことしか考えてないってことだねえ」

さすがに少しばかり気落ちした顔で、彼女は大きな息をついた。

「忠義者のお前だもの。あの人に言い含められ、仕方無しにこんな振る舞いに及んだってことはよおく分かるよ。今朝からずっと、腹の痛みを我慢していたのも知っている。でも、考えてご覧。お前が忠義を尽くすべきなのは、舛屋嘉兵衛なのかい。違うだろう。三代続いた舛屋っていうお店なんじゃないか—

この言葉に、与茂吉ははっと頰を強張らせた。

脳天をがつんとぶん殴られたような気がした。

店の主である嘉兵衛は、確かに自分の雇い主だ。しかし本当の主とはいったい何者であるのか、その正体をはっきりと悟ったのだ。

奉公人である以上、自分が店の主を敬うのは当然。とはいうものの、その言いつけを闇雲に守ることが果たして忠義なのか。むしろ主が道を踏み外そうとしたら、全身でそれを阻止するのが奉公人の務めではないのか。

少なくともお浜やおたきは、嘉兵衛からどれだけ疎《うと》まれようと、舛屋を守るために懸命になっている。

そんな道理にすら気づかず、ただ従順に嘉兵衛の言いつけに従った自分を省《かえりみ》ると、まったく言葉がない。

忠義者と呼ばれ、知らず知らずいい気になっていたこれまでの自分に、水を浴びせつけられた思いであった。

「お、おかみさん」

絞り出した声は、痛々しく潤んでいる。

しかしお浜はそれには気づかぬふりで居住まいを正し、誰に言うともなく明るい声を張り上げた。

「さあ、明日は早立ちだ。通しの駕籠《かご》を雇って大急ぎで品川に戻るから、与茂吉もおたきもそのつもりでいるんだよ」

お浜は舛屋に戻り次第、嘉兵衛が命じた偽りの不義を盾に、彼に隠居を迫るのだろう。おそらく自分もその場に引っ張り出され、嘉兵衛とお浜双方から激しく責め立てられるに違いない。

嘉兵衛があの癇性な声で自分にくってかかる様を思い浮かべ、与茂吉はわずかに苦笑いを浮かべた。

――旦那さまは確かに舛屋の旦那さまだが、あっしの旦那さまはあのお人じゃねえ。

そう自分を小僧からたたき上げ、今の今まで育ててくれた主は、お浜や大番頭やおたきや、大勢の奉公人たちが身を寄せて支えあっている「舛屋」のお店そのものだ。

隣か、さもなくば階下の客だろうか。どこからともなく、賑《にぎ》やかな伊勢音頭が聞こえてくる。

「遅くなってすみません。灯りをお持ちしました――」

女中の声に目を転じれば、障子の向こうに灯火が一つ、揺らめいていた。

その灯りと歌声が、記憶の奥底の嘉兵衛の声を掻《か》き消していくかに感じ、与茂吉は目を閉じた。

みぞおちの痛みは、いつの間にかすっかり消え、ひどく温かいものがゆっくりと全身を浸し始めていた。

第十話　竹柱の先

堤の上で悲鳴が起こったとき、芦生彦四郎《あしおひこしろう》は河原の石に腰かけ、父の泰蔵《たいぞう》に昼餉《ひるげ》を使わせていた。

四十歳を越えてから目を病みはじめた泰蔵は、この一年で急速に眼の光を失い、今では盲目同然の身である。

にわか目病みは勝手が悪いと俗に言うが、なるほど泰蔵は竹筒に入った白湯《さゆ》と握り飯だけの昼餉でも、誰かの介添えがなければおぼつかない。

しかしさすがに年の功というべきか、ただならぬ気配に辺りを見回したのは、まだ二十歳に届かぬ息子より、泰蔵の方が早かった。

「どうぞ、どうぞおやめください」

「ええい、じじい。邪魔だ、放せ」

どすのきいた声に混じり、女の甲高《かんだか》い悲鳴が頭上から降ってくる。

その場に跳ね立った彦四郎の目に飛び込んできたのは、下帯にどてらを羽織った雲助が、二人がかりで旅の武家娘を引きずっていこうとする姿であった。

その足元では、娘の供らしき老人が、肩荷を放り出し、懸命に彼らに追いすがっている。

「じいや、じいや」

まだ十五、六と思《おぼ》しき娘は、荒くれ雲助の赤銅色《しゃくどういろ》の腕にかいこまれながらも、必死に逃げ出そうともがいていた。細い脛《すね》が露わになり、冬枯れた野面に蹴出《けだ》しの紅色がぱっと鮮やかだった。

伊勢国・石薬師《いしやくし》宿にほど近い、鈴鹿川《すずかがわ》沿いの脇街道《わきかいどう》である。

本街道はいざ知らず、このようなところを通る旅人は、ごく限られているのだろう。白々とした陽射《ひざ》しが降り注ぐ神無月《かんなづき》の野は閑散としている。

主従の悲鳴をよそにすれば、時折、藪陰《やぶかげ》で騒ぐ川鳥の声が聞こえるばかりの長閑《のどか》さであった。

「彦四郎、何事が起きておるのじゃ」

「雲助が二人、主従と思しき武家の娘御と老爺《ろうや》に狼藉《ろうぜき》を働いておりまする。父上、御免」

歯がゆそうな泰蔵に口早に状況を伝えるや、彦四郎はかたわらに置いていた大小をすばやく腰にたばさんだ。袴《はかま》の股立《ももだ》ちを取り、小走りに堤を駆け上がった。

土手の上では、供の老爺が幾度突き飛ばされてもなお必死の形相で、娘を抱えた雲助の腕にしがみついていた。

「じじい、邪魔しやがるとこうだぞ」

その襟首《えりくび》をもう一人の雲助が背後からつかみ、土手の向こう側に投げ飛ばしたのと、彦四郎が彼らの前に立ちはだかったのはほぼ同時だった。

「おぬしら、待て」

「なんでえ、てめえ」

不意に現れた彦四郎の姿に、雲助たちは一瞬ぎくりと身をすくませた。だがすぐに鼻をふんと鳴らし、薄いせせら笑いを浮かべた。

なるほど、所々破れた野良袴に道中合羽を着込んだ彦四郎は、どこから見ても貧相な旅の浪人である。ましてやそれが、ひょろりと細っこい若者であれば、屈強な彼らに侮られるのも無理はなかった。

「おぬしら、その娘御を放せ」

「なんだとしゃらくせえ。邪魔するつもりか」

二人が気色ばんだその刹那《せつな》、彦四郎は体を低く屈《かが》め、娘を抱えた雲助のふところにぱっと飛び込んだ。不意をつかれた相手が身構える隙《すき》もあらばこそ、鞘《さや》ごと抜いた大刀の柄頭《つかがしら》でその喉元《のどもと》を突き、後ろに二、三間とびすさる。

「ぐえっ――」

急所への一撃に、雲助は思わず娘を放し、両手で喉を押さえて転倒した。それを振り返りもせず、彦四郎はもう一人の雲助に素速く向き合うと、まだ鞘走らせぬままの大刀を左手に持ち、身体を左に開いて半身に構えた。

「この野郎っ」

よほど腕力に覚えがあるのだろう。雲助は乱杭歯《らんぐいば》をむき出して喚《わめ》き、地響きを立てて彦四郎に突進した。

「あっ、危ないっ」

土手道に投げ出された娘が、思わず甲高い悲鳴をあげた。

しかし彦四郎はその体を軽く身をひねってかわし、たたらを踏んだ雲助の背中を鐺《こじり》で強打した。砂煙を上げて倒れこんだ背に馬乗りになり、太い腕をねじ上げる。

骨のきしむ音が、土手道にぎりりと不気味に響いた。

「い、痛え。放してくれ」

高く上った日差しのせいで、菅笠《すげがさ》をかぶった彦四郎の顔は影になっている。それが得体の知れなさを感じさせるのだろう。先ほどまでとは打って変わり、恐怖すら覚えた様子で、雲助は声を上ずらせた。

「お、俺たちが悪かった。もうこんなことはしねえ。放してくれよう」

「まことに狼藉《ろうぜき》はいたさぬか」

低い声で尋ねる彦四郎に、男はがくがくと幾度もうなずいた。

正規の問屋場で客を求める人足と異なり、宿場外れにたむろする雲助や馬子たちの中には、ならず者同然の振る舞いをする者が少なくない。彼らはこと女や年寄りと見れば、法外な賃金をふっかけたり、代金を先取りして荷物ごと行方《ゆくえ》をくらましたりといった悪さを働くことで知られていた。

このため女連れの旅人は、連れにわざと薄汚れた着物をまとわせ、顔に泥を塗ったり、痘痕《あばたあと》があるかのような醜い化粧を施すことで、そうした狼藉を避けるのが常である。

さりながら今、道端に座り込んだままの娘は、塵除《ちりよ》け代わりの藍《あい》の浴衣《ゆかた》をゆったり着込み、片はずしに結った髪に紙帽子をかけた美々《びび》しい旅姿。おおよそ冬枯れの脇街道には、似つかわしくない。傍若無人な雲助たちによい鴨《かも》とばかり眼をつけられてもしかたがない装いであった。

——これでは一概に、この者たちのみを責められぬわい。

彦四郎は少々呆《あき》れて、まだあどけなさの残る娘の顔にすばやく目を走らせた。

「重ねてかような悪さをすれば、次は決して捨て置かぬぞ」

よし、行け、と彦四郎に肩を突かれた雲助は、まだ喉元を押さえてうめいている相方を担ぎ上げ、あたふたと土手道を逃げ去っていった。仲間の重みによろめきながら、こちらを振り返りもせず駆ける姿は、なにやら滑稽《こっけい》ですらあった。

一部始終に耳をそばだてていた泰蔵が、杖をつきつき堤を登ってくる。それを視界の端に捉《とら》えながら、彦四郎はかたわらの武家娘を振り返った。

「お女中、大丈夫でございますか」

品のよい顔はまだ青ざめ、唇の端も引きつっている。それでも転がっていた杖と笠を彦四郎から手渡されると、彼女は震えを残した足を励まして立ち上がり、丁寧に頭を下げた。

「危ういところをお助けくださり、ありがとうございました」

「街道にはああいった輩《やから》も多うござる。どうぞお気をつけなさいませ」

宙に虚《うつ》ろな眼を向けたまま、泰蔵がおだやかな声で忠告するのに、娘はようやく表情を和らげてこくりとうなずいた。

その間に彦四郎は土手を反対側に駆け下り、藪笹《やぶざさ》の中でうめいていた老爺を担ぎ上げてきた。こめかみから血を流し、全身、細かな茨傷《いばらきず》だらけのその姿を見るなり、

「じいやッ、よかった」

と、娘は泣き出さんばかりの顔つきで、老爺に抱きついた。

鶸《ひわ》の甲高い鳴き声が、不意にはっきりと聞こえ出した。

「わたくしは江戸小石川の旗本・大槻玄蕃《おおつきげんば》の娘、蕗緒《ふきお》と申します。ご奉公申し上げている旦那《だんな》さまのお供で京に向かう道中、ゆえあってご一行に遅れ、お後を追っている最中でございます」

投げ落とされた際に片足を折ったらしく、老人は満足に歩くことが出来なかった。

江戸を目指す彦四郎たちからすれば、京の都は反対の方角である。だがあの雲助たちが仕返しに戻ってくるとも考えられる以上、蕗緒主従をこのまま放り出すわけにもいかない。

「どうせ急ぎの旅ではないのだ。近くの宿場まで、お送りいたそうではないか」

泰蔵の一声で、彦四郎が老爺を背負い、蕗緒が泰蔵の手を引きながら西へ向かうこ

となった。

蕗緒は十五歳。五年前から、大奥で中年寄を務める遠縁に、部屋子として仕えているという。

旦那さまとは高位の奥女中に対して奉公人が用いる呼称。だが中年寄といえば、大奥の最高責任者・御年寄の補佐にあたる重職である。その部屋子がなぜ、主《あるじ》と別れてこのような脇街道にいるのか。本街道までの道中で、蕗緒はその理由を、幾分、恥ずかしげに語った。

蕗緒の主が、江戸から京に向かう旅に出たのは半月前。御台所《みだいどころ》の父である前関白《さきのかんぱく》を見舞うべく、上使《じょうし》役を仰《おお》せつかっての上洛《じょうらく》であった。

なにしろ御台所の代理たる御中﨟《ごちゅうろう》の旅である。一行には彼女に仕える局《つぼね》や相ノ間《あいのま》といった女中から、蕗緒のような部屋子、供侍、女医師に荷持ちの男衆、更には各腰元の付き人までが加わり、ちょっとした小名の参勤行列にも劣らぬ華やかさとなった。

旗本の家に生まれ育った蕗緒は、これまでご府内から出たことがない。それだけに、見るもの聞くものの全てが目新しくてならず、主はもちろん、同僚たちから苦笑されるほどのはしゃぎっぷりを見せた。

だがそれが裏目に出たのだろうか。これまで大奥でも鼻風邪ひとつ引かなかった彼女は、三河《みかわ》近くで体調を崩し、七里の渡しを目前にした宮の宿でとうとう高熱を出して寝付いてしまったのである。

部屋子が病に臥《ふ》したぐらいで、お上使役が足を留めるわけにはいかない。やむをえず主は、宮の本陣に蕗緒を託し、

「急がずともよい。病が癒《い》えたなら追いついてまいりなされ」

と言い残し、西へと出立したのである。

「ようやく熱も下がり、じいやとともに宮宿を後にしたのが昨日。なにしろ総勢三十人もの行列ゆえ、旦那さまのご一行はまださほど遠くに行っておられぬはず。お後を追おうと気がはやり、近道をと脇街道に入ったのが誤りでございました」

そこで付きまとわれた雲助を振り払えず、勧められるままに脇道から更に脇へと逸《そ》れたところで、先ほどの騒動になった。蕗緒はそう、悔しそうに語った。

供の老爺は蕗緒の実家の中間《ちゅうげん》で、名は治平《じへい》……今回の上洛に際し、彼女の従者として加わった男という。

「それはご災難でございました。されどああいった手合いが多いのは、やはり脇街道。本街道は、旅人が格段に多うござる。これから先、用心なされれば、あのような不埒《ふらち》者《もの》には滅多に遭いますまい」

泰蔵に慰められ、蕗緒は幾分表情を和らげた。

落ちついて見れば、くっきりとした目鼻立ちが愛らしい娘である。華やぎのあるその横顔を眺めながら、彦四郎は先ほどから、彼女が己の主の名を口にしないことに気づいていた。

降りかかった火の粉とはいえ、ならず者に拉致《らち》されそうになった事実は、彼女の養い親の名に傷をつけることも考えられる不祥事。蕗緒は主に奇禍が及ぶを恐れ、その名を告げる不用意を避けているのだろう。

さりながら、目を病んだ泰蔵を労《いた》わり、人馬の行き来が少ない脇街道を選んできた自分たちが知らぬだけで、中年寄ご一行の上洛という華やかな話題は街道筋では、さぞ喧伝《けんでん》されているはずだ。

かようなことに思い至らず、ただここで口をつぐめばよいと錯覚する点が、世間を知らぬ武家娘の浅はかさである。だが、彦四郎はあえてそれを指摘しなかった。

別に蕗緒を侮ってではない。

「それがしは近江《おうみ》国大津で寺子屋を開く、北国浪人芦生泰蔵と申しまする。これなるは倅《せがれ》の彦四郎。知る辺を頼り、ご府内に参る途中でござる」

という泰蔵の名乗りにうなずいたきり、余計な詮索《せんさく》をしなかった彼女への返礼の気持ちが、彼をそうさせたのである。

人は誰しも、深く立ち入られたくないことの一つや二つあるものだ。ましてや今回の江戸行きは、泰蔵の目を医師に診《み》せるとともに、彦四郎にとっては母、泰蔵には妻である松乃《まつの》の消息を求める旅でもある。

いらぬことを口にしたくないのは、彼らも蕗緒も同じであった。

――江戸小石川か。

はるかな江戸の町に思いを馳《は》せ、彦四郎は薄雲がたなびく冬空を見上げた。

京の都の賑《にぎ》わいしか知らぬ若い彦四郎に、将軍家お膝元《ひざもと》の繁華さは想像しがたい。

だがそのまだ見ぬ町には、もはや顔すら忘れかけた母が暮らしているはずだ。

そう思うと、江戸からやってきた主従にわずかな親しみすら湧いてくる。彦四郎は柔和なまなざしで、蕗緒を振り返った。

母が自分たち父子を残して、大津を後にしたのは、今から十二年前の春であった。

その二年前から床に臥《ふ》したままの泰蔵を養うべく、わずかな伝手《つて》を頼って、美濃加納《みのかのう》藩の江戸下屋敷へ女中奉公に出たのである。

彦四郎はこのとき、六歳であった。

「よいですか、そなたはまだ幼いですが、芦生家の立派な跡取り。病床の父上を助け、学問にも剣術にも励むのですよ」

旅立ちの朝、松乃は宿場外れまで見送りに出た彦四郎の肩を強くつかみ、ひどく硬い顔で言い諭した。

ここ数年続く飢饉《ききん》で、諸藩はどこも財政難に喘《あえ》いでいた。いったん禄《ろく》を離れた浪人が召し抱えられる例は、世にほとんどない。その妻女の御殿勤めが叶《かな》っただけでも、極めて稀有《けう》な話であった。

無論、松乃が奉公に出たからと言って、夫までが加納藩に仕官できるわけではない。だが泰蔵同様浪人の家に生まれた勝気な松乃は、一も二もなくこの奉公話に応じた。なにしろ彦四郎をまじえた親子三人暮らしは貧しく、泰蔵が病みついて以降二年で、たくわえは底をつきかけている。

泰蔵の腰のものは、とうの昔に竹光《たけみつ》に代わった。松乃の着物や笄《こうがい》も、質に入って久しい。

彼女が働きに出る以外に、もはや金策の道は残されていなかったのである。

仲立ちをしたのは、加納藩家中に嫁いでいた遠縁。二十両という支度金も、血縁の口利きのおかげであった。

「いずれのご家中であれ、奉公に上がるとなれば、離れて暮らさねばならぬのは必《ひっ》定《じょう》。なればいっそ遠く離れた江戸の方が、お互いけじめがついてよいやもしれませぬ」

奉公の件を打ち明けられ、泰蔵は布団から跳ね起きて驚愕《きょうがく》した。しかし松乃はきっぱりとこう言い捨てると、支度金を丸々夫に渡し、気丈にも一人で出府したのである。

「夫が家に残り、妻が江戸へ出稼ぎに参るなど、まったく男女が逆。彦四郎、我が妻ではあるが、おぬしの母上はまっこと腹の据わった女子じゃぞ」

生来、気性の大人しい泰蔵は、彦四郎を膝の上に乗せて苦笑いをした。

商家への奉公とは違い、御殿奉公に、決まった給金は与えられない。だが才気走った松乃は、すぐに下屋敷の主である永井《ながい》伊豆守《いずのかみ》の妻子たちのお気に入りとなった。彼らから賜り物をするたび、それらを金に換え、大津の夫のもとへ送った。

無論、泰蔵も妻に甘えきっていたわけではない。三年がかりで病を癒すと、畳んでいた寺子屋を再開し、界隈《かいわい》の子供らへの読み書きや剣術の指南に励んだ。

松乃からは月に一度、長い手紙が届く。そこには永井伊豆守の末娘付の老女に取り立てられたとの動向や、彦四郎はさぞ大きくなっただろう、江戸は常時そこかしこで普請《ふしん》が行われ、どこにいってもうるさくてかなわぬといった事柄が書き連ねられていた。

「姫君の側仕えに留《とど》まらず、腰元たちを束ねる老女に任ぜられるとは。松乃はまことわしなどには惜しい女子じゃ」

ところが彦四郎が十二歳になった春頃から、松乃の動向に変化が現れた。

頻繁だった便りが途絶えがちになり、やがて、泰蔵や彦四郎が送る書簡にも返信がなくなったのである。同時に、仕送りまでがぱったりと止《や》んだ。

「これはどうしたわけじゃ。仮に病を得て、臥せっているとしても、手紙の一通ぐらい送れように」

さりながら秋が過ぎ、湖面に雪の降りしきる季節になっても、松乃からの便りは絶えたままであった。

日常の米や野菜は、手習い子の親たちが届けてくれる。送金が途切れても生活に困りはしないが、なによりも気になるのは、松乃の安否であった。

指折り数えてみれば、彼女が江戸に出てから早六年が過ぎている。何事か起きたのではと案じても、彼女を推挙した遠縁は既に亡く、身の上を尋ねられる心当たりはなかった。

非礼を承知で、加納藩江戸屋敷に書状を送っても、返答はなかった。

「もし万が一のことが起きたのなら、形見の一つぐらい届けられてしかるべき。それすらないとは、いったいどういうわけじゃ」

わざわざ訪なうには、江戸は遠すぎる。もし松乃が大津への帰路にあるとすれば、行き違いになりかねない。そう思うと、気軽に出府もしがたかった。

「ひょっとしたら松乃は、お暇をいただいて大津に戻る途中で病みついているのかもしれぬ。混乱を避けるのであれば、我らはここで松乃を待つべきなのやも——」

優柔不断な泰蔵が手をこまねいている間に、季節は巡り、一年が過ぎた。

松乃からは依然として便りはない。もはや期待も失せた頃になって加納藩下屋敷から書簡が届いたものの、その内容は「お尋ねの女中の儀、昨年五月に逐電《ちくてん》いたし、当屋敷にては最早召し使いてはおらず。更なる委細知る者なく候《そうろう》」というそっけないものであった。

彼女が仕えていた永井伊豆守の末娘・吉姫《よしひめ》は、先年、越後長岡藩十二万石の領主・牧野《まきの》房前《ふささき》の嫡男に嫁いだ。ひょっとしたら松乃は彼女に従って長岡藩邸に移り、忙しさに取り紛れて便りが送れぬだけではないか——必死にそう考えようとしていた矢先だけに、逐電という二文字は、父子の心を奈落《ならく》に落とした。

「少なくとも、身まかったわけでないとはわかったが——」

一体、松乃はどこに消えたのか。

日が経つにつれ不安は増すばかりだが、それを言葉に出すことも憚《はばか》られる。二人がここであれこれ取り沙汰《さた》したところで、なにが変わるわけでもない。

だが足の裏をじわじわと焼かれるに似た焦燥を抱きながら三年の年月を過ごした冬のある日、更なる不幸が父子の上に降りかかった。

近所の者に誘われて湖に釣りに行った泰蔵が、帰宅するなり視界の暗さを訴えたのだ。

「浜風に当たったのが悪いのじゃろう。案ずることはない。すぐによくなるわい」

さりながら数日を経るうちに、彼の目は快方に向かうどころかどんどん光を失っていった。

あわてて近所の医師を呼んだものの、診立てはおぼつかなかった。逢坂山《おうさかやま》を越えて京都まで出向き、何軒かの医家の門を叩《たた》きもした。だが彼らの診断はいずれもまちまちで、処方された薬をいくら用いても、泰蔵の目はいっこうによくならなかった。

すでに元服を済ませていた彦四郎は、泰蔵に代わって寺子屋の子供の面倒を見始めた。泰蔵は暇々には手習い子たちの素読に耳を傾け、不慣れな杖を使って外歩きに出かけた。

松乃にこの件を伝えようにも、彼女の消息は相変わらず杳《よう》として知れない。

「やはり松乃はわしには過ぎた女子だったのじゃわい」

「なにを仰《おっしゃ》られます」

光を失ってからというもの、泰蔵は愚痴《ぐち》めいた言葉をもらす折が増えた。

そんな父をたしなめながらも、彦四郎はそれ以上、泰蔵になんと言葉をかけるべきかわからなかった。

泰蔵はいまだに、松乃は何か事情が出来て大津に戻ってこられないと信じている。だが、おそらく母親をはっきりと覚えていないためであろう。彦四郎の中で松乃の面影は、もはや遠いものと変わっていた。

いつしか彼は、母は武家奉公に出て行方知れずになったのではなく、この大津から、いや更に言えば、浪人の妻の日々から逃げ出したのだと考えるようになっていた。

――浪人暮らしのつらさ悲しさは、若いわしにも身に染みてようわかる。母上がわしたちを捨てたのも無理からぬ話じゃ。

無論、泰蔵にそんな推測は告げられない。自分でも不思議なことに、彦四郎は己の推測した母の行動をごく当然のものと受け止め、ほとんど嫌悪感を抱かなかった。

「江戸に大野《おお》良山《のりょうざん》とおっしゃる医師がおられる。もとは漢医の家に生まれた御仁じやが、長崎で蘭学《らんがく》を学ばれ、目の病であればこの方の右に出るお方はまずおるまい」

それゆえ、京都・堺町の眼科医の勧めを受け、泰蔵が江戸に向かおうと言い出したときも、彦四郎は「父上にしては、すばやい決断をなされたものじゃ」と考えたきり、松乃のことなど、まったく念頭に上らせなかった。

旅支度を整えた二人が大津を後にしたのは、湖岸を囲む山々の紅葉が褪《あ》せ始めた季節。降りしきる枯葉を踏みしめながら瀬田の唐橋《からはし》を渡った彦四郎は、背後からかけられた父の思いがけない言葉に、愕然《がくぜん》として立ちすくんだ。

「実はのう、彦四郎。わしが江戸へ向かうと決めたのは、眼病のみが理由ではないのじゃ」

「なんと仰られました」

彦四郎が振り返ると、泰蔵は叱《しか》られた子供のような顔つきで、弱々しく首を振った。

「おぬしは愚かと笑うやもしれぬ。されどわしはどうしても、松乃をこのままにしてはおけぬ。己の足で江戸を歩き回れるだけ巡り、それでもなおあれが見つからねば、わしも納得が出来ると思うのじゃ」

このまま大津でのうのうと過ごしては、松乃にも己自身にも申し訳が立たぬ。そう頭を下げられ、彦四郎は言葉に詰まった。

ここで松乃探しに反対すれば、泰蔵は「ならば江戸には参らぬ」と言い出すだろう。寺子屋を畳み、近所の者や子らの親たちから餞別《せんべつ》までもらった身としては、大津にとって返しもしがたかった。

松乃からの音信が絶えてから六年の歳月が経っている。いまさら江戸に出向いても、彼女の消息がつかめるとも考えがたい。それでもなお、盲目に近い身を押して出府せんとする泰蔵の心情を思うと、手厳しく異を唱えることも、ましてや己が考えている母の失踪《しっそう》の理由を口にすることも憚《はばか》られた。

大津を離れるまで、旅立ちの真意を打ち明けなかったのは、彦四郎の反対を予測してであろう。泰蔵は息子と自分の、松乃に対する思いの丈《たけ》の差を敏感に感じ取っているのだ。気弱な父の精一杯の主張に、彦四郎は哀れさすら覚えた。

「父上がさようお考えであれば、それがしに異論はございませぬ。ただし――」

江戸に着いたらまず大野良山のもとに向かい、松乃を探すのは治療が一段落ついてからにする。江戸滞在は長くとも半年を限りにし、それを過ぎれば潔く大津に戻る。この二点を条件に、彦四郎は江戸への旅を続けることとした。

いわば今回の江戸行きは、泰蔵の気持ちを納得させるための旅。だとすれば、松乃の不在が腑《ふ》に落ちるまで付き合うしかない。そう覚悟を決め、彦四郎はここまでやって来たのであった。

「旅慣れぬお女中に、長旅はお辛《つら》かろう」

「いいえ、旦那さまのお供でもなければ、京の都に参る折もなかったでしょう。天子さまのおわす京は、ぐるりを山に囲まれた、それはそれは美しい町とやら。さよう聞きますと上洛が楽しみで楽しみで、なにやら申し訳ないような気持ちにすらなります」

泰蔵と彼の手をひいた蕗緒が、楽しげにしゃべり交わしている。

先ほどの土手道から四半刻《しはんとき》ほどでたどりついた本街道は、脇道の静けさが嘘《うそ》のように多くの旅人でにぎわっていた。

あと一刻足らずで日が落ちるため、彼らの足取りはいずれも気忙《きぜわ》しい。今日中に鈴鹿山を越えようというのだろう。四人がけの道中駕籠《かご》が、周囲の人々を突き飛ばさんばかりの勢いで駆けて行った。

「父上、まもなく亀山のお城下でございますが、いかがいたしましょう」

「さようか——」

彦四郎の声に、泰蔵は空を仰いだ。

物の形は判別出来ずとも、周囲の明るさや天候の具合はまだわかる。日暮れまであとどれほどの時間が残されているかを推し量ったのである。

「次の関宿まではほんの二里足らず。ここまで参ったのじゃ、もうしばし足を延ばした上、どこぞに宿を取られるまでお送り申そう」

「申し訳ございませぬ。かように気を使っていただいて――」

「わしが歩けさえすれば、こんなご迷惑はおかけしませぬのに、まこと面目ございませぬ」

蕗緒が再び頭を下げるのにあわせ、彦四郎の背中の治平もしおたれた声で詫《わ》びた。

「よいよい、袖すり合うも他生《たしょう》の縁と申すではないか。それよりも関宿に入られたら問屋場に申し付け、先を行かれる旦那さまに、治平どのが怪我をされた旨を知らされるべきでござるのう」

泰蔵の指示はさすがに的確だった。

「確かに仰られる通りでございます。ああ、でも、そんなことをお知らせしたら、旦那さまはどんなにご案じになられるやら」

ほっそりとした片手を頬《ほお》に当て、蕗緒は困惑の声を出した。

まだ幼さを残したそのしぐさは愛らしく、彦四郎は年嵩《としかさ》の手習い子を見ているような気分で、小さく微笑《ほほえ》んだ。

「旦那さまなるお方は、さように厳格なお人でらっしゃるのですか」

彦四郎の問いかけに、蕗緒はいいえ、と慌てて首を横に振った。

「そんなことはございません。もちろんお役目には厳しく当たられますが、心根の温かな優しいお方でらっしゃいます。特にわたくしには実の娘か妹のように接してくださり、かえって申し訳ないほどでございます」

つぶらな目を大きく見開き、蕗緒は懸命に抗弁した。

「わかりました、わかりました。蕗緒どのは、よほど御主を尊敬しておいでと見える」

「もちろんでございます。わたくしには憧《あこが》れのお方、あんなすばらしいお人の部屋子に上がれるとは、蕗緒は幸せ者でございます」

大奥では奉公に際し、殿中で見聞きしたことの一切を余人に告げてはならぬとの約《やく》定《じょう》を交わすという。とはいえ部屋子の主自慢程度なら、その禁には触れぬのだろう。むしろ主の話が出来るのがうれしいといった様子で、蕗緒は言葉を続けた。

「旦那さまは四十歳、他のお年寄の方々に比べてお年でおられますが、その分、様々な苦労を重ねて来られたお方で、わたくしはもちろん、お末の者たちにもいつも優しく接してくださいます」

「大奥に奉公なさる方々は、おおかたが旗本衆か富商の子女とうかがいますが――」

そんな出自の女性でも、苦労といえる苦労があるのか。彦四郎の不審に、蕗緒はちらりと周囲をうかがうと、彼の耳に顔を寄せた。

「お助けくだされた芦生さまでございますから、お話し致します。旦那さまはわたくしの叔母――つまりわたくしの祖父の養女として大奥に入られましたが、これはあくまでも表向き。まことのご出自は、浪人のご妻女でらっしゃるのです」

意外な告白に、彦四郎は彼女の顔をえっと見やった。

しかしそんな父子にはおかまいなしに、蕗緒は邪気のない声で続けた。

「以前、旦那さまはわたくしの父の懇意である、とあるお方のお屋敷に奉公しておられました。その聡明《そうめい》さと気立てのよさはお屋敷でも評判だったと聞いております。父は当時書物奉行をおおせつかっておりましたが、折しも時は、将軍家の御代替わりの直後……。旦那さまのご気質に目をつけた父は、旦那さまを己の妹として養子縁組し、大奥奉公に上がらせたのでございます」

親類が大奥の権勢者となれば、実家に余徳がもたらされることは言うまでもない。とはいえ大奥は一生奉公を原則とするため、出仕に際しては娘と実家双方に相当の覚悟が必要であった。

うれしげに主自慢を続ける彼女とは正反対に、彦四郎の表情は先ほどまでの笑顔の名残を張り付かせて強張《こわば》っていた。

御殿奉公をしていた浪人の妻女、年は四十歳……将軍家の代替わりがあったのは六年前の春、ちょうど松乃が消息を絶った時期と一致する。

――いや、屋敷奉公をしていた母と同い年の女性など、この世にはごまんといるはずだ。

そんな偶然があるわけがない、との思いと、もしかしたらという疑念が交互に胸に去来し、彦四郎は思わず息をあえがせた。

見れば泰蔵もまた、口元を不自然にひきつらせている。同じことを考えているのは明らかであった。

「どうなさいました、芦生さま」

怪訝《けげん》な声に、彦四郎ははっと我に返った。

もしこの予想が当たっているなら、そこにはしがない浪人者には抗い難い力が働いていることになる。

彼は無理に笑顔を繕った。

「あ――いや、何でもござらぬ。思いがけぬお話に、少々驚いただけでござる」

されど、と彦四郎は声を低めた。

「蕗緒どのの主どのは、もとは浪人のご妻女と仰られましたな。それではそのお方には、ご夫君や子供もおられたのではありますまいか」

ええ、と蕗緒は無邪気な顔つきでうなずいた。

「最初のお屋敷においでの頃は、まだご家族がおられたとうかがっております」

「まだ――でございますと」

「はい、ご奉公に来られてしばらく後、ご夫君とお子様方は、相次いで流行《はや》り病にかかって亡くなられたとやら。旦那さまが父の勧めに従い、一生奉公のお覚悟をつけられたのも、そのような仔細《しさい》を忘れたいがゆえと仄聞《そくぶん》しております」

――まさか。

彦四郎の背中を、寒気にも似たものが走った。

妻が奉公に出ている間に、残された家族が全員亡くなり、それをきっかけに大奥奉公に踏み切る。

そんな都合のいいことが、そうそう起こるはずがない。やはり蕗緒が語る主人とは、わが母なのではなかろうか。

確かに松乃は傑物だ。その聡明さを蕗緒の父に見出され、代替わりとともに大奥に一生奉公に出たと考えれば、すべての説明がつく。

漠然と思い巡らせていた推測が、蕗緒の弁で裏付けられた心地であった。

――そして大奥に上がるに際し、後々身の障りともなりかねぬ我々を切り捨てられた……。

不思議にもその途端、これまで松乃に寄せていた同情が一度に消え失せた。代わりに、自分でも驚くほど激しい怒りが、胸の中でかっと鎌首《かまくび》をもたげた。

これまでの諦念《ていねん》が嘘《うそ》のような、荒々しい感情だった。

彦四郎の変化に気づくよしもない蕗緒は、相変わらず天真爛漫《てんしんらんまん》な口ぶりで主を誉《ほ》めそやしている。

先ほどまでは愛らしいと感じていたその仕草ですら、いまの彦四郎には我慢のならない驕慢《きょうまん》なものと映った。

亀山の町筋を過ぎると、鈴鹿《すずか》の険しい山並みが急に目前に迫ってくる。鈴鹿川を左手に眺めながら大岡寺畷《だいこうじなわて》を抜ける間も、彦四郎の頭は熱を帯びたように火照っていた。

関宿は伊勢別街道や大和《やまと》街道への分岐点にほど近く、鈴鹿の山越えをひかえた旅人が多数足を留《とど》める場所。それだけにやがてたどりついた宿場の混雑は、亀山や石薬師の比ではなかった。

「わたくしが病みついた宮宿も、繁華な町でございましたが――」

陽は既に、山の向こうに沈み始めている。

蕗緒は先ほどから、宿を求める人々でにぎわう町並みを物珍しげに見回していた。

だが不意に、あっと声を上げるなり、彦四郎の腕をつかんだ。

「ご覧下さいませ、芦生さま。あそこに宿札《やどふだ》が上げられておりまする」

宿札は関札《せきふだ》とも言われ、参勤交代の大名や旗本、幕府役人や門跡《もんぜき》などが本陣に休泊する際に立てられる木製の札である。

蕗緒が指差す先を見やれば、本陣と思しき豪壮な門構えの傍らに、竹矢来で囲まれた二抱えほどの土塁が築かれている。宿札はその中央に立てられた長い竹柱の先端に結わえられ、鈴鹿山から吹き降ろす冷たい風に先をゆらゆら揺らしていた。

本陣の門には幔幕《まんまく》と提灯《ちょうちん》が掛けられ、供侍や町役らしき人々の出入りもあわただしい。高位の人物が宿泊していることは、明らかであった。

「お嬢さま、あれは旦那さまのお宿ではございますまいか」

彦四郎の背中から、治平が声を上ずらせた。

「ほれ、あそこにおいでなのは、お供の岡林さまでございます。鈴鹿越えを前に、今宵《こよい》はここにお泊まりなのに相違ございません」

治平の言葉に、蕗緒は大きくうなずき、彦四郎と泰蔵の顔を交互に見比べた。主に追いつけたことが嬉しくてならないのだろう。ひどく晴れやかな顔つきであった。

「芦生さま、お聞きの通りでございます。おかげをもちまして、ようやく旦那さまに追いつくことが出来ました」

「――いや、礼には及びませぬ」

背中の治平をぎこちなく地面に下ろしながら、彦四郎の目は本陣の前の宿札に釘付《くぎづ》けになっていた。

夕闇は刻々と濃さを増し、界隈の提灯にはとっくに灯《ひ》が入っている。

しかし宿札があまりに高く掲げられているため、記されている文字は彦四郎たちのいる場所からでは読み取れなかった。

あの札には、蕗緒の主の名が書かれているはずだ。

もちろん、先ほど抱いた推測が本当に正しいのか、知るすべはない。仮にその通りだったとしても、松乃は局名《つぼねな》を与えられ、今は異なる名で呼ばれているはずだ。

そう承知しながらも、彦四郎の目は薄闇に揺れる宿札に吸い寄せられていた。

あそこに記される名を本当に見たいのか、それとも出来ることなら見ずに済ませたいのか、己でもよく分からなかった。

もし、その名を知り、直感的に蕗緒の主が母だと気付いてしまったなら、自分はどうすればいいのだろう。

凍りついたように身じろぎしない彦四郎と泰蔵に、蕗緒は訝《いぶか》しげに首を傾《かし》げた。しかしすぐに一礼すると身を翻《ひるがえ》し、本陣に向かって小走りに駆け出した。治平もまた、ぺこりと頭を下げ、痛めた足をひきずりながら彼女の後を追いかける。

門前にいた供侍が、二人の姿に驚いたように目を見張るのが、視界の隅に映る。だが今の彦四郎にはそれすらがどこか遠いものの如《ごと》く感じられた。

「彦四郎――」

泰蔵が何かを押し殺したような、硬い声を洩らした。

「宿札には、お泊りの方の名が書かれておろう。蕗緒どのの御主の御名は、何と記されているのじゃ」

空にはまだわずかに明るさが残っている。まだ今なら宿札の下まで歩み寄り、名を読むのはたやすいはずだ。ぐずぐずしていてはならない。あとわずかで、竹柱の先の文字は闇にまぎれてしまうだろう。

だがそれがわかっていても、彦四郎にはその数歩が歩み出せなかった。

「彦四郎、蕗緒どのの主は、松乃やもしれぬ。いや、松乃であってくれればよいと、わしは思うておる。頼む、宿札を読んでくれ」

泰蔵の懇願に、彦四郎は思わず堅く目を閉じた。

蕗緒の主が本当に松乃なのか、それはわからない。ただ明らかなのは松乃が姿を消し、いまだに行方知れずということだけだ。

泰蔵はあの宿札に書かれているのは妻の局名だと思いこもうとしている。そうすることで妻の不在に決着を付け、心の整理を行おうとしているのだ。そうすれば泰蔵は妻の失踪《しっそう》を自らの不甲斐《ふがい》なさゆえと諦めることができるのだろう。

真実などどうでもよい。泰蔵にとって必要なのは、本陣に泊まっている人物の名を知り、それを松乃だと思い込むこと、ただそれだけであった。

父のために宿札を読まねばならない。頭ではそう理解しながらも、彦四郎はその場をどうしても動けなかった。

目の見えぬ泰蔵は、宿札を読むことを、彦四郎任せに出来る。しかし母かもしれぬ人の名を、ここで父親に先立って知ることに、若い彼は恐怖に近いものを覚えていたのである。

「どうした、彦四郎。早《はよ》う宿札を読まぬか」

悲鳴に似た声で、泰蔵は息子を叱咤《しった》した。

「は、はい。宿札の御名は――」

彦四郎は顔を青ざめさせ、ゆらゆらと揺れる宿札を再び凝視した。

だがすぐに目をそらすと界隈を見回し、傍らの酒屋にかけられている「藤尾屋《ふじおや》」という看板をすがるように見上げた。

「ふ、藤尾――藤尾様御泊と、そう記されております」

「そうか、藤尾さま。藤尾さまと申すのか」

咄嗟《とっさ》に彦四郎が口にした偽りの名を幾度も小声で繰り返し、泰蔵は大きく息を吐いてうなだれた。

わずかな間に一回りも小さくなったように見えるその肩には、どこかしら、これで長年の肩の荷を降ろしたとでもいいたげな安堵《あんど》が漂っていた。

彦四郎はいま己のついた嘘の意味に気づき、その場に慄然《りつぜん》と立ち竦《すく》んだ。

血の気が音を立てて、顔から引いていくような心地すらした。

あやふやな推論と今自分が捏造《ねつぞう》した嘘の名を心の支えに、泰蔵は松乃の不在に決着をつけた。しかしその一方で自分は、事実を知ることを恐怖するあまりについてしまった嘘を、これから背負っていかねばならない。

そう、松乃に対する自分たちの思いは今、かつての互いのそれと、そっくり入れ替わってしまったのだ。

泰蔵は「藤尾」なる中年寄が妻だと強引に信じ、自分たちはそのために切り捨てられたと思い込もうと努めている。もはや江戸に着いても、彼は松乃を探さぬだろう。

だが泰蔵と違い、蕗緒の主の名すら知らぬ――いや、知ることから逃げた彦四郎の胸には、既に心に平安を見出《みいだ》した父親と正反対の、激しい不安の波が渦を巻いていた。「藤尾」の名が偽りだと知る彦四郎は、父のように己を納得させることは不可能だった。

蕗緒の主は何という名なのか、彼女は松乃と同一人物なのか否か、そうでないとすれば松乃はいったい今どこにいるのか――。

いくつもの疑問が、頭の中をぐるぐると回っている。

自分はこれから、己が生み出した嘘と明らかにしようのない真実への不安を抱え続けねばならない。その事実は、あまりに重く、暗い影をはらんでいた。

いつしか日はとっぷりと暮れ、町筋を行き交う人影も疎《まば》らになっていた。本陣の門前にかけられた提灯の明かりが、妙に暖かげに感じられた。

「風が冷たくなってまいったわい。彦四郎、そろそろ宿を探すとしよう」

はい、とうなずいて父親の手を取りながら、彦四郎は江戸についた後、ご府内を走り回るであろう自分の姿を脳裏に思い描いていた。

振り返れば、竹柱の先は宵闇に沈み、もはや宿札の存在すら明らかではない。おぼろげな母の面影が、彦四郎の胸に苦い悔恨とともにゆるやかに湧き上がってきた。

第十一話　二寸の傷

土間は足元が暗《くろ》うございます。どうぞ、お気をつけくださいませ。ああ、ほれ、そこに古い盥《たらい》が転がっておりまする。

ご覧の通り、仏間のほかには六畳と四畳半の二間しかない小さな観音堂でございます。ですが半丁離れた慶雲《けいうん》寺のお道具を拝借しているため、台所の品だけは、このようにそろっているのですよ。

ところがそれがまた、女の手に余るほどの大盥や、一抱えもある常滑《とこなめ》の大壺《おおつぼ》……もし厄介《やっかい》と思《おぼ》し召せば、慶雲寺の和尚さまにお頼みなさいませ。すぐさま修行僧を二、三人、人足代わりに寄越してくださいましょう。

その他にもお困りのことが起きれば、なんでも慶雲寺にご相談なさいませ。わたくしも風邪で寝込んだ折などは、しばしば寺の方々にお世話になったものでございます。

何しろ十六で慶雲寺の和尚さまのお導きで出家し、以来、九八年の庵《いおり》暮らし……それまで加納《かのう》藩士の娘として、質素ながらも家人にかしずかれて育って参っただけに、この目川村《めかわむら》に参った当初は、季節ごとに熱を出し、お坊さま方の手を煩《わずら》わせたものです。

そうでなくとも、剃髪《ていはつ》した当初は、己《おのれ》自身の悩み苦しみもあり、息をするのも苦しい毎日でございました。炊事や畑仕事でひび割れた手を眺《なが》め、情けなさに涙した夜もございます。

ここは街道沿いとはいえ、草津宿から一里も離れた小村。冬の夜、辺りがしんと静まった中に狐《きつね》の鳴き声が響くのも、お城下育ちのわたくしには心細うございました。ですが、人は何事にも慣れるものでございます。朝暗いうちからの看経《かんきん》も、お堂の掃除も、それが当然と思えば、さして苦ではございません。

掃除を終え、薄い味噌汁《みそしる》と麦飯の朝餉《あさげ》を取っておりますと、村の子らが三々五々、手習いのため集まってまいります。

仏前に文机《ふづくえ》を並べ、子供たちに文字を教える折のめまぐるしさ、やかましさ……かようににぎやかなひと時は、実家におりました頃《ころ》には、思いも寄らぬことでございました。

さよう、わたくしがここでの日々にいち早く光を見出《みいだ》せましたのも、村の子たちのおかげと申せましょう。

「武家の娘が、声を上げて笑うなどはしたない」

かように言われて育って来たわたくしにとって、お子たちの手を取っていろはを教え、彼らに導かれながら田畑を耕す毎日は、それまでにない新鮮なものだったのでございます。

またなによりも、この目川村はわたくしの故郷である加納のお城下から十七里の距離。男の足でも丸二日はかかる地でございます。

少なくともここにいれば、自分にまつわる噂《うわさ》に胸をかき乱されは致しませぬ。わたくしの素性を知るお人も、慶雲寺のご住職以外にはおりません。その事がなによりもわたくしの心を安らかにしてくれたのです。

——ああ、これはご無礼を。まだ名乗りもしておりませんでした。わたくし、僧名を桐妙《とうみょう》、元の名は妙《たえ》。父は黒川右源太《くろかわうげんた》と申し、代々、美濃加納藩五万石において、馬廻組頭《うままわりくみがしら》百五十石を頂戴しております。

わたくしがなぜ若い身空で世を捨てたのか、その理由はあなたさまも既《すで》に勘付いておられましょう。

先ほどからちらちらとご覧になっておいでのこの頬《ほお》の刀傷——いいえ、無礼とは思いませぬ。差し渡し二寸もある傷が人の顔にあれば、つい目を奪われるのが当然です。

これはわたくしの姉の婚礼の晩につけられたもの。さよう、わたくしはこの怪我《けが》が原因で、尼となったのでございます。仔細《しさい》を申し上げれば、とりたてて珍しい話ではございませぬ。さように驚かれまするな。

姉はわたくしと三つ違い、名を田津《たづ》と申し、血縁の贔屓目《ひいきめ》を差し引いても、色が白く、おっとりとした美しいお人でした。そのくせ、いったん意固地になると、誰がなんと言おうと動かぬ頑固《がんこ》さも持ち合わせておりましてな。幼い頃は、しばしばそれで泣かされたものでございます。

「田津、そなたに縁談が持ち上がっておるぞ」

城内から戻った父が上機嫌で切り出したのは、姉が十八、わたくしが十五の春でした。

「まあ」

父のむくつけな言い様に、姉さまは首筋まで真っ赤に染めてうつむきました。

「お相手は勘定吟味方《ぎんみがた》、外村五郎兵衛《とのむらごろべえ》さまのご嫡男《ちゃくなん》、右京《うきょう》どの。そなたより四つ年上の二十二歳で、藩道場・恒成館《こうせいかん》でも指折りの遣い手じゃ。かような良縁はそうそうあるまい」

「外村家の――」

　思わず口を差し挟んだのは、かたわらに居合わせたわたくしです。

「なんじゃ、妙。おぬし、右京どのを存じ上げておるのか」

「い、いいえ。そういうわけはございませぬ」

　わたくしなど、まだ乳臭い小娘としか思っていなかったのでしょう。父はそれ以上何も尋ねはせず、姉に向かって、右京さまの人柄をあれこれ説き始めました。

　父に告げた言葉に嘘《うそ》はございません。わたくしが存じ上げていたのは、同じ外村家の方でも、次男の信次郎さまだったのですから。

　それは姉に縁談が持ち上がる二月《ふたつき》ほど前。下女を連れて参詣《さんけい》した八幡《はちまん》さまの森で、わたくしは不用意にも下駄の歯を欠いてしまったのでございます。

　鼻緒が切れたのならば、挿《す》げ替えようもあります。ですが一本歯の下駄では、よほど慣れた者でないかぎり立つこともできません。

　このとき困惑しきったわたくしの前にしゃがみこみ、

「足を痛めるといけませぬ。お宅までお送り申しましょう」

と物静かに仰《おっしゃ》られたのが、たまたま通りがかられた信次郎さまでした。

木綿の白絣《しろがすり》に野袴《のばかま》。竹刀袋《しないぶくろ》を携えたさまは、道場の帰り道とお見受け致しました。ひょろりとした手足は長く、人品も卑《いや》しげではございません。

とはいえそのときはまだ、氏も素性も分からぬお相手、ご厄介になるわけには参りませぬ。そんなこちらの戸惑いに気づかれたのでしょう。信次郎さまはああ、と苦笑いを浮かべ、おもむろにその場に立ち上がられました。

「これは失礼。それがし、勘定吟味方外村五郎兵衛が次男、信次郎と申しまする」

外村五郎兵衛さまはまだ四十半ばの働き盛りですが、昨年、身体《からだ》を壊され、近々、ご長男の右京さまに家督を譲られると小耳にはさんでおりました。

右京さまといえば、優れた武芸の腕前から、かねてより家中でも評判のお人でございます。ただそれを誇るあまり、ご同門との悶着《もんちゃく》も多く、道場の師範さまも手を焼いておられるとの風聞もしきりでしたが、その方に弟君がおいでとは、わたくしはとんと存じませんでした。

部屋住みの気楽さでしょうか。目の前の信次郎さまは、細い眉《まゆ》といい少し離れた目元といい、どこか春風駘蕩《しゅんぷうたいとう》とした風情のお人でした。およそ噂に聞く右京さまと、血のつながったご兄弟とは思えませぬ。

「わたくしは馬廻組頭、黒川右源太の娘、妙と申します」

「ああそれでは、堀川町のお屋敷までお送りすればよろしゅうございますな」

そう言って、信次郎さまはにこっと微笑《ほほえ》まれました。その笑みはあまりに穏やかで優しく、わたくしは胸の中が温かな湯で満たされたような心地になりました。

ええ、あの方と言葉を交わしたのは、ただこの時のみでございます。ですがその一度が、わたくしにはかけがえのない一度となりました。

弟の吉之介《きちのすけ》どのに聞いたところでは、信次郎さまはわたくしより三つ年上。道場でも藩校・神学館《しんがくかん》でもこれといって目立たぬ、物静かなお人だそうでございます。

藩士の家では、次男以下の子息は嫁迎えを致しません。息子のいない家に婿入りするか、さもなくば独り身のまま一生を実家の一隅に埋もれさせるのが常のため、信次郎さまも兄上さまがご健在のかぎり、嫁取りをすることはまず有り得ぬのでございます。

我が黒川家は吉之介どのが跡取りと決まっており、わたくしもまた、いつかはどこかに嫁ぐ身です。いくら信次郎さまに淡い思いを抱いても、かなう道理はないのです。

そう自分に言い聞かせていた矢先だけに、姉さまが外村家に嫁《か》す偶然に、わたくしは軽い眩暈《めまい》を覚えました。

「どうかしましたか、妙どの。どこか顔色が優れませぬが――」

よほど強張った顔をしていたのでしょう。父上が去られると、姉さまは気遣わしげに眉をひそめられました。

「いいえ、何でもありませぬ」

家長である父の言葉は絶対です。ましてや本人でもないわたくしが、縁組に口を差し挟みなどできません。

――どうせ金輪際、あの方の妻には迎えられぬのだ。せめて姉さまを仲立ちにご縁が出来たことを喜ぼう。

わたくしは己にそう言い聞かせ、はかない邂逅《かいこう》を忘れようと努めました。

双方の家が乗り気とあって縁談は間もなく調い、輿入《こしい》れは霜月朔日《しもつきついたち》と決まりました。

その日、加納城下には朝から遅い初雪がちらつきました。

三方を川に囲まれた町並みは、日没とともにしんしんと冷え込み、やがて粉雪が降りしきる音までが聞こえてきそうな凍《い》てつきとなりました。

「これは瑞兆《ずいちょう》じゃわい」

そんな中、白無垢《しろむく》に身を包んだ姉さまは、雪の精が舞い降りたかと思われるほどの美しさでございました。

わたくしは花嫁の介添えを命じられ、姉の後ろに従って黒川家から外村家までの三丁ほどの道のりを歩きました。

　雪はなおも降り続き、武家町は一面の雪景色に変じております。

「妙どの、寒くはありませぬか」

「いいえ、姉さまこそ」

　道中、周りの目を盗み、わたくしたちは小声でそんなやり取りを交わしました。

　さすがに緊張しているのでしょう。綿帽子の下の姉さまの顔は血の気がなく、雪の色を映じて透き通るほどに白うございました。介添えに委《ゆだ》ねた片手は雪まじりの風にさらされ、爪紅《つまべに》が痛々しく見えるほどに凍えきっております。

　年内に婚礼を急いだのは、年明けには右京さまが家督を譲りうけ、江戸詰めを仰せつかることが内々決まっていたためでした。

「江戸詰めとなれば、まず二年は戻って来られぬ。じゃとすれば、やはり婚儀は今年の内に行わねばなるまい」

「では田津は嫁いですぐに、加納に置いて行かれるのですか」

「やむをえまい。武家の娘であれば、その程度の覚悟は出来ておろう」

　そんな父母のやりとりを耳にしていただけに、わたくしには嫁いでいく姉さまの身が心配でなりませんでした。

さりながらこのとき真に案ずべきことは、実はわたくし自身の身に降りかかろうとしていたのでございます。

外村家に着きますと、わたくしどもは控えの間で暫時《しばし》休息を取った後、銀燭《ぎんしょく》まばゆい祝言の間に導かれました。

座敷には既に親戚《しんせき》や祝い客が詰め掛け、まばゆく光る一双の金屏風《きんびょうぶ》が、その場に更なる輝きを投げかけておりました。

「さあ、田津どの。こちらへ」

仲人に手を取られた姉さまが、その前に座ります。

見回せば、早くも祝い酒に酔ったと見え、主《あるじ》の五郎兵衛さまはやせぎすなお顔を朱に染めておられます。その横の信次郎さまのお姿に、わたくしは思わず目をうつむけました。

そう、姉さまの身を気遣う必要などないのです。この家に嫁がれた以上、右京さまが江戸に行かれようとも、姉さまには信次郎さまという弟君がおられるのですから。

式三献《しきさんこん》が済まされると座は一度に砕《くだ》け、外の寒さをよそに、広い座敷にはむせかえるような熱気が満ちました。

右京さまのご同門が、花婿に次々と酒を勧められます。姉さまの横顔に目を走らせ、右京さまに符牒《ふちょう》めいた言葉を投げるお方もおられました。

「さあ、花婿どの。もう一献」

「いやいや、もういただけませぬ」

たまりかねて右京さまが盃を置いたその時、一陣の冷ややかな風がさっと座敷に流れ込みました。庭に面した縁側の障子が、突如、開いたのでございます。

「外村右京っ、覚悟っ」

振り返る間もあらばこそ、抜き身を引っさげた人影が広間に飛び込んでまいりました。

ですがさすがは、手練《てだれ》と名高いお方です。闖入者《ちんにゅうしゃ》の姿を認めるや否や、右京さまはとっさに膳《ぜん》の上の皿を相手に投げつけ、かたわらの姉さまの肩を突き飛ばし、自らも畳に身を伏せられました。

予期せぬ騒動に、座敷中からうわっと驚愕《きょうがく》の声が上がりました。あちらこちらで膳がくつがえり、皿や椀《わん》が音を立てて転がります。

「こやつ、逃げるとは卑怯《ひきょう》なっ」

広間の中央に仁王立ちになった人影は二十二、三歳……袴の股立《ももだ》ちを高く取り、額には筋金入りの鉢巻を締めておられました。

蒼白《そうはく》な顔の中で、目だけが不気味な光をたたえて据わっています。到底常人とは思えぬ、鬼気迫る面持ちでございました。

「姉さまっ」

金屏風の脇にひかえていたわたくしは、倒れ掛かってきた姉さまの肩をひしっと抱きしめました。いえ、わたくしの方が姉さまにしがみついたという方が正しいかもしれませぬ。

素速く畳から起き直った右京さまは、肩衣《かたぎぬ》を撥《は》ね除《の》け、男の姿に目を見張られました。

「うぬ、おぬしは長尾頼母《ながおたのも》」

「道場でのかねてよりの無礼、もはや我慢なりがたい。いざっ」

正装の右京さまは、腰に脇差を帯びておられました。ですがそれを抜く間なぞございません。右京さまは突きかかってくる男の白刃を再度身を転じてよけると、相手の腕を脇から蹴《け》り飛ばされました。

「うぐっ――」

男の手から離れた刀が、燭台《しょくだい》の灯《あか》りを映じて一筋の光となり、稲妻の如《ごと》くこちらに飛んで来ました。わたくしや姉さまが逃げる暇もない、瞬《また》く間の出来事でございます。

男が刀を叩《たた》き飛ばされた次の瞬間、信次郎さまを含めた数人の客が、男に殺到するのがわずかに見えました。ですがその光景はすぐに、視界を覆い尽くした輝きによってかき消され、焼き鏝《ごて》を押し当てられたかのような激しい痛みが頬に走りました。

「た、妙どのっ――」

「おのれ乱心したか」

「は、離せ、おぬしら。武士の情けじゃ、離してくれ」

姉さまの悲鳴と、殿方たちの怒号を遠くに聞きながら、わたくしはその場に昏倒《こんとう》いたしました。

後から聞けば、わたくしは飛んできた刀に顔を切り裂かれ、それから丸二日の間、意識を失っていたそうでございます。

差し渡し二寸にも及ぶ頬の傷は、本道医によって縫い合わされました。あと数分でも場所が悪ければ失明、いえ、命の危険すらあったのです。怪我のみで済んだのは、御仏《みほとけ》のご加護というべきでしょう。

さりながら目を覚まし、己の顔の傷を知ったわたくしに、さように考える余裕はございませんでした。

乱入してきたのは納戸方《なんどがた》長尾縫殿介《ぬいどのすけ》さまのご三男で、右京さまの稽古仲間の頼母さま。道場内での口論で遺恨を抱き、かねてより右京さまを狙っていたそうでございます。

「もともと、怒らせるとなにをしでかすかわからぬ男であった。恨みを持たれておったのを察せず、妙どのに傷を負わせてしもうたのは拙者の落度じゃ」

右京さまがいくら悔いても、傷が消えるわけではございませぬ。目付の取り調べの末、頼母さまは自刃させられ、そのお父上は責を取って隠居なされました。ですがそんなこともまた、わたくしには何の慰めにもなりませんでした。

娘盛りの健やかさのおかげで、半月ほどで床上げを済ませても、わたくしの顔には、頼母さまの執念の凝りの如く、醜《みにく》いひきつれが残されました。

自分の部屋から一歩外に出れば、嫌でも家士や下女と顔を合わせます。思わずわたくしの頬に目を奪われ、すぐさま慌《あわ》てて視線を逸《そ》らす彼ら……それでいて、腫《は》れ物に触るかのごとく、何も表立っては口に出さぬその態度は、わたくしにはかえって辛《つろ》うございました。

手水《ちょうず》に立てば手洗いの水が、膳に向かえば椀の汁が、頬に走る赤黒い傷をありありと映し出します。無論、鏡など見られようはずがございません。

昼間から雨戸を閉め切った一間で、わたくしは毎日を送りました。顔を合わせるのは、食事を運んでくれる母一人。自室から出るのは、手水を使う折と、家人が寝静まった頃、ひっそりと仕舞い湯に入る時ばかりという暮らしは、わたくしのふさぎきった心を更に頑《かたく》なにするばかりでございました。

ですが雨戸の隙間《すきま》から差し込む日差しが、うららかな春の陽気を帯びてきた頃、姉さまもまた、外村家で半病人の有様となっていると母から聞かされ、わたくしは思わず箸《はし》を取り落としました。

仔細を問うまでもなく、姉さまの病は、わたくしに傷を負わせた負い目ゆえに相違ありません。

祝言の晩からすでに三月あまり、その間、外村家からは五郎兵衛さまはもちろん、右京さまや信次郎さまが幾度となく見舞いに来られました。しかしわたくしはどなたとも対面を拒み、部屋から出ようとしませんでした。

婚家でそのことを告げられた姉さまの苦悩、察するに余りがございます。

――いっそ、尼にでもなってしまおうか。

こんな考えが、胸に兆《きざ》したのはその時でした。

女子《おなご》の器量を決めるのは、容姿のみではありません。とは言ってもこんなわたくしをわざわざ娶《めと》る物好きなど、加納藩中におりますまい。

そう、たった二寸……たとえれば指の長さほどのその傷がわたくしの全てを変えてしまったのです。

あの夜の出来事は面白おかしく尾鰭《おひれ》をつけられ、人々の話の種とされているはずです。取り沙汰《とざた》が消え去るだけでも、相当の歳月がかかると思われました。

このままでは生涯嫁しもせず、この家で父や吉之介どのの厄介になるしかありません。そんな肩身の狭い一生を考えるだけで、わたくしの胸は、真っ黒に塗りつぶされました。

不如帰《ほととぎす》の声が聞こえ始めた頃、思い切って出家の意志を打ち明けますと、父と母は異口同音の呟《つぶや》きを洩《も》らされました。

「さよう不憫《ふびん》なことを――」

さりながらそう仰られながらも、お二方の顔には安堵《あんど》の気配がありありとにじんでおりました。

いいえ、これは僻目《ひがめ》で申しているのではありませぬ。わたくしが父母の立場であれば、同様に感じたでしょうから。

わたくしはただ、最早加納にいることは相成らぬと思い定めただけ。決して、誰かを恨んで世を捨てたのではありませぬ。ですが出家の顚末《てんまつ》を知れば、外村家の皆様はまた、お心を悩ませるでしょう。

「五郎兵衛どのには、わしから仔細を申し上げる。田津や右京どのには、いずれ折を見て、五郎兵衛どのがお伝えくださろう。そなたからの別れは不要じゃ」

加納を後にしたあの日のことは、今でもよく覚えております。

三日ほど降り続いた雨が、ようやく上がった朝でございました。お城下を取り囲む山々の緑が恐ろしいほど鮮やかで、わたくしにはそれが、慣れ親しんだ野山からの無言の別辞と思われました。

家族とは前の晩のうちに水杯《みずさかずき》を交わしました。当日の見送りは父によって禁じられていたのでございます。

朝靄《あさもや》の残る町並みに足を踏み出すと、わたくしは生まれ育った屋敷を振り返り、深々と一礼いたしました。

——もはや、ここに戻ることはない。

まだ薄雲の残る空の果てから、聞き覚えのある手毬歌《てまりうた》が聞こえてまいりました。それが姉さまと自分の声の如く聞こえて耳を澄ますと、歌声は幻のように遠くなり、代わって母の押し殺した歔欷《きょき》がかすかに耳に届きました。

その声から逃げるように、わたくしは加納を後にしたのです。

以来丸八年、血縁と顔を合わせたことはありませんでした。

両親が師に選んでくれた慶雲寺のご住職は、母方の祖父の知己《ちき》。頼って参るには、打ってつけのお人でございました。

わたくしの心を波立たせぬためでしょう。父は節季ごとに慶雲寺に食い扶持《ぶち》を届けてくれましたが、音信は皆無でございました。だからこそこの春、不意の姉さまの来訪に、わたくしは呆然《ぼうぜん》とした面持ちを隠せなかったのでございます。

「姉さま――」

父母の身に何か起きたのでは、との懸念が咄嗟に浮かびました。

ですが落ち着いて見れば、姉さまは道中着に手甲脚絆《てっこうきゃはん》姿。加納からここまでの道のりに備えたにしては、厳重すぎる出《い》で立《た》ちでした。

「久しぶりです、妙どの。健勝そうで何よりです」

そう仰られる姉さまの頰は以前に比べてこけ、眉根には影が宿っています。なにか悩みがおありであると、すぐに察せられました。

しかし姉さまは痛々しく笑顔を取り繕《つくろ》われると、あなたが今されているように、上がり框《かまち》に腰をかけ、わたくしに向き合われました。

「本当はもっと早く、会いに来たかったのです。されどなかなか家を離れられず、申し訳ありませんでした」

　その眼差しは幾度もわたくしの顔に注がれては、頬の上を滑り落ちます。自分ではもはやさほど気にしておりませんが、頬のひきつれはやはりまだ見る者に無残の念を抱かせるのでしょう。

　それでもわたくしは、姉さまのお越しが何にも増して嬉しゅうございました。世を捨てたつもりではおりましたが、やはり肉親とまみえれば、懐かしさが先に立つものです。

「いいえ、よくおいでくださいました。今、漱《すす》ぎの水をお持ち致しましょう」

　さりながらわたくしの言葉に、姉さまはいいえ、と首を振りました。

「漱ぎはけっこうです。わたくしはこれから、京に向かわねばなりませぬゆえ」

「京にですと。それはまた何用あって」

　京の都はここから更に一日の距離。それなら姉さまの旅拵《たびごしら》えも納得出来ます。とはいうものの久方ぶりに再会した、ただ一人の姉妹です。かなうなら一晩を共に過ごし、悩みを聞いて差し上げたいと考えていた矢先だけに、わたくしはつい疑問を口に出しました。

「ええ、二年前より京藩邸においでの右京どのを、訪ねて参るのでございます」

ご存知でしょうか。加納藩の主な産業は、竹細工でございます。ことに傘は下級藩士の内職としても盛んで、京大坂はもちろん江戸へも、相当な数が出荷されておりました。

このため京や江戸の藩邸は、傘の販路維持・拡大の役目のために重要な機関とされ、勘定方からも四年交代で藩士が派遣されるのが慣例でした。

聞けば姉さま夫妻の共住みは、右京さまが四年間の江戸詰めを終え、京詰めを命ぜられるまでのわずか二年のみとのことでございました。

それを聞くと、いまだ子もなさぬまま一人で家を守る姉さまが気の毒で、

「そうですか、せっかくお目にかかれましたのに残念でございます」

と声をとがらせると、姉さまはふと目元を和《なご》ませました。

「まあ、妙どのと来たら、全く昔と変わっていませんこと」

そんなはずはありません。姉さまは嫁ぎ、わたくしは二寸の傷も醜いまま、墨染めの衣の裡《うち》に乙女盛りを捨てました。

ですがこの一言で、わたくしはふと八年の歳月が一度に巻き戻された心持になりました。

険しい美濃の山々に囲まれた、加納の町並み、伊吹山《いぶきやま》を吹き降ろす激しい風、あち

こちの屋敷から聞こえてくる竹を割る音。そんな情景が次々と胸裏に浮かび上がりました。

父上や母上はお元気だろうか、吉之介どのはそろそろ嫁を迎えたろうか——信次郎さまはどうしておられよう。

あまりの懐かしさに、目の裏がふっと熱くなりました。そんなわたくしの両手を、姉さまが不意に握り締めました。

「妙どの、あなたに頼みがあるのです」

見れば姉さまは先ほどまでとは別人のように硬い顔をしておられました。

ああ、あのような真摯《しんし》な眼差しで懇願され、断れるはずがありませぬ。あまりの気迫に圧《お》され、わたくしは思わずうなずきました。

「今から書状をしたためますゆえ、それを外村家に届けてくださいませぬか」

「外村家へ——」

それはとりもなおさず、加納のお城下に立ち入るということです。さすがにわたくしは躊躇《ちゅうちょ》いたしました。

「そうです。義弟の信次郎どのに、書状を渡していただきたいのです」

ますますわたくしは迷いました。いくらあれから長い歳月が経っているとはいえ、頬の傷をあの方には見せたくありません。

ですがそんな抗弁は、姉さまの真剣なお顔の前では、口にするのが憚《はばか》られました。返事を待つ姉さまの表情は、ここでわたくしが頼みを断れば、胸元の懐剣を抜き放ちかねぬほど必死だったのでございます。

いったいどのような事情があるのかは存じません。しかし姉さまのものやつれの理由は、この頼みと満更無関係ではありますまい。

頭巾《ずきん》を深くおろし、夕闇に紛《まぎ》れて訪れれば、誰もこの尼をわたくしとは気づきますまい。門口で家人に書状を渡し、すぐに帰ればよいのです。わたくしは覚悟を決めました。

「かしこまりました、姉さま」

姉さまはようやく、ほっと肩の力を抜かれました。

いつしか春の日は傾き、土間には日が斜めに差し込んでおりました。姉さまは上がり框に腰掛けたまま急いで短い書状をしたため、それを結び文になさいました。

「今から加納に参るのは難儀でしょう。届けに参るのは明日以降で構いません。どうぞよろしくお願いいたします」

「分かりました。必ずお渡しします」

先を急がれるという姉さまをお見送りすべく、わたくしたちは連れ立って外に出ました。

街道からわずかに横道に逸れただけで、観音堂の周りは嘘のような静けさです。水鳥が鳴き交わす声が、湖の方角から響いてまいりました。

街道へと向かいかけ、姉さまはふとこちらを振り返られました。

西日を背に受け、そのお顔はよく見えません。ですが朱色の落暉《らっき》に髪を縁取られた姉さまは、まるでお堂の観音さまの立ち姿のようでした。

「――に、田津がよろしく申していたと伝えてください」

「はい？　今、なんと」

お言葉がよく聞き取れず、わたくしは大声で尋ね返しました。

ですが姉さまは深々と一礼なさると、無言のまま踵《きびす》を返されました。そして二度と振り返ることなく、街道へ歩み去られたのでございます――そう、それが、わたくしと姉さまとの別れでございました。

預かった書状になにが記されていたのかは、翌々日、外村家に文を届けた折に知れました。

人目を忍んで訪れた外村家は、ひどく慌《あわただ》しい気配に包まれておりました。騒動の最中というわけではありません。ですが取り散らかった庭先の有様や、中間《ちゅうげん》のどこか気もそぞろな様子から、何かが起きていることは一目瞭然《りょうぜん》でした。

そのためでしょう。旅の尼僧としか見えぬわたくしの訪《おとな》いに、取次ぎの郎党は当初、見るからに疎《うと》ましそうな態度を示しました。

さりながら、

「こちらの奥さまのお使いで参りました。信次郎さまにこれを——」

と告げるなり、その物腰は、激変いたしました。

「なにっ、奥さまのお使いじゃと。しばし、しばしそこに控えておれ」

言うが早いか、郎党は差し出した文には目もくれず、畳を鳴らして駆け出しました。

さあ、厄介なことになりました。わたくしは書状だけを預けてさっさと目川に戻りたかったのです。とはいうものの、文を式台に置いて去るわけにも参りません。そうこうするうちに、奥からどたどたという気忙《きぜわ》しげな足音がこちらに向かってまいりました。

しかもその足音は一つではなく、お二人、いいえ、お三方はおられる様子でございました。

外村家の事に首を突っ込むのは不本意です。

──やはり、この場は立ち去ろう。

そう思い定めて、わたくしがそっと式台に文を置いたのと、奥から信次郎さまが姿を現されたのはほぼ同時でございました。

「お待ちあれっ。妙どの、黒川妙どのでございますなっ」

思いがけないお人に名を呼ばれ、わたくしはその場に棒立ちになりました。

それのみか信次郎さまの背後からは外村五郎兵衛さまとともに、我が父が姿を現したではありませんか。

「妙、妙、待つのじゃ」

いったいこれはどういうわけでしょう。

顔の傷を恥じる余裕などありません。わたくしは半ば無理やり座敷に上げられ、姉さまの文を持参した経緯を白状させられました。

一部始終を聞き終えるや、信次郎さまはおもむろに姉さまの文を解かれました。

ざっと文を読まれたあの方は、どこか哀《かな》しげに見受けられました。わずかに溜《た》め息《いき》をつかれると父に文を渡され、ゆっくりとわたくしに向き直られました。

八年の歳月は、信次郎さまのお姿を少し逞《たくま》しくさせておりました。ですがその眼差《まなざ》しは以前にも増して柔らかで、実のお年頃より老成して見えるところも変わりません。

「妙どの、お久しゅうございます」

改めての懐かしい声に、わたくしは思わず涙ぐみそうになりました。

「驚かれたのは無理もございませぬ。実は義姉上《あねうえ》は五日前にこの家を出奔なされ、行方を捜している最中なのでございます」

「出奔なされたと――」

わたくしの脳裏に、姉さまの旅姿が浮かびました。

「さようでございます」

「妙、おぬし、田津がどこに参ったのか知っておろう」

信次郎さまの言葉をさえぎり、父が厳しい声を投げかけられました。

「い、いいえ。さようなことは」

「無駄な隠し立てをするでない。田津は、行く先は京と申しておらなんだか」

思わずわたくしは、父の顔を見つめ返しました。その様子ですべてを悟られたのでしょう。信次郎さまは再び吐息をつかれ、先ほどから黙ったきりの五郎兵衛さまを振り返られました。

「父上、やはり義姉上は」

「うむ。さよう覚悟を決められたのであれば、やむをえまい」

十徳《じっとく》姿の五郎兵衛さまは、以前よりずいぶん小さくなっておいでした。そんな父御と小さくうなずき合われると、信次郎さまは再びわたくしの方を向かれました。

「妙どの、義姉上が京に参られたこと、我らも薄々勘付いておりました。おそらくは、京詰めのわが兄を訪ねて行かれたのでしょう」

「信次郎、右京はもはや勘当も同然の身。兄と思う必要はない」

今度は五郎兵衛さまが、厳しい声音で割って入られ、わたくしに対して居住まいを正されました。

「聞いての通り、実は右京は事情があり、お役目を返上致すことと相成ったのでござる」

「なんでございますと。それでは、姉さまは」

「実家に戻られるもよし、障りがなければ跡目を継ぐ信次郎に添われるもよしと伝えたのじゃが――」

五郎兵衛さまは言葉尻《ことばじり》を言い淀《よど》まれました。

ですがみなまで聞かずとも、わたくしには姉さまがどのような道を選ばれたのか、察しがつき始めておりました。

聞けば半月前、五郎兵衛さまは右京さまに無断で、家督を弟・信次郎に相続させる旨を大目付さまに届けられたのでした。それは外村家を守るための、五郎兵衛さまの苦渋の決断でございましたが、姉さまはその事実を知るなり、何も語らぬまま、単身、京へ発《た》たれたのです。

その出奔はおそらく、姉さまなりの夫への忠義立てであり、妻としての責務に駆られてのことに違いありません。

五郎兵衛さまのご勘気の理由でございますか。やむをえませぬ、ここまでお話しした以上、申し上げねばかえって奇妙でございましょう。

それはひとえに、右京さまの不行跡《ふぎょうせき》ゆえでございました。

婚礼の夜を思い出してくださいませ。いくら遺恨からとしても、婚席に踏み込むとは、侍の行いではございませぬ。武士の一分を立てたいのであれば、正々堂々と果し合いを申し入れればよいのです。さような道理すら見極められなくなるほどの面罵《めんば》を人に与えた右京さまの崩れた本質、あの夜の出来事にはそれが如実に示されていたと申せましょう。

江戸に赴《おもむ》かれた右京さまは、当初の一、二年は真面目《まじめ》にお役目に勤《いそ》しんでおられたそうでございます。問題が起きたのは三年目の秋……信次郎さまが江戸から戻られたばかりの同門から、妙な噂をお聞きになられたのが始まりでございました。

「それは兄が、下屋敷の腰元と不埒《ふらち》な仲となり、子を孕《はら》ませたとの噂でございました」

無論、藩邸内での色恋沙汰はご法度。噂が噂で済んだのは、その腰元が間もなく逐《ちく》電《てん》したためでした。

さりながら火のないところに煙は立たぬと申します。不安を覚えた信次郎さまは、江戸のご友人に、右京さまの近況を知らせてくれるよう頼まれました。

「そしてそれがしは、その友からの書状に、目の前が暗くなる思いを致しました」

繁華な江戸の誘惑に負けたのか、それとも独り身に近い日々が道を誤らせたのでしょうか。書状には、右京さまが足しげく遊里に出入りしている旨が記されていたのです。

「以前から兄はたびたび、わが父に金の無心をしておりました。江戸詰めはなにかと金のかかるもの。そう思って送っていた金を、兄は全て遊興に用いておられたのです」

更に書状は、右京さまと例の腰元との噂についても言及しておりました。

その腰元は同じ江戸詰め藩士の遠縁で、近江《おうみ》に夫と息子を残して来た人妻……それがどうして年下の右京さまと昵懇《じっこん》になられたのやら、一時はご両者の仲は藩邸内でも知らぬ者のない公然の秘密だったそうでございます。

彼女の出奔については、右京さまが因果を含め、藩邸を去らせたとの取り沙汰もあったそうでございます。ですが当の右京さまが風聞については頑なに口を噤《つぐ》まれたため、真実は藪《やぶ》の中とのことでございました。

……腰元どののその後ですか。さあ、それは誰も知らぬのではございますまいか。一時の過ちとはいえ、有夫の身で密通を働いたのです。後日、夫なるお人が妻の安否を問う書状を寄越されたとのお話ゆえ、近江には戻られなかったのでしょう——ええ、戻れるはずもございますまい。

それはさておき、やがて加納に帰られた右京さまは、ひどく荒《すさ》んでおられました。元々才に溺《おぼ》れがちだった性根を、遊蕩《ゆうとう》の日々が完全に腐らせてしまったのでしょうか。江戸での素行について責める五郎兵衛さまにはのらりくらりと言を左右にする一方、姉さまには「そなたがいらぬ告げ口をしたのか」とつらく当たる毎日……見かねた五郎兵衛さまは、二年後、京詰めが決まった右京さまに、

「再び京で身を持ち崩すようであれば、おぬしは家督を信次郎に譲ったほうがよいかものう」

と脅しをかけられたそうでございます。

ですが右京さまはそれに不敵に笑われ、

「出来るものならそうなされませ。昼行灯《ひるあんどん》の信次郎めに、拙者の跡など継げますまい」

と言い放たれました。

そして案の定、やがて京から聞こえて来た風聞は、江戸詰めの頃以上の悪評ばかり……しかも何が気に食わなかったのか、出入りの炭屋の人足を滅多打ちにし、半死半生の大怪我を負わせたとの話が伝わってくるに至り、とうとう五郎兵衛さまは堪忍袋の緒を切られました。

「このままではあ奴《やつ》はこの外村の家名に、取り返しのつかぬ傷をつけるに違いない」

幸か不幸か、右京さまと姉さまの間には子がおりませぬ。その事実が五郎兵衛さまを当人不在の相続願いに駆り立てたのです。

大目付さまも内心、右京さまには手を焼いておられたのでしょう。願いはすぐさま受理されました。

「これらすべては兄には内密のこと。申し決めでは昨日、京において、横目付さまより兄に、隠居の許しが申し渡されるはずでござった」

実際には、その事実は姉さまの口から伝えられたに相違ありません。

本来なら右京さまは外村家に戻られ、ここで長すぎる余生をお過ごしになるのが筋。ですが姉さまはそんな夫を待つのではなく、自ら京都に赴《おもむ》かれました。

それがなにを意味するのか、わたくしには痛いほどよく分かりました。

「おそらく兄は、二度と加納に戻りますまい」

信次郎さまの呟きに、わたくしも小さくうなずきました。

あの右京さまが、若隠居として無為な後生を選ばれるはずがありません。おそらくはお役目を解かれたと知った途端、自分を不要とした外村家に戻るよりも、気随《きまま》な浪人として生涯を送ることを胸に描かれたのではありますまいか。

そしていったん嫁いだ以上、去れと言われぬ限り、夫につき従うのが武士の妻女でございます。それがどれだけ不実な人物でも、姉さまは右京さまただ一人を夫と定め、あのお方の新たな毎日に連れ添い続ける覚悟を決められたのです。

ひょっとしたら姉さまは、右京さまの身の持ち崩しすら、ご自分のせいと思われたのかもしれませぬ。いつか右京さまがそんな姉さまの真心に気づき、己の身を省みられる日が来ることを、わたくしは心から願いました。

「田津どのは、右京には過ぎた嫁御じゃ」

五郎兵衛さまの重々しい述懐にうなずかれ、信次郎さまはふと居住まいを正されました。

「妙どの――」

わたくしはそのとき、信次郎さまがこれから何を言われるのか、既に予想がついておりました。

はい、姉さまは信次郎さま宛ての書状に、妹を妻に迎えて欲しいと書き記されていたのでございます。

姉さまが信次郎さまに対するわたくしの気持ちをご存知だったのか、今となっては知るすべはありません。ですが姉さまはそれこそが、自分の婚礼で傷を負った妹や、夫の不埒のために家督を継ぐこととなった義弟への餞《はなむけ》なのだと信じておられたのでしょう。

「決して義姉上のお言葉ゆえ、この縁組を申し入れるわけではございませぬ。それがしは思うたことしか口に出せぬ無粋者、それゆえご無礼を承知で申し上げまする。妙どのの顔の傷、それがしは決して醜いと思うておりませぬ。義姉上の婚礼より以前、八幡さまの森でお目にかかったときより、もし妻女を娶るのであればこのようなお人をと思い定めておりました。その思いは今も変わりませぬ。たった二寸の傷など、それがしにはないも同じでござる」

そう仰られる信次郎さまの眼差しは、わたくしの顔にぴたりと当てられておりました。

――ええ、そのような仔細で、わたくしはこのたび、観音堂を出て還俗《げんぞく》する仕儀と相成ったのです。

姉さまは夫に付き従うことで、妻としての己の道を全うされ、わたくしや信次郎さま、そして右京さまに新たな生き様をするよう計ろうてくださいました。ならばわたくしもまた、この顔の傷に忸怩《じくじ》たる思いを抱き続けるのではなく、信次郎さまと共に生きる道を選び取りたいと思うておりまする。

いらぬ無駄話をいたしました。あなたさまもまた、そのような若さでのご出家……さだめて事情がおありでらっしゃいましょう。

いいえ、余計な詮索《せんさく》や説教は致しますまい。わたくしもかつてここに参りました時、先の尼さまのお言葉を素直には聞けませなんだ。

あなたさまのお心が癒えねば、どのような言葉もそこにはしみ通りはしますまい。かような道理も知らずにあれこれ説法を垂れるのは、ただの独りよがり。ただわたくしは、そんな日が一日も早く来ることを、祈るばかりでございます。

さあ、最早わたくしはお暇《いとま》申しましょう。今日よりあなたさまがこの観音堂の庵主《あんじゅ》……あとのことは一切お任せいたします。

ああ、はや日が傾いて参りました。まこと、つまらぬお話をお耳に入れて申し訳ございませぬ。それでは、これにてご無礼を――。

第十二話　床の椿《つばき》

どこからか、花売りの声が聞こえてくる。

木枯らしに乗って遠くから響いてくるその声は、子どもが吹き鳴らす指笛の音にどこか似ていた。

暮れも押し迫った京・姉小路《あねやこうじ》では、出入りの商人や旅人たちがせわしげな足音を響かせている。掛け取りに行くのだろう。腰に帳面をぶら下げた隣の油屋の手代が、なにやら難しい顔をして店先を横切った。

店の帳場格子の中からそんな昼下がりの賑《にぎ》わいを眺《なが》めながら、お初《はつ》はあくびをかみ殺して目元をそっと拭《ぬぐ》った。

昨夜は炭屋仲間の寄り合いがあり、安芸屋《あきや》に戻ってきたのは四つ（午後十時）を廻《まわ》った時刻だった。それから深更《しんこう》まで帳簿を検《あらた》めていたとはいえ、女主《おんなあるじ》が朝寝をしていては、奉公人に示しがつかない。七つ半（午前五時）には起き出し、人足・手代たちとともに、夜通しかけて丹波《たんば》から運ばれてきた炭を嵯峨《さが》まで受け取りに行けば、戻った頃には昼……慌《あわただ》しく昼餉《ひるげ》をかきこんで帳場に座れば、連日の疲れからかすぐにあくびがこみあげてくる。

暦は師走《しわす》とはいえ、暖簾《のれん》の向こうでは、人々の背に穏やかな日差しが降り注ぐ小春日和《びより》である。その上、先ほどから店の土間に炭俵を積み上げている人足や小僧たちの吐く息で、安芸屋の店先は汗をかきそうな暖かさであった。

女主といっても、お初はまだ二十一歳。先代である実父・清兵衛《せいべえ》の死に伴って店を継ぎ、ようやく丸二年が過ぎた若い主である。

商《あきな》いのいろはは、先々代の頃《ころ》から安芸屋に奉公している大番頭の市右衛《いちえ》に叩《たた》き込んでもらった。元々の負けん気もあり、こうして一人で帳場に座るさまにも、年に似合わぬ押し出しが備わっている。

だが自ら望んだにもかかわらず、お初はふとした折に、自分がいまこうして店の主に納まっている事実に不安を覚えることがあった。

そんなときには決まって、あの幼い男の子の顔が脳裏に浮かぶ。

——確か、太吉《たきち》とか言うたっけ。

初めて彼に会ったのは、清兵衛の忌明《きあ》けの日。あのとき三歳だった少年は、今頃どこでどうしているだろう。噂《うわさ》では祖父母に連れられ、江戸の親族を頼っていったと聞いている。

――なにも、逃げるように京を出て行かんでもええのに。

これではまるで、自分が彼らを追い出したようではないか。

胸のやましさを捨てるように軽く首を振れば、今度は伯母のお三輪《みわ》の愚痴《ぐち》が耳の底に響いて来た。

「そら、お父はんはお初ちゃんに婿《むこ》を取って、この店を継いでもらう心積もりやったと思います。そやからというて、一人身のままでお店を切り盛りするいうのは、うちはどうしても賛成できしまへん」

お三輪は、清兵衛の一回り歳の離れた姉。幼いころからたった一人の姪《めい》を可愛《かわい》がっていただけに、お初が店を継ぐと言い出した本心も薄々察しているのだろう。彼女を諌《いさ》めこそすれ、太吉の「た」の字も出さなかった。

そして恐らくそれは、番頭や他の親類たちも同様に違いない。若い女主を案じはするが、ことあらば誰もが協力を惜しまない。商いそのものも安芸屋の暖簾と信用のおかげで、そこそこ順調だ。

だからこそ、お初はあれから二年が経った今も消えぬ心苦しさを、誰にも打ち明けられず、一人でもてあましていた。

——それもこれも、悪いのはお父っつぁんや。あんな若い娘に手ぇつけて、子どもまで産ませるやなんて。

お初の母は彼女を産み落とした直後、産後の肥立ちが悪く亡くなった。それだけに清兵衛のお初の可愛がり方は、傍目《はため》から見ても微笑《ほほえ》ましいほどで、彼女が十六を迎えた頃には、懸命に婿取りの算段を始めていた。

安芸屋は社寺や各藩京屋敷などの御用も仰《おお》せつかる、洛中《らくちゅう》屈指の大店《おおだな》。それだけに清兵衛に持ち込まれる後妻の口は多かったが、彼は継母《ままはは》に育てられるお初が不憫《ふびん》と言って、自分の縁談にははなっから見向きもしなかった。

「あんなお父っつぁんを持って、お初ちゃんは本当に幸せやなあ」

お三輪をはじめ周囲の人々は、事あるごとにそう口にしたし、お初自身もずっとそう思っていた。

しかしその一方で、早くからほうぼうに頼んでいたにもかかわらず、お初の縁談はいっこうにまとまらなかった。

お初に難があるわけではない。一にも二にも、清兵衛の眼がねに叶《かな》う婿が、一向に現れぬのが問題だったのである。

「別にわしは何も、好き嫌いを言う気はあらへん。たとえば酒ぐらい、飲んだらよろし。そやけど、博奕《ばくち》は絶対にあかん。あれは、諸悪の根源、人倫を迷わせる元どす。商人としての出来よりも、まずはとにかく実直なお人。背は高からず低からず、美男子でなくてもええけど、娘が生まれたときに、あの父親の子やしなあ、と溜《た》め息《いき》をつかせるようなご面相では困ります――そう頼んでいるだけなんやけどなあ」

「まあ、お父っつぁんたら。そんな文句ばかりつけて、うちが嫁《い》き遅れになったらどないしてくれはりますの」

「別に、それはそれでええやないか。適当に折り合うて、変な婿をもろうてまうより、よっぽどましや」

それだけにお初が十九の春、ちょっとした風邪がもとで、清兵衛が呆気《あっけ》なく逝《い》ってしまった直後、安芸屋では親類たちが膝《ひざ》を付き合わせ、店の暖簾をどうするかの相談がなされた。

「なんせ、安芸屋は五代続いた大店。お得意様のこともあり、おいそれと看板を下ろすわけにはいきまへん」

「そら、一人娘のお初はんが婿を迎え、跡を取らはるのが筋ですわなあ」

気丈なお三輪は、突然の父の死に呆然としているお初を急《せ》かすと、清兵衛の居間の手文庫に入れられていた幾枚もの釣書を持ってこさせた。

「四十九日までには、婿候補《がね》だけでも決めなあきまへんやろ。こういうことは、亀《かめ》の甲より年の功。まあ、うちに任せときやす」

だが清兵衛の忌明けの法要の席、お三輪に付き添われて喪主の座についたお初は、おやっと首を傾《かし》げた。親類縁者、それに奉公人たちがひしめいた寺の広間の片隅に、見知らぬ老爺《ろうや》と男児が居心地悪げに座っていたからだ。

商人やお店者《たな》ばかりの列席者の中で、日焼けした老爺の顔は場違いで、まだ三、四歳と思《おぼ》しき幼児とともにひどく人目を引いた。

一張羅らしき袷《あわせ》は袖口《そでぐち》が擦り切れ、黒い糸で丁寧《ていねい》にかがられている。それでいて髪には櫛目《くしめ》が通り、まるで朴訥《ぼくとつ》を絵に描いたような老人であった。

――久多《くた》か、それとも丹波辺りの炭焼窯《がま》のお人やろか。

お初はそう推測したが不思議にも彼らは法要、精進落としはもちろん、座を別間に移して始められた親族の会合の席にもどこか決まり悪げに姿をのぞかせた。

自分に見覚えがない彼らが何故、この席に残っているのだろう。お初は身を縮こまらせている二人に、不審顔を隠せなかった。

見れば、伯母をはじめ、居並んだ親類、それに店の番頭たちまでが、何やら気まずそうな面持ちをしている。

それぱかりか、市右衛の膝に置かれた手はわずかに震えすら帯びている。これはどう考えてもただごとではない。

「どないしはったん、みんな」

「――お嬢はん、こちらは以前、お店に奉公してはりましたお美濃《みの》どんのお父はんで、伊助《いすけ》さん、言わはります」

思い切ったような市右衛の言葉に、お初はへえ、と首をうなずかせた。

お美濃はたしか上賀茂《かみがも》の桶屋《おけや》の娘。三、四年前まで安芸屋に奉公していたが、身体を壊し、実家に戻ったと聞いている。その父親がいったい何の用だろう。

嫌な予感が、静かに膝を這《は》い登ってきた。

日頃、誰に対しても誠実な物言いをする市右衛が、額に粒の汗を浮かせ、言葉に詰まっている。伊助とやらはかたわらに座らせた男児の頭に手を置き、お初の眼差《まなざ》しを避けるようにうつむいたままだ。

見かねたようにお三輪がにじり寄り、お初の両の手を強く握り締めた。

「あんな、お初っちゃん。うちも昨日になってはじめて聞いたのやけど、あのお子な、あんたの弟なんやって」

「弟って……なに言うてるの、伯母ちゃん」

「お父はんな、上賀茂にそのお美濃はん言う人を住まわせて、通ってはったんやそうやわ」

あんた、全然気づいてへんかったんか、という声がどこか遠くから聞こえてくるようだった。

確かに清兵衛は十日に一度、上京《かみぎょう》の寺に碁を打ちに行くと言って、供も連れずに出かけていた。すっかり碁に夢中になってしまったと頭をかきながら、明け方近くに戻ってくることも珍しくなかった。

「いくら慣れているというても、夜道は危《あぶ》のおす。せめて、手代の繁五郎《しげごろう》ぐらい連れていかはったら」

「いやいや、碁打ちいうのは、供を待たせていると思うたら、気が急《せ》いてあかんのや。ましてやこれが芝居の供やったらともかく、男二人が辛気臭《しんきくそ》う頭をつき合わせているだけとあっては、繁五郎かてついてきてもつまらんやろ」

振り返った眼差しが、意図せず厳しいものとなっていたのだろう。老爺は太吉を抱き寄せ、ますます肩を縮こまらせた。

およそお店の不幸に付け込み、ありもしない話をでっち上げる度胸があるとは思えない。なによりも太吉というその少年の面差しは、幼い頃の自分とどことなく似通っていると、お初は感じた。

聞けば清兵衛は奉公にきたばかりのお美濃を見初《みそ》め、上賀茂の実家に戻して、月々の手当を与えていたのだという。太吉が生まれたのは、その翌年。しかしお美濃は太吉が二歳の夏、川にはまって亡くなり、それから後はお美濃の老いた両親が、十日ごとに訪れる清兵衛を心の支えに、孫を育ててきたのであった。

清兵衛がお美濃と関わりを持っていることを知る者は、大番頭の市右衛をふくめ、店には誰もいなかった。清兵衛もまた、自分がこんなに早く逝くとは思っていなかったのだろう。おそらくはお初に婿を取り、楽隠居をした上で、実は皆に打ち明けるつもりだったに違いない。

つま先から背中にかけて、激しい震えが走った。

「太吉をお店の跡取りにしてほしいわけやあらしまへん。そやけど、母を亡くし、今度また、父親に死なれた孫が不憫《ふびん》で不憫で――」

「お初さま、どうどすやろ。いっそ、婿をもらわはるのに合わせて、このお子を養子になさっては」

市右衛が側から、小声でささやいた。

年老いてから生まれた子を自分ではなく、長男夫婦の子として育てる例は、武家や大店でしばしば行われる。

お初が婿を取ったとて、うまく男子が誕生するとは限らない。清兵衛の子である太吉を養子とし、ゆくゆくは跡取りに据えるべく育てることは、安芸屋の今後を考えれば、なるほどもっともな策であった。

あまりに適切すぎる市右衛の言い様に、背筋に走っていた熱がすっと冷えた。

考えるよりも先に、自分でも思っていなかった言葉がつるりと滑り出た。

「そんな真似《まね》は出来しまへん。この店は、うちが継ぎます。養子を取るにしても、婿を迎えるにしても、すべてうちが自分の裁量で決めさせてもらいます」

太吉という少年の今後や安芸屋の行く末など、そのときのお初はまったく考えていなかった。ただ、清兵衛の品のいい笑顔が、頭の中でぐるぐると回っている。その顔がほとんど覚えてもいないお美濃の後ろ姿と重なり、淡雪のように溶けて消えた。

「なに言わはります。そない、無茶な」

「そうや、お初っちゃん。よう考えなあかん」

「無茶やあらしまへん。うちかて、この安芸屋の娘。小っちゃいときからお店の商いを見て育ってきました。その気になれば店の切り盛りぐらい、簡単どす」

強い口調に気圧《けお》され、市右衛と親族たちは顔を見合わせた。

突然知らされた父の行跡が、お初の胸に大きな石を落としていた。自分をあれほど可愛がり、懸命に婿を捜していたのはいったい何だったのだ。

——お父っつぁんの、嘘《うそ》つき。

お美濃は奉公にきたとき、十六だったか、十七だったか。とにかく自分とさほど歳の開きはなかったはずだ。そんな女を妾《めかけ》にして、子どもまで産ませていたとは。

裏切られた、という思いが、潔癖な娘の胸を激しく揺さぶっていた。

ひょっとして父は、なんのかんのと文句をつけて婿取りを引き延ばし、太吉とやらに跡を継がせる腹だったのでは。まさかと思いながらも、お初はそんな疑いすら抱きかけていた。

お初の怒りを目の当たりにした太吉の祖父は、孫を胸に抱えるようにしてそそくさと帰り、少年を引き取るという話はそのまま立ち消えとなった。

ほかならぬ一人娘の言葉とあれば、しかたがない。間もなく、お三輪の嫁ぎ先である薪商・山城屋がお初を後見することになり、安芸屋はめでたく若い女主を当主とする旨を、町役に届け出た。

二十人からの奉公人を差配する店の主は、生半可な覚悟では勤まらない。慣れぬ算《そろ》盤《ばん》を弾《はじ》き、屈強な炭焼や人足たちを使う慌しい日々の中で、父への怒りは次第に小さなものへと変わって行った。

——そら、こんなに大忙しの毎日やったら、愚痴を聞いてくれる女子《おなご》はんの一人ぐらい、欲しくなるわ。

だがあの頃の自分は、父親の多忙さも気苦労も省みようとしなかった。そんな清兵衛を代わりに癒《いや》していた場所が上賀茂だったのならば、自分はかえって伊助たちに礼を述べるべきだったのではないか。

清兵衛の気苦労が理解できるようになるにつれ、お初は遅まきながら自らの軽率さを悔いた。しかしそれでも一度口に出した言葉を引っこめられるほど、彼女は世知に長《た》けていなかった。

やがて代替わりから半年が経った頃、太吉の祖父母が、江戸で宮大工をしている息子を頼って、孫とともに上賀茂を立ち退いたとの話が聞こえてきた。

「この歳で、孫を育てて行かれるか不安やさかい、お江戸の倅《せがれ》夫婦を頼るんどす」

そう周囲には漏らしていたとの噂に、お初はなんとも言えぬ後ろめたさを覚えた。

忌明けの後、お初は市右衛の勧めに従って、三十両の金を伊助に渡した。そればかりか、清兵衛がお美濃に買い与えたという一軒家も、そのまま彼らに与えた。

するだけのことはしてやった、という自負はある。それにもかかわらず、この胸にわだかまる重さ苦しさは何なのだろう。

そんな悩みを振り切るかのように、お初は懸命にお店の仕事に打ち込んだ。出入りの人足が得意先の京藩邸でいわれなく打擲《ちょうちゃく》されたと聞けば、飛んで行って留守居役に談判した。またその後、新たに人足を雇い入れるに際しては、自ら口入屋《くちいれや》に足を運びもした。

「お初さまにも困ったもんや。出入りの人足は、代々、炭問屋仲間の伝手《つて》で雇うのが慣わし。それを口入屋に声をかけ、どこのどいつとも分からへん流れ者を入れはるとは」

市右衛門たちがそう愚痴を漏《も》らしていることは、知らないわけでもない。

しかし口入屋からやってきた忠助《ちゅうすけ》というその人足は、身体つきこそなよなよとして頼りなげだが、ひどく生真面目《きまじめ》な気質であった。どんな重い荷運びでもけっして怠けようとせず、その仕事ぶりはかえって、古くからの人足を発奮させ、

「ふむ、お初さまの目もなかなか悪うはない——」

と、番頭たちをうならせた。

すぐそこまで近づいていた花売りは、いつの間にか角を曲がったらしい。売り声が

わずかに遠のいた。

そういえば、自室の床の白椿《しろつばき》が、盛りをすぎていた。お初が小さい頃から奉公している女中のお桑《くわ》は、気立てこそいいが、雑駁《ざっぱく》に過ぎる点が難だ。

「ちょっと、行ってくるさかい――」

お初は前掛けを外して立ち上がると、袖《そで》の中の巾着《きんちゃく》を指先でまさぐりながら表へ出た。

「へえ、お気をつけて」

土間で炭の入った叺《かます》を積み上げていた忠助が、真っ黒になった顔を手ぬぐいで撫《な》でて、腰をかがめた。

人足の多くは、近郷の百姓の次男三男だが、忠助の物腰にはどこかお店者に通じる物堅さがあった。二十四、五という年頃からして、ひょっとしたら以前はどこかの奉公人だったのではとお初は推測していた。

市右衛は反対するだろう。だが、もし当人さえよければ、ゆくゆくは安芸屋に直奉公するよう計ってもいいかもしれない。

そんなことを考えながら、花売りの声を追って店の裏手に回ったお初は、そこに止められていた大八車の脇で、おや、と足を止めた。

忠助の仲間である人足たちが、安芸屋の小僧とともに、今朝、嵯峨から運んできたばかりの炭を下ろしている。そのすぐ脇で、四、五歳の色黒な少年が一人、頬《ほお》を腫《は》らしてうずくまっていたからだ。

人足を恨めしげに見上げる少年の右手には、薄汚れた頭陀袋《ずだぶくろ》が握られている。まとっているのは継《つぎ》だらけの単《ひとえ》の絣《かすり》。あかぎれだらけの手足といい、わらしべでくった髪といい、いかにも貧しげな身なりだった。

人足たちが担ぎ上げる炭俵からは、割れた炭の欠片《かけら》が地面にばらばらとこぼれていた。細かな炭は、後から掃《は》き集め、炭団《たどん》に作り直して売る。少年はそれを拾い集めようとして、彼らに殴られたのだろう。

「これは旦那さま――」

お初の姿を認めた人足たちが、俵を足元に下ろして頭を下げた。それに軽いうなずきを返し、お初は大八車の傍で帳簿をめくっていた手代の繁五郎を手招いた。

「ちょっと、繁五郎。あの子は、なんどす」

「へえ、どうやら麩屋町《ふやちょう》近くの長屋の餓鬼らしいんどすけど、さっきからちょろちょろと大八車の傍をうろついておりまして。こぼれた炭を拾うぐらいやったら、そら、わしらも目こぼしをします。そやけど、まだ積んである俵の隙間《すきま》に手を突っ込んで、頭陀袋に炭を入れようとしまして。さすがに人足たちが怒って、ばしっと一発、殴り飛ばしたんどすわ」

「まだ小さな子どもやないの。なにもそんな、手荒をせんかて――」

言いさして、お初は不自然に言葉を切った。

唇を真一文字に結んだ少年の姿が、あの小さな太吉のそれと重なった。

手こそ出さなかったものの、自分も幼い少年に無体を働いたではないか。それをよくもまあぬけぬけと、聞いたような言葉が吐けるものだ――そんな声なき批判が、聞こえた気がした。

繁五郎はお初の心中に気付いているのかいないのか。そうどすなあ、とひどく間延びした口調で相槌《あいづち》を打った。

「わしもそう思うたんどすけど、なんせあないに頭陀袋まで持って来られては、見逃すわけにも行かしまへん。あの子が味を占めるばかりか、他の悪がきどもまでが押しかけてきては困ります」

割れ炭拾いをする子どもたちは、炭の荷揚げ地である嵯峨にも多くいる。遊びがてら小さな炭を集めた彼らは、それを炭団作りに引き取ってもらい、小遣いを稼ぐのだ。手代や丁稚《でっち》たちも、まだ奉公に出る以前には、大なり小なりこういった遊びをしていたはず。それゆえ大抵のいたずらには目をつぶるのだが、俵にまで手を突っ込むとは、確かに大胆にすぎる。

腫れ上がった頬を押さえもせず、じっと恨みがましい眼差しでこちらを見つめている少年に、お初は吸い寄せられるように近づいた。

一人でやって来たのだろう。周囲を見回しても、他の子どもの姿はなかった。

「あんた、炭、拾いに来たんやな」

うん、とうなずきかけ、少年は慌てて首を横に振った。

「隠さんかて、ええのえ。そやけど炭売りさんに売るにせよ、俵から盗みまでしたらあかんわなあ」

「違う。売り飛ばすんやないねん」

突然、きらりと目を光らせて、少年は言い募った。

その声に、離れたところで荷を下ろしていた人足たちが、ふん、と鼻を鳴らした。

「わし、家で使う炭が欲しかったんや」

「なんや、やっぱり盗みやないか」

人足がしゃがれた声で、聞こえよがしに言った。

自分でも悪いことをしているとの自覚はあるのだろう。頭陀袋を握り締めてうつむき、少年はお初一人に聞き取れる程度の小声で呟《つぶや》いた。

「お母が寝たきりやねん。ちょっとだけでええから、火鉢に火を入れたげたいんや……」

少年の薄い背に、午後の日差しが遊ぶように降り注いでいた。

ここ数日、京の町ではもう春が来たかと疑うほどの上天気が続いていた。だが日中の暖かさは、翻《ひるがえ》って夜には厳しい凍《い》てつきに変わる。ましてやこの町の底冷えは、骨身に滲《し》みるようなじんと湿った寒さだ。

炭屋の商いは、厳しい冬ほど順調なため、いわば寒さは福の神。しかし炭も買えない貧乏人にとっては、夜毎の凍てつきは地獄の苦しみだろう。病人ともなれば、なおさらだ。

お初はつぎはぎだらけの少年の身なりを、つくづくと見やった。

「坊、お父っつぁんはどないしはったん」

「お父っつぁんはわしが二つのとき、普請場《ふしんば》で足を滑らせて亡《の》うなってん。お母ちゃんは内職で、わしとまだ三つの妹を食わせてくれてたんやけど、この間からずっと腹が痛い、言うて臥《ふ》せってるねん」

見れば絣の胸元には、干からびた柿《かき》の実が幾つも突っ込まれている。枝についたまましなびた実を、どこかでもいできたに違いない。

「なに食べても吐き戻してしまうし、水もほとんど飲まはらへん。それやったらせめて、ちょっとでも温《ぬく》とうしたげとうて――」

「ちょっと、待っとき」

少年の手から頭陀袋を取り上げ、お初は店に取って返した。上がり框《かまち》に置かれていた叺《かます》の中身を笊《ざる》ですくい、小走りに裏に戻った。

荷揚げが終わったらしく、いつの間にか、繁五郎と人足たちは姿を消している。空になった大八車の上に座り込み、少年は歳《とし》よりもはるかに賢《さか》しらな目で空を眺めていた。

蒼《あお》く澄んだ空の端を、一羽の鳶《とび》が弧を描いて横切った。今夜もまた、星が凍りつくほど寒い夜になろう。

「坊、これ、あげますわ」

頭陀袋を受け取った少年は、その口を開き、弾かれたように顔を上げた。

「そやけど、これ――」

「かまへん。ほんのちょっとやけど、それでお母ちゃんを暖めたげ」

その代わり、とお初は声を小さくした。

「他の子たちには内緒や。それともう二度と、俵から炭を盗むような真似はしたらあかん」

胸元に頭陀袋を抱きしめ、うん、と少年は嬉しそうにうなずいた。

「おおきに、お姉ちゃん。これでお母ちゃんに寒い目させへんで済むわ」

大きくにっと開いた口の端に、大きな疣《いぼ》が出来ている。それまで気づかなかったが、顔の黒さは日焼けではなく、こびりついた垢《あか》のせいだ。汚れた顔とその醜《みにく》い疣から、お初はつい目を背けた。

お初の仕草には気付かぬまま、少年は勢いよく駆け出した。それを見送りながら、お初は自分の体の中を冷たい風が吹き抜けるのを感じていた。

自分が情けをかけたのは、あの少年のためではない。心のどこかで自分は、太吉への仕打ちを気に病んでいる。その罪の意識を少しでも軽くするため、似た年頃の彼に炭を与えただけだ。

今更そんなことをするのなら、どうしてあのとき、太吉を店に引き取らなかったのだろう。

小さな後ろ背が角を曲がって消えると、後悔が急に大きくこみ上げてきた。

善行を施したという充足なぞ、これっぽちもない。むしろかつての己への呵責《かしゃく》でいっぱいになりながら、お初はふらふらと店に引き返した。

「旦那さま、さきほどの炭の帳簿どす」

「おおきに、ご苦労さま」

繁五郎が向ける物言いたげな眼差しが、鬱陶《うっとう》しくてならなかった。

お初より三つ年上の繁五郎は、鞍馬《くらま》の炭問屋の主の遠縁。同年輩の中でもっとも早く手代に取り立てられた男である。それだけにかつてお初の婿にと名が挙がりもしたが、例によって清兵衛の独断で、あっさり候補から外された。

当人はそれを知っているのかどうか、隙《すき》あればお初の気を惹《ひ》こうとする。普段であれば、知らぬ顔を決め込むが、今はそれが実に不快であった。

お三輪は清兵衛の月命日ごとにやってきては、次々と縁談話を持ちかけてくる。いつまでも、独り身でいるわけにもいかないことは百も承知だ。

しかしお初はどうしても、それらの婿取り話に乗り気になれなかった。

「えり好みは、お父っつぁんに似たんやろか。もうええ歳なんやさかい、いつまでも文句ばっかり言うてたらあきまへんえ」

違う。えり好みをしているわけではない。

自分が今、婿を取れば、この店は本当にお初のものになってしまう。それでいいのか、という疑問が胸から去らぬ限り、どうしても縁談を進めるつもりになれないだけだ。

お店が繁盛すればするほど、奉公人たちが生き生きと働けば働くほど、お初は今、自分がここにこうしていることが果たしてよかったのか、自問せずにはおられない。そう、自分は忌明けの席でのあの言葉が、悔やまれてならぬのだ。

とは言うものの前言を翻して太吉をこの店に迎えるには、お初はあまりに若すぎ、彼のことを忘れて婿を取るには、あまりに真っ直ぐな気性過ぎた。

江戸には淡路屋《あわじや》武兵衛という、安芸屋の縁者もいる。いくら広いといっても、その気になって捜せば、太吉の行方など簡単に知れるだろう。だがどうしてもお初は、それができなかった。

太吉を忘れようと懸命に商いに打ち込んでも、今日のようにふとした拍子に、過去の過ちが思い出されてしまう。自分のこんな心持をどうすればいいのか、まだ若いお初には見当もつかなかったのである。

わっと叫び出したいような焦燥にかられて顔を上げると、炭俵を積み終えた忠助が、土間の端にしゃがみこんでいた。こちらを振り仰ぐその顔が妙に物言いたげに見え、お初は帳場格子の中から声をかけた。

「忠助はん、なにか御用どすか」

「い――いいえ、なんでもございません」

逸《そ》らした視線は、しばらく経つと、またこちらの面上に当てられる。そのさまがいかにもじれったく、お初は客が切れたところを見澄まして、上がり框の端ににじり寄った。

「何か用どしたらはっきりお言いやす。別に、気ぃ悪くしまへんさかい」

明らかな険を言葉尻に感じ取ったのか、土間で働く、小僧たちが横目でこちらをうかがっている。しかしそれすら目に入らぬほど、お初の心は波立っていた。

忠助はしばらくの間、ためらいがちに首からかけた手拭《てぬぐ》いの端をもみしだいていた。やがて思い切ったようにへえ、と顔を上げた。

「それでしたら言わせていただきますが、旦那さまはなにか、心にかかることでもおありでございますか」

上がり框の端に膝を付いたまま、お初は瞬時、言葉を失った。

清兵衛の隠し子の一件は、お店の暖簾にも関わる不祥事である。このため店内でもそれを知るものは、市右衛を筆頭にほんの三、四人。ただの人足である忠助は、噂にも聞いていないはずだ。

忠助は口走りを悔やむようにうつむくと、

「もしわたくしの思い込みでしたら、申し訳ありません」

と小声で付け加えた。その言葉遣いは、その辺りの人足とは異なる丁重さである。

忠助はやはり、どこかお店の奉公人だったに違いない。訛《なま》りからすると、江戸辺りか。

「あまりに苦しそうなお顔をしてらしたもので、つい妙な口走りを致しました。どうぞお許しください」

「――いえ、かましまへん」

ようよう搾《しぼ》り出した声に、忠助はほっとしたように軽くうなずいた。

「わたくし如《ごと》きの忠告でございます。どうぞお聞き流しください。ですが万が一、旦那さまが何事か心に悩みをお持ちでしたら、余所目《よそめ》や世人の噂など気になさらず、ご自分が良いと思われる道を選ばれるべきかと存じます」

なぜ、この男は自分の胸の裡《うち》を見透かしたような言葉を吐くのだろう。うなずくことも忘れ、お初は真っ黒に煤《すす》けた忠助の顔を見やった。

「悩み事とは、逃げれば逃げるだけ、自分の後を追ってくるものです。世のお人が全て、それを忘れてしまったとしても、ご自分の心からだけは、けっしてその悩みは消えません。ならば目を背けるのではなく、それにまっすぐに向き合わねば、誰しも前に歩み出すことはできないのではないでしょうか」

「忠助はんは、逃げはったことがあるんどすか」

「へえ、ございます。逃げて逃げて、挙句ここまで流れ着きました。ですがそうやって逃げたことが正しかったのか、思い悩まない夜はございません」

小さな目をしばたたき、忠助はふっと遠くを見る眼差しになった。

「もうかれこれ二年も昔の話でございます。逃げようか、留まろうかと迷っていた際、わたくしに情けをかけてくださったお人がいらっしゃいました。ですがわたくしはそのご恩を押し頂きながら、採るべき道を誤り、容易《たやす》く逃げる道を選んでしまったのでございます。今にして思いますと、正しい道ほど選びにくく、誤った道ほど行きやすいものなのかもしれません」

お初の心に、忠助の言葉は清冽《せいれつ》な水のように染み透ってきた。しかしそれと同時に、――うちの悩みが何なのか、なんにも知らへんくせに。

というわずかな反発が、胸の奥にどす黒くわだかまり、お初は両の拳《こぶし》を強く握りしめた。

忠助の言葉は正論である。だがそれが正しければ正しいほど、自らの心がその言い分に傾くことに不快を覚える。

まるで亡き清兵衛が言いそうな綺麗事《きれいごと》だ、と思った。

ふと眼差しを転じると、戸口のかたわらで繁五郎がさも忙しげに帳簿をめくっている。その不機嫌な横顔が、まるで自分のひそかな反発を映し出しているかに見え、お初はぱっとその場から立ち上がった。

「おおきに、忠助はん。よう考えさせていただきます」

その夜、床に入っても、お初の脳裏からは忠助の言葉が消えなかった。

太吉の一件を後悔する自分、いや、あれでよかったのだという自分。忠助の諫めを是とする自分、やっきになって否定する自分――それらが懸命にせめぎあい、いったいどれが正しいのか判然としない。

ふと闇の中で、畳を叩くひそやかな音が聞こえた。ああ、きっと白椿の花が落ちたのだ。そういえばすっかり、花を活けかえるのを忘れていた。萼《がく》のみを残しているであろう椿の無残な姿を淡い悔いとともに脳裏に思い描き、お初は、今度、あの少年に会ったなら、必ずや彼ににっこり笑いかけよう、と自分に言い聞かせた。

布団の中で幾度も寝返りをうち、ようやくまどろみかけたのは明け方近く……だがその浅い眠りは、思いがけぬほど近くで打ち鳴らされる半鐘の音で、たやすく破られた。

　はっと飛び起きれば、障子の向こう側がぼんやりと明るんでいる。幾つもの怒号が交錯《こうさく》する気配に、お初は丹前を引っ掛けて縁側に出た。

　同時に、ばたばたと走って来た女中のお桑が、お初を興奮した面持ちで振り仰いだ。

「火事どすか」

「へえ。火は遠いようどすけど、念のため、大番頭はんが小僧の蓑太《みのた》を走らせました。おっつけ、様子が知れるはずどす」

　幸い、風のない夜であった。元々さほど大きくなかった火の手は、幾つもの屋根を越えた向こうに、黒々とした煙を立ち上らせ、早くも鎮火に向かいつつあるらしい。いがらっぽい煙の臭《にお》いに、お初は軽く咳《せ》き込んだ。

「あの方角やと、麩屋町か御幸町の長屋かもしれまへん。この暮れに焼け出されるとは、お気の毒どすなあ」

　火が大きくなるようであれば、蔵を土で塗りこめ、奉公人たちを急いで避難させねばならない。しかしそんな大きな火事は、数年に一度も起こらない。その一方で長屋の一棟、あるいは小店一軒を焼き尽くす程度の火災は、冬ともなれば日常茶飯事だけに、お桑の物言いは悠長だった。

奉公人はすでに全員、起き出している。女中を急き立て、いつも通り店を開ける支度を始めていると、間もなく鼻の穴まで真っ黒になった蓑太が戻ってきた。

類焼もなく火事が収まったためだろう。隣の油屋の小僧と連れ立って帰ってきた顔には、どこか生き生きとした野次馬気分が漂っていた。

「それで、火元はどこやったんや」

掃除をはじめている小僧や手代たちが、上がり框をはさんでの蓑太とお初のやり取りに耳を澄ませている。

万が一、それが出入り先であれば、火事見舞いの一つも届けねばならない。そう思っていただけに、お初は一瞬、蓑太の返答に耳を疑った。

「へえ、麩屋町の彦造店《ひこぞうだな》いう貧乏長屋どす。寝たきりの母親と小さな子どもが二人暮らしの家から火が出たそうで」

「寝たきりの母親と子ども二人――」

片頬を腫らした少年の顔が、脳裏を過《よ》ぎった。

火は棟続きの長屋を焼いただけで消されたが、火元となった家からは母子三人の黒こげの死体が見つかった。

小さな一間に身を寄せ合い、抱き合うように息絶えていたその横では、大きな火鉢が正体をとどめぬほどに焼き崩れていたという。

「食うもんも満足にないような貧乏暮らしやのに、いったいどこで拾ってきたんどっしゃろ。その火鉢には、いっぱいに炭が詰まってたんやそうどす。火消しやら長屋の差配はんの推測では、子どもらが慣れへん炭をがんがん熾《おこ》した挙句、あまりの温《ぬく》さについうとうとっとまどろんでしまい、火事になったんやないかいう話どす」

立ち上がろうとした足元がよろけた。

「だ、大丈夫どすか。旦那さま」

市右衛が慌ててお初に肩を貸そうとしたとき、人足たちが「おはようございます」と口々に言いながら、掃除を終えていない土間に踏み込んできた。今日はこれから、鷹《たか》ヶ峰《みね》の炭問屋まで、荷を受け取りに行くのである。

よく日焼けした幾つもの顔の中に、忠助のそれが混じっている。お初は、ああ、とうめき声を上げた。

昨日、自分が目を背けた少年は、もうこの世にいない。ほんの小さな惑いは、ためらっているうちに、取り返しのつかない遠くへとあっという間に過ぎ去ってしまう。

お初は胸の中で、名も知らぬ少年に詫《わ》びた。届かぬと知りつつも、今度出会ったらにっこりと笑いかけるつもりだったと言い訳した。

自分たちは知らず知らずのうちに、色々な間違いを重ねているのかもしれない。過ちに気づかぬのはそれ自身が、大きな過怠。だが間違いを知りつつ、更にそ知らぬ顔を続けることは、人の道理に背く行いだ。

ほとり、と畳を叩く花の音が脳裏に蘇《よみがえ》る。

椿の花が落ちてから己の迂闊《うかつ》さに歯嚙《はが》みしても無駄なように、自分の罪もこのままでは本当に取り返しがつかなくなるかもしれない。

――うちは、ほんとに阿呆《あほ》や。なんでこんなにならへんと、決心がつかへんのやろ。

「市右衛はん、頼みがあるんどすけど」

大番頭の乾いた手を静かに押し戻しながら、お初はきっぱりとした口調で言った。

「へえ、なんどすか」

「お江戸の淡路屋はんに、飛脚を送って欲しいんどす」

「お江戸に飛脚を――かましまへんけど、そら、どういうわけどすか」

忠助の穏やかな眼差しが、自分の横顔に注がれているのが分かった。

このとき、道端の掃除をしていた小僧が、ひゃあ、という声を上げて走りこんできた。見やれば昨日までの快晴が嘘のように空は灰色に沈み、大粒の氷雨《ひさめ》が軒を叩き始めている。師走の街道はきっと、ひどいぬかるみになるだろう。

「上賀茂にいはった伊助はんと太吉を、呼び戻したいんどす。あの子はやっぱり、うちの弟どすさかい――」

一度、口を開くと、その決心はこれまで長年ためらっていたのが嘘のように、唇をなめらかに滑り出した。

旅人でにぎわう街道を江戸から下ってくる太吉とその祖父母の姿が、お初の胸にあざやかに浮かび上がった。

――これでええんどすな、お父っつぁん。太吉が戻ってきたら、うち、今度こそほんとに婿さん取ってしまいますえ。

「ほ、ほんまどすか、旦那さま。か、かしこまりました。おい、誰ぞ、飛脚屋はんを呼びなはれ。お江戸までやと言うんどっせ」

市右衛の上ずった声を遠いもののように聞きながら、お初はもう一度、土間の忠助に視線を走らせた。

こちらを見つめ、小さく、しかししっかりとうなずいた彼の瞳《ひとみ》が、外の氷雨を受けたように静かに濡《ぬ》れていた。

解説

清原康正

澤田瞳子のデビュー作は、奈良時代の大学寮の若者たちが「義」を貫こうとする姿を描いた『孤鷹《こよう》の天』であった。二〇一〇年九月に徳間書店から刊行され、翌年に第十七回中山義秀文学賞を最年少で受賞した。それまで歴史エッセイや時代小説のアンソロジー編纂《へんさん》でユニークな歴史観を示していたが、この小説第一作で早くもその実力のほどが高く評価されたのだった。

その後の活躍はめざましいものがある。二〇一二年の『満つる月の如《ごと》し 仏師・定《じょう》朝《ちょう》』で第三十二回新田次郎文学賞と第二回本屋が選ぶ時代小説大賞を、二〇一六年に『若冲《じゃくちゅう》』で第五回歴史時代作家クラブ賞作品賞と第九回親鸞《しんらん》賞を受賞。「この時代小説がすごい!」単行本部門第一位となり、第百五十三回直木賞候補作ともなった。その後も一作ごとに新機軸を打ち立てるエネルギッシュな創作活動を続けている。

本書『関越えの夜 東海道浮世がたり』は、こうした活躍の前に徳間書店の小説誌

「問題小説」に二〇〇九年二月号から翌年一月号まで連載され、二〇一四年二月に徳間書店から刊行された短編連作集である。つまり、デビュー作よりも前の作品ということになる。「問題小説」には二〇〇五年から二〇〇七年にかけて、生まれ育ったそだった故郷である京都に関するエッセイ『京都はんなり暮し　京都人も知らない意外な話』を連載していたのだが、本作で小説の商業誌デビューを飾ったことになる。

澤田瞳子のメモリアルな作品とも言うべきこの『関越えの夜　東海道浮世がたり』は、副題が示すように、東海道を行き交《か》う人々、そして街道の宿場に生きる人々の悲喜こもごもを短編連作の趣向で描き出している。全十二話の主人公はそれぞれに独立した人物なのだが、主人公に絡《から》む、あるいはその周囲に何気なくいる人物が、その後の話の主人公となったり、脇の人物として登場してくる。実に巧妙な仕掛けが施されており、この人物は確か前に登場したなとか、さり気ない描写の中に存在していたな、とあわてて前の話のページを繰ることとなる。そんな周到な構成を楽しむことができる連作集である。

第一話「忠助の銭」の主人公は、浅草猿若町の呉服屋・糺屋《ただすや》の手代・忠助。蒲原宿で集金した四十両を落としてしまう。実直だけが取り柄で小心者だけに、いったいどうすればいいのだ、と江戸へ向かう足取りは鈍るばかり。藤沢の宿を出てからまだ一里も進んでない街道で、掛け茶屋によろよろと入ってしまう。だが、そこで思わぬことが起こる。暴走する暴れ馬の前に飛び出した三、四歳の男児を忠助は身を挺《てい》して救う。さらに、茶屋にいた大店《おおだな》の娘と手代らしき二人連れを、これから死場所を探しに行く心中者と忠助は確信する。二人は茶店の床几《しょうぎ》に巾着を置いたまま出て行った。忠助の心理状態の描写で読ませる。

第二話「通夜の支度」の主人公は、神田佐久間町の炭問屋・益子屋の女中・お栄。第一話に登場した益子屋の末娘・お駒と手代・佐七の心中体が保土ヶ谷宿外れの寺の軒下で見つかり、二人の行方を二番番頭・喜兵衛、丁稚《でっち》・鶴吉と共に探していたお栄が通夜をつとめる。お駒と佐七の心中行への経緯が明かされ、佐七と相思相愛だったお栄の複雑に屈折した心情、己《おのれ》の夢しか思い描けなかった愚《おろ》かな自分を責める心の揺れが描き込まれていく。話の中で、菅笠《すげがさ》の下のお栄の顔を覗《のぞ》き込む「身なりのよい青年僧」というさり気ない場面を記憶しておいていただきたい。

第三話「やらずの雪」の主人公は、小田原・香林寺の末寺・高栄寺の僧・慶尊。もとは小田原藩士だった相弟子・尊聖に、元妻・ふみが憎しみを込めて詰め寄る経緯が、主人公の語り、一人称体の趣向で展開されていく。尊聖の出家で彼の弟に再嫁《さいか》したふみの恨みが意外な結末を生むところに興趣《きょうしゅ》がある。この慶尊、第二話の「身なりのよい青年僧」なのである。

第四話「関越えの夜」の主人公は、十歳のおさき。両親と兄弟を流行り風邪《はやりかぜ》で失い、畑宿で一膳飯屋を営む叔母《おば》・お千に引き取られて二年。早朝からこき使われ、旅人の荷物持ちで険阻《けんそ》な箱根の山道を往復して銭を稼がされる日々を送っている。おさきが箱根山中で幾度も見かける若侍は人探しのために西に赴《おもむ》く途中だと言い、来島主税と名乗る。三十前後の男女を関抜け者と見抜いたこの主税が、第三話のふみの恨みとつながるのである。おさきは幼いなりに、仇討《あだう》ち旅に出た主税の心情を推測する。

第五話「死神の松」の主人公は、第四話に登場したやくざな男・与五郎。人を殺して浅草並木町の茶屋女・お紋と浅草を飛び出して来た。箱根山中で関抜けを旅の侍に咎《とが》められ、お紋を見捨てて逃げる。沼津の千本松原まで逃げて来た与五郎は、そこで首くくりの死体をいくつも幻視したことで、一本松の大枝へと吸い寄せられていく。

第六話「恵比寿《えびす》のくれた嫁御寮」の主人公は、駿河・一本松村の網元・茂八。箱根の関破りで手配中のお尋ね者が首を吊っているのが発見された日、浜辺で二人連れの男たちにつけられていると怯《おび》える十七、八の娘・お連を助けたことで、沼津の宿場女郎・小菊に入れあげていた伜《せがれ》の孝吉の嫁に迎えることとなる。だが、花嫁の姉の正体が分かって、茂八は愕然《がくぜん》とする。伜の祝言はすべて恵比寿さまのおかげと信じきっていた茂八の衝撃のさまがオチとなっている。

第七話「なるみ屋の客」は、府中七間町の路地奥にある居酒屋「なるみ屋」を舞台に主人夫婦と客たちが織りなす群像劇の趣向。浪人夫婦、大工、元酒屋の米搗《こめつ》き人足と十歳ばかりの娘などが登場してくる。元酒屋の米搗き人足の娘二人のうち、妹が捨て子だったことなどが大工と店主の口を通して語られ、浪人夫婦のわけありな様子が浮かび上がってくる。

第八話「池田村川留噺《かわどめばなし》」の主人公は、神田は佐久間町の生まれで旅から旅の街道諸国語りで稼いでいる「あっし」仲蔵。見付宿と浜松宿との間にある天竜川は、このところの大雨で川留が続いていた。川の東は池田の宿。お朝・お熊の母娘が営む鳥屋の二階に長逗留《ながとうりゅう》しているのは仲蔵ほか八人。明日は川明けと踏んで、卵焼きならぬ沢庵《たくあん》、蒲鉾《かまぼこ》ならぬカマゾコ（焦げた飯）、煮干しの尾頭つき、おから、酒替わりの渋茶で酒盛り（茶盛り）が始まったところに、二十歳そこその若い旅人が入って来る。実は護摩の灰（旅人狙いの盗人）で、それを見破ったのは浪人だったが、その心の底を垣間見てしまった大工は、人間ってぇのは本当に哀しいもの、と言う。浪人の優しさと言い知れぬ哀しさを大工が感じる結末へ展開させていく力業が冴《さ》える。

第九話「痛むか、与茂吉《よもきち》」の主人公は、第八話に登場していた品川の海産物問屋・

舛屋の手代・与茂吉。おかみ・お浜、女中・おたきと大坂船場へ向かう旅の途中。忠義者の与茂吉は店の主・嘉兵衛に、道中でお浜に不義を仕掛けることを命じられていた。熱田神宮の門前町の宮宿で、与茂吉は不義を仕掛けようとするが、その結果は物語で楽しんでいただくとして、奉公人の忠義とは何かを与茂吉が考えるプロセスが読み所となっている。文中で、おたきが足に塗って疲れを取るのに使う焼酎を買いに出る場面がある。澤田瞳子が編者をつとめた時代小説アンソロジー『酔うて候《そうろう》』（徳間文庫）の「編者解説」で、『東海道膝栗毛』で喜多さんが焼酎を口に含んで足に吹きかける場面が解説されている。作者の資料渉猟《しょうりょう》の広さが分かる。

第十話「竹柱の先」の主人公は、近江国・大津で寺子屋を開く北国浪人・芦生泰蔵の倅・彦四郎。十二年前に美濃加納藩の江戸屋敷へ奉公に出た母・松乃からの便りが途絶えていた。悪化する眼病の診察と松乃の消息を求めるために江戸へ行くと言う父と、伊勢国・石薬師宿にほど近い鈴鹿川の脇街道までやって来た時、雲助二人に拉致《らち》されかかっている武家娘を助ける。江戸小石川の旗本の娘・蕗緒で、大奥で中年寄をつとめる縁戚《えんせき》に部屋子として仕えていると言う。中年寄の出自は浪人の妻女で、とある御方の屋敷に奉公していて、その後に大奥奉公に上がった、と蕗緒が語る。関宿に着いて、彦四郎は本陣の宿札を注視する。竹柱の先に結わえられた宿札の名を読め、と父は言う。彦四郎は嘘の名を告げる。松乃への思いが父と子で微妙に異なってきていることを描写することで、彦四郎の苦悩のさまがとらえられている。

第十一話「二寸の傷」の主人公は、草津宿から一里も離れた小村・目川村の小さな観音堂の庵主・桐妙。元の名は妙で、父は美濃加納藩五万石の馬廻組頭《うままわりくみがしら》である。「わたくし」桐妙が出家の経緯を語る。姉が十八、主人公が十五の春、勘定吟味方《かんじょうぎんみがた》・外村五郎兵衛の嫡男《ちゃくなん》・右京と姉との祝言の場で、右京に恨みを抱いた藩士が抜き身で突きかかってきた。その刀が主人公に飛んできて、頬《ほお》に差し渡し二寸にも及ぶ傷が残った。八年後のこの春、出家していた主人公を姉が不意に訪ねて来た。これから京に向かわねばならぬが、右京の弟・信次郎に書状を渡してほしい、と言う。その書状には、右京の廃嫡で相続人となった信次郎に妹を妻に迎えてほしいと記されていた。信次郎への主人公の思い、信次郎の思い、姉の右京への妻としての思い、この三者三様の思いが巧妙に描き分けられている。右京は江戸詰めの時、下屋敷の腰元と不埒《ふらち》な仲になったと噂された。近江に夫と息子を残して来た人妻で、間もなく下屋敷から逐電《ちくてん》し、後日、夫から妻の安否を問う書状が届いたという。第十話とのつながりを想像する楽しみがある。

第十二話「床の椿」の主人公は、京・姉小路の炭屋・安芸屋の若い主・お初、二十一歳。先代の実父の死にともなって店を継いで丸二年。お初はふとした折に幼い男の子の顔が浮かび、いまも消えぬ胸にわだかまる重苦しさをもてあましていた。その子・太吉は、父が奉公人に産ませた子だという。太吉を養子にという話を、お初は断固として退《しりぞ》けた。あのとき三歳だった少年は、祖父母に連れられて江戸の親族を頼っていったと聞いている。口入屋から雇い入れた忠助のこと、炭俵から炭を抜き取ろうとした少年が麩屋町《ふやちょう》の長屋で母妹と焼死したことなどがあり、お初は太吉を呼び戻す決心をする。忠助とお初が交わす含蓄《がんちく》に富んだ味わいのあるセリフとともに、清冽《せいれつ》な印象を与える情景描写の文章は、デビュー作以前の作品とは思えない巧《うま》さがある。最終話の舞台を京の町で締め括《くく》っているところにも、作者の創意が感じられる。

十二話のそれぞれの主人公、登場人物たちのキャラクターから東海道筋を舞台にしたさまざまな人生模様を味わうことができる。第十二話の忠助は、第一話で大金を落としたあの忠助だ。そして、忠助が馬の暴走から救った男の子は太吉に違いない。全十二話を通して、こうした人物たちのリンクのありようをじっくりと楽しんでいただきたい。

二〇一七年十月

この作品は2014年2月徳間書店より刊行されました。

徳間文庫

関《せき》越《ご》えの夜《よる》

東海道浮世がたり

2017年11月15日 初刷

著者 澤《さわ》田《だ》瞳《とう》子《こ》

発行者 平野健一

発行所 株式会社徳間書店

東京都港区芝大門二―二―二〒105―8055

電話 編集〇三(五四〇三)四三四九 販売〇四八(四五一)五九六〇

振替 〇〇一四〇―〇―四四三九二

印刷 凸版印刷株式会社

製本 株式会社宮本製本所

ISBN978-4-19-894274-8 (乱丁、落丁本はお取りかえいたします)